# ΔΥΟ ΚΟΣΜΟΙ

ΔΙΗΓΗΜΑΤΑ

# Έργα της Θεανώς Παπάζογλου-Μάργαρη

1. Η ΕΥΤΥΧΙΑ ΚΑΙ ΑΛΛΑ ΔΙΗΓΗΜΑΤΑ
Σικάγο 1939
2. ΓΙΑ ΜΙΑ ΛΕΥΤΕΡΗ ΕΛΛΑΔΑ, Θεατρικό
Νέα Υόρκη 1943
3. ΕΝΑ ΔΑΚΡΥ ΓΙΑ ΤΟΝ ΜΠΑΡΜΠΑ ΤΖΙΜΗ
Αθήνα 1957
4. ΠΕΝΝΙΕΣ ΤΟΥ ΣΙΚΑΓΟΥ
Σικάγο 1959
5. ΧΡΟΝΙΚΟ ΤΟΥ ΧΩΛΣΤΕΝΤ ΣΤΡΗΤ
Αθήνα 1963
(Εθνικό Βραβείο Διηγήματος 1964)
6. ΓΙΩΡΓΗΣ ΚΟΥΤΟΥΜΑΝΟΣ, Βιογραφία
Νέα Υόρκη 1964
7. ΟΙ ΠΕΡΙΠΕΤΕΙΕΣ ΤΟΥ ΘΕΙΟΥ ΠΛΑΤΩΝΑ
Αθήνα 1972
8. Η ΠΟΙΗΤΡΙΑ ΔΙΑΛΕΧΤΗ-ΖΕΥΓΩΛΗ ΓΛΕΖΟΥ
(Επιμέλεια: Φώτιος Λίτσας)
Αθήνα 1986

ΘΕΑΝΩ ΠΑΠΑΖΟΓΛΟΥ-ΜΑΡΓΑΡΗ

# ΔΥΟ ΚΟΣΜΟΙ

## ΔΙΗΓΗΜΑΤΑ

Επιμέλεια έκδοσης:

ΕΠΙΤΡΟΠΗ ΕΚΔΟΣΗΣ ΕΡΓΩΝ
ΤΗΣ ΘΕΑΝΩΣ ΠΑΠΑΖΟΓΛΟΥ-ΜΑΡΓΑΡΗ

ΥΠΟ ΤΗΝ ΑΙΓΙΔΑ
ΤΟΥ ΕΛΛΗΝΙΚΟΥ ΠΟΛΙΤΙΣΤΙΚΟΥ ΟΡΓΑΝΙΣΜΟΥ
ΣΙΚΑΓΟΥ

PELLA

PELLA PUBLISHING COMPANY, INC.
ΝΕΑ ΥΟΡΚΗ 1993

«Της εξήγησα όμως πως κι αν δεν είχα οικογένεια τώρα στην Αμερική δε θα 'ταν εύκολο να ξερριζωθώ. Και πως ρίχνει ρίζες ο άνθρωπος στη νέα του πατρίδα, συνηθίζει σε μια άλλη ζωή, και δεν μπορεί πια να ξαναμπεί στο παλιό καλούπι του. Μα και αιώνες να περάσουν δεν την ξεχνάς τη γη όπου έζησες εκείνα τα τρυφερά σου χρόνια, που γλυκιές είναι και οι πίκρες τους, και ματώνει ο νόστος την ψυχή σου. Καλότυχος όποιος δε γνώρισε ξερριζωμό και δεν έχει την αίσθηση πως αποκόπηκε απ' τον παλιό του εαυτό, τον τρυφερό... Χρόνια και χρόνια περνούν, μα ο νους σου τρέχει εκεί που έζησες τα παιδικά σου χρόνια, εκεί όπου έχεις ρίζες βαθιές και πονάς... Πονάς—έρριξες ρίζες και σε μια άλλη γη τώρα με τα παιδιά σου...».

«Τρία Πρόσωπα» ΘΕΑΝΩ ΠΑΠΑΖΟΓΛΟΥ-ΜΑΡΓΑΡΗ

# ΔΥΟ ΚΟΣΜΟΙ
## ΔΙΗΓΗΜΑΤΑ

# TWO WORLDS
## SHORT STORIES



Library of Congress Catalog Card Number 93-86372

ISBN 0-918618-59-2

*Cover Design by* JOSEPH BRODERICK

The publication of this book was partially financed by The Theano Papazoglou-Margaris Memorial Fund Committee, under the auspices of The Hellenic Cultural Organization of Chicago.

PRINTED IN THE UNITED STATES OF AMERICA
BY
ATHENS PRINTING COMPANY
337 West 36th Street
New York, NY 10018-6401

# Πίνακας περιεχομένων

# Επιτροπή
## Έκδοσης έργων της Θεανώς Παπάζογλου-Μάργαρη

ΓΕΩΡΓΙΟΣ ΒΑΡΤΖΙΚΟΣ
ΓΙΑΝΝΗΣ Π. ΔΑΛΑΠΑΣ
ΒΑΣΩ ΖΕΝΕΣ
ΤΑΚΗΣ ΘΕΟΤΟΚΑΤΟΣ
Δρ. ΑΛΕΞΑΝΔΡΟΣ ΚΑΡΑΝΙΚΑΣ
Δρ. ΦΩΤΙΟΣ ΛΙΤΣΑΣ (Πρόεδρος)
ΒΙΒΗ ΜΑΡΓΑΡΗ-ΚΑΛΛΕΝ (Συντονίστρια)
ΜΑΡΓΑΡΙΤΑ ΜΟΥΧΤΑΡΗ
Δρ. ΣΤΑΥΡΟΣ ΜΠΑΣΕΑΣ
ΑΣΤΕΡΩ ΠΑΝΟΠΟΥΛΟΥ
ΕΥΑΓΓΕΛΟΣ ΠΑΛΑΜΗΔΗΣ
ΕΛΕΥΘΕΡΙΟΣ ΦΥΤΡΑΣ
ΒΟΥΛΑ ΑΛΕΞΑΚΟΥ-ΣΕΛΛΟΥΝΤΟΥ (Συμπρόεδρος)

### Συμβουλευτική Επιτροπή

ΔΙΑΛΕΧΤΗ ΖΕΥΓΩΛΗ-ΓΛΕΖΟΥ, Αθήνα
ΠΕΤΡΟΣ ΓΛΕΖΟΣ, Αθήνα
ΘΕΟΔΩΡΟΣ ΚΑΛΜΟΥΚΟΣ, Βοστώνη
Δρ. ΑΝΔΡΕΑΣ ΚΟΠΑΝ, Σικάγο
ΝΕΣΤΩΡ ΜΑΤΣΑΣ, Αθήνα
ΓΙΑΝΝΗΣ ΜΙΧΑΛΑΚΗΣ, Αθήνα
ΡΕΓΓΙΝΑ ΠΑΓΟΥΛΑΤΟΥ, Νέα Υόρκη
ΝΙΚΟΣ ΦΙΛΙΠΠΙΔΗΣ, Σικάγο
ΕΥΑΓΓΕΛΟΣ ΣΟΡΟΓΚΑΣ, Αθήνα
ΞΑΝΘΙΠΠΗ ΤΣΑΛΙΜΟΠΟΥΛΟΥ, Νέα Υόρκη

# Προλεγόμενα

Η Επιτροπή Εκδόσεως Έργων της Θεανώς Παπάζογλου-Μάργαρη αισθάνεται μεγάλη χαρά που πραγματοποιείται η έκδοση του πρώτου Τόμου των καταλοίπων της αείμνηστης. Είναι διηγήματα και «Πεννιές», όπως συνήθιζε να τ' αποκαλεί η ίδια, που δημοσιεύτηκαν σε διάφορα περιοδικά κι εφημερίδες και που δεν περιέχονται στους τόμους που πρόφθασε να εκδόσει η ίδια.

Το πρώτο μεγάλο διήγημα του υλικού αυτού δεν έχει δημοσιευτεί ποτέ. Μερικά άλλα κομμάτια, που η Θεανώ είχε προσωπικά επιλέξει κι εσχεδίαζε να εκδόσει, έχουν δημοσιευτεί κατά καιρούς στη «Νέα Εστία» (Αθήνα) και «Νέοι Καιροί» (Σικάγο). Το υλικό αυτό συμπληρώθηκε κι εμπλουτίσθηκε με πολλά άλλα κομμάτια που δημοσιεύτηκαν στην περίοδο 1960-1991 στις Ελληνοαμερικανικές εφημερίδες «Ελληνικός Αστέρας—Greek Star» και «Ελληνικός Τύπος—Greek Press» του Σικάγου και «Εθνικός Κήρυξ» της Νέας Υόρκης, καθώς και τα περιοδικά «Αργοναύτης» (Νέα Υόρκη) και «Κρίκος» (Λονδίνο). Έτσι έγινε μπορετό να σχηματισθεί τούτος ο τόμος.

Η Επιτροπή συνεχίζει να εργάζεται κι ελπίζει πως σύντομα θα εκδοθούν εργασίες της κι ανέκδοτο υλικό, κυρίως από διαλέξεις της, που αναφέρεται στην πνευματική δραστηριότητα των Ελλήνων της Αμερικής. Στόχος μας είναι να κάνουμε πιο γνωστό το συνολικό έργο της Θεανώς Μάργαρη στον σύγχρονο Ελληνισμό. Όχι μόνο γιατί καταξιώθηκε σαν χρονογράφος της Διασποράς μας και σαν Συναξαριστής των ξερριζωμένων της γενιάς της. Μα, κυρίως, για μια παραπέρα δική μας πληροφόρηση πάνω σε άγνωστες πτυχές της λογοτεχνικής ζωής των Ελλήνων μεταναστών και μάλιστα της πρώιμης περιόδου. Πιστεύουμε πως η συμβολή της στον τομέα αυτό είναι πολύτιμη και για τη διατράνωση της δικής μας αυτογνωσίας.

Η Επιτροπή εκφράζει τις ευχαριστίες της σ' όσους ευγενικά βοήθησαν στην προσπάθεια αυτή. Ευχαριστούμε τον Ελληνικό Πολιτιστικόν Οργανισμό Σικάγου, που ανέλαβε την ευθύνη της έκδοσης. Ευχαριστίες οφείλουμε και στους διάφορους Συλλόγους κι Οργανισμούς για την συνδρομή τους στην προσπάθεια τούτη. Ευχαριστούμε, επίσης, τους εκπροσώπους των διαφόρων εντύπων, που δημοσίευσαν για πρώτη φορά κείμενα της συλλογής αυτής. Τέλος ευχαριστούμε όλους όσους κατά καιρούς εστήριξαν τη Συγγραφέα και το έργο της με το δικό τους ευγενικό τρόπο.

Ευχόμαστε ο τόμος αυτός κι όσοι θ' ακολουθήσουν, ν' αποτελέσουν μια συνέχεια του έργου της Θεανώς Μάργαρη. Αλλά κυρίως να εμπλουτίσουν και να διατρανώσουν τη λογοτεχνική προσφορά των Ελλήνων της Αμερικής.

ΦΩΤΙΟΣ Κ. ΛΙΤΣΑΣ

# Προσφορά τιμής

Οι πλούσιες ρίζες της ελληνικής γλώσσας, που ανθούσε στην Πόλη στις αρχές του αιώνα, πρόλαβαν να «δέσουν» στην τρυφερή ψυχή και το πνεύμα της νεαρής κόρης πριν πάρει τα παιδικά της όνειρα και ξεκινήσει για τη μακρινή Αμερική.

Η Θεανώ Παπάζογλου-Μάργαρη δεκαέξι μόλις χρόνων είχε ήδη κατακτήσει ένα πλούσιο γλωσσικό οπλοστάσιο, που αμέσως θα χρησιμοποιούσε για ν' αποτυπώσει τις πρώτες πλούσιες μνήμες κι εμπειρίες απ' τα παιδικά της χρόνια, που έζησε στην ιδιαίτερη πατρίδα της την Τροία, το Ίλιον των Ομηρικών Χρόνων.

Το έργο της Θεανώς Παπάζογλου-Μάργαρη δεν είναι απλώς χρονικογραφικό ή φανταστικές ιστορίες. Είναι καταγραφή και εύστοχη ψυχογραφία ανθρώπινων χαρακτήρων και καταστάσεων μέσα από την πραγματικότητα της ζωής του Έλληνα μετανάστη.

Τα πραγματικά στοιχεία, όπως το άγρυπνο μυαλό και το μάτι της συνελάμβαναν, ζύμωνε με πολλή μαστοριά, δεξιοτεχνία και απλότητα μέχρι που το έργο της έφθανε στην κορύφωσή του.

Το έργο της Θεανώς Παπάζογλου-Μάργαρη είναι λιτό. Ούτε στη ζωή της, ούτε στο γραπτό ή προφορικό λόγο της άρεσαν τα στολίδια. Γράφει καθαρά και με σπάνια ειλικρίνεια. Δε θέλει να «φτιασιδώσει» τις καταστάσεις και τους ανθρώπους της. Τα δίνει όλα σχεδόν ατόφια. Όχι «στραγγισμένα», αλλά με τα ελάχιστα λεκτικά στολίδια, όσα είναι αρκετά για να υπογραμμίσουν ορισμένα σημεία του έργου της.

Τέλος, η γλώσσα της αποτελεί το χρυσό εργαλείο, που έδινε λάμψη και στα πιο «θαμπά» θέματά της. Ακόμη, ο γλωσσικός της θησαυρός είναι το πολύτιμο κληροδότημα, που άφισε σ' εμάς τους Νεοέλληνες, καθώς τρομαγμένοι βλέπουμε τη γλώσσα μας να «τραυματίζεται» με τα λογής γλωσσικά τεχνάσματα, που συχνά παρατηρούνται στον καιρό μας.

Με την ευκαιρία αυτή, αξίζει ν' αναφερθεί στο σημείωμα τούτο, ότι η επιμέλεια του παρόντος τόμου είναι περισσότερο προσφορά αγάπης και απότιση φόρου τιμής, παρά σχολαστική φιλολογική επιλογή-κριτική από μέρους της ομάδας φίλων της Θεανώς Παπάζογλου-Μάργαρη, που έτυχε να τη συντροφεύουν τα τελευταία είκοσι χρόνια.

Ελπίζουμε ότι ο ιστορικός της ελληνικής λογοτεχνίας θα καταγράψει τον ιδιότυπο, μοναδικό και πολύτιμο ρόλο, που έπαιξε το έργο της Θεανώς Παπάζογλου-Μάργαρη στην Ελληνική Ομογένεια σ' όλον τον κόσμο.

ΛΕΥΤΕΡΗΣ ΦΥΤΡΑΣ

# Θεανώ Παπάζογλου-Μάργαρη: Σύντομο βιογραφικό

Η Θεανώ Παπάζογλου-Μάργαρη γεννήθηκε στα Βάτικα της Τροίας στις 6 Μαΐου 1906 από πατέρα ιερέα και μητέρα δασκάλα. Άφισε την τελευταία της πνοή στο Σικάγο, τη δεύτερη πατρίδα της, όπως το αποκαλούσε, στις 25 Οκτωβρίου 1991.

Το πραγματικό της όνομα ήταν Θεοδοσία, αλλά όλοι την ξέραμε και την αποκαλούσαμε Θεανώ. Ο λόγος που ποτέ της δεν χρησιμοποίησε το όνομα Θεοδοσία ήταν, όπως η ίδια μας έλεγε, η σύνδεσή του με την άλωση της Πόλης, αφού η Αγία γιορτάζει την 29η Μαΐου.

Αν και από ευκατάστατη οικογένεια, η μοίρα την ήθελε χωρίς γονείς και υπό την προστασία της γιαγιάς της από 8 χρονών.

Στην Πόλη, όπου εγκαθίσταται με τα τρία της αδέλφια και τη γιαγιά της, συνεχίζεται η αγάπη της για τα γράμματα. Κοντά στη γιαγιά της αρχίζει η ζωή να της χαμογελά, όμως έρχεται η Μικρασιατική καταστροφή και τα όνειρα γίνονται, για άλλη μια φορά, στάχτη. Αναγκάζεται και πάλι να ξενιτευτεί και αυτή τη φορά για πάντα.

Φεύγει για την Ελλάδα και μετά από έξι μήνες για την Αμερική. Στην Αμερική ζει και αναπνέει τον πόνο και τον ξερριζωμό του Ελληνισμού. Με τα γραφτά της ξεσκαλίζει τις πληγές του ξενιτεμού, γράφοντας τα βάσανα, τους καημούς και τις θυσίες των μεταναστών.

Στην μακρόχρονη ζωή της γράφει σε εφημερίδες και περιοδικά και ασχολείται με το θέατρο το οποίο θεωρούσε πηγή ζωής και μάθησης. Εκδίδει το πρώτο της βιβλίο με τίτλο «Η Ευτυχία και άλλα διηγήματα» το 1939 και είναι η πρώτη γυναίκα διηγηματογράφος του Εξωτερικού, που παίρνει το Κρατικό Λογοτεχνικό Βραβείο Διηγήματος στην Ελλάδα (1964). Επίσης, το 1972 της απονέμεται ο τίτλος της Αρχόντισσας του Οικουμενικού Πατριαρχείου. Στη διάρκεια της ζωής της, εκτός από τα ανωτέρω, η Θεανώ γίνεται κάτοχος σωρείας βραβείων και επαίνων από διάφορους οργανισμούς και συλλόγους.

Η Θεανώ, εκτός από διηγηματογράφος, ήταν και χρονογράφος σε διάφορες εφημερίδες και περιοδικά. Άρχισε να γράφει όταν ήταν περίπου 17 ετών. Μέχρι το τέλος της ζωής της έγραφε στον «Εθνικό Κήρυκα» της Νέας Υόρκης, την εφημερίδα που τόσο αγάπησε.

Η Θεανώ Παπάζογλου-Μάργαρη ήταν η μητέρα και δασκάλα όλων μας, ήταν η γυναίκα που με την αγάπη της για τον άνθρωπο υπερέβη τα εγκόσμια και στέκει πάνω από κάθε τι το φθαρτό. Η αγνότητα της ψυχής και η αγιοσύνη του πνεύματός της δεν της επέτρεπαν να παραμερίζει τον ανθρώπινο πόνο, αλλά την επίεζαν να γράφει και έγραφε για τα βάσανα και τις ταλαιπωρίες των πρώτων Ελλήνων μεταναστών στο Νέο Κόσμο, όπως τα είδε και τα έζησε, αφού και η ίδια ήταν μετανάστρια.

Η Θεανώ Παπάζογλου-Μάργαρη ήταν η μεγαλύτερη Ελληνίδα λογοτέχνις, που πέρασε μέχρι σήμερα από την Αμερική. Ήταν ο άνθρωπος, που έζησε για τον άνθρωπο. Με την απλότητα του χαρακτήρα της και την ανωτερότητα του ψυχικού της κόσμου και κυρίως με τα γραφτά της κατάφερε να μείνει στην ιστορία τῆς Ελληνικής Ομογένειας.

ΓΙΑΝΝΗΣ ΔΑΛΑΠΑΣ

# Τα χειρόγραφα της Κατίνας Χατζηγιάννη

ΠΟΛΕΜΟΣ ήτανε και τότε, γιατί στην Προποντίδα πηγαινοερχότανε βιαστικός ο Τουρκικός στόλος. (Ίσως ο πρώτος παγκόσμιος πόλεμος, ίσως και κανένας από τους Βαλκανικούς. Αν και ορκίζομαι πως δεν είμαι και τόσο μεγάλη να τους θυμάμαι κι αυτούς)! Κει που αγνάντευα πέρα στη θάλασσα τα πολεμικά (είχανε, θαρρώ, μανούβρες), μου λέει η μάνα μου: «Νίτσα, ήρθε το ταχυδρομείο και με περιμένουν στης μαμμής το σπίτι να πάω να διαβάσω τις εφημερίδες που έφτασαν από την Πόλη. Συ να καθήσεις εδώ, να κάτω από την εληά, στον ίσκιο, και να προσέχεις μην έρθουν παιδιά και φάνε τα δαμάσκηνά μας...».

— Καλά, μανούλα μου, είπα, και έφυγε ήσυχη να διαβάσει στις γυναίκες (στο χωριό μας οι γυναίκες δεν ξέρανε γράμματα οι περισσότερες) τις εφημερίδες. Μα σε λίγο να ένα τσούρμο αγόρια καὶ κορίτσια της ηλικίας μου!

— Τι κάνεις αυτού, Νίτσα; Δεν έρχεσαι μαζί μας στο ρέμα να παίξωμε το λήσταρχο Νταβέλη και τον Τσακιτζή, μου λένε.

— Όχι. Δε μπορώ! Φυλάγω τα δαμάσκηνά μας που τα 'χουμε απλωμένα μ' ένα σεντόνι πάνω στη σκεπή του σταύλου μας να ξεραθούν, απαντώ εγώ.

— Έτσι; Και δε μας δίνεις από κανένα να τα δοκιμάσουμε;...

— Πώς ν' ανεβώ; Τη σκάλα την έβαλε μέσα η μάνα μου!...

— Ου!... Σε ανεβάζουμε μεις, απαντούν και στη στιγμή βρέθηκα πάνω στη σκεπή του σταύλου!

Δεν ξέρω αν σας έτυχε ποτέ ν' ανεβείτε ψηλά και από κάτω κάποιοι να φωνάζουν «μπράβο, μπράβο», μα σας τ' ομολογώ πως είναι πολύ ευχάριστο!...

—Μπράβο!... Ρίξε κι άλλα!...

—Ρίξε και σε μένα που δεν πήρα, φώναζαν τα παιδιά και κάθε φορά που έρριχνα μια φούχτα δαμάσκηνα γινότανε πόλεμος ποιο να πάρει τα περισσότερα και γω καμάρωνα από ψηλά για το έργο μου!

Τα παιδιά δεν αλαλιάζανε και δε χειροκροτούσανε μονάχα για τα νόστιμα δαμάσκηνα που τα 'τρωγαν με όρεξη και γέμιζαν και τους κόρφους τους μ' αυτά, σα δεν έπαιρναν άλλα οι τσέπες τους, μα και για το θεατρικό νούμερο!

Σας λέγω την πάσα αλήθεια πως ήμουνα πρώτης γραμμής νούμερο, όπως βρισκόμουν κει ψηλά με τα κοντά μου φουστανάκια που άφιναν σαν ξώβεργες τις γαμπίτσες μου να φαίνονται ως απάνω!... Και επειδής από μικρή είχα ξεχωριστή κλίση στις ρυθμικές κινήσεις, σαν έσκυφτα να πάρω τα δαμάσκηνα να τα σκορπίσω στους ταπεινούς μου φίλους, δεν το 'καμνα όπως λάχει, αλλά με χάρη!

Και το κατάλαβα πως ήμουνα χαριτωμένη από τα χειροκροτήματα—και φούσκωνα σαν κούρκος—όπως δα φουσκώνει καθένας με την πρώτη του επιτυχία πάνω στη σκηνή!

—Ρίξε! Ρίξε κι άλλα, ξεφωνίζανε τα παιδιά όλα μαζί και όπως συμβαίνει πάντα σε τέτοιες περιστάσεις, πριν πάρει χαμπάρι η μάνα μου το τι γινότανε, το μυριστήκανε όλα τα χαμίνια του χωριού και μαζεύτηκαν κάτω από τον σταύλο μας. Σαν έφτασε και κείνη, δε βρισκότανε ούτε ένα πια! Μόνο κουκούτσια βρήκε! Τα παιδιά το κόψανε λάσπη μόλις την είδανε να προβάλει από τη γωνία. Εγώ έμεινα πάνω στη σκεπή (σκηνή κόντεψα να πω) σα βρεγμένη γάτα όσο που έφερε από μέσα τη σκάλα και με κατέβασε χωρίς να πει η δύστυχη λέξη και χωρίς να με... «χειροτονήσει», όπως φαντάζεστε.

Βλέπετε, μικρή ήμουν σαν κατάξερος Αρετσιανός τσίρος. Είχα γεννηθεί σαν κολιαρούδι και μια κεραμίδα έφτανε και περίσσευε για κούνια μου. Με μεγάλωσαν με χίλια βάσανα, μα κρέας δεν έβαζα (από την κακία μου, έλεγαν οι εχθροί μου) και πού να χτυπούσε κανείς; Τα σουβλερά μου κόκκαλα που έδιναν την εντύπωση πως θά 'σπαζαν με το παραμικρό άγγιγμα;

Εξόν αυτό, είχα και μια έξοχη εφεύρεση: Σαν τολμούσε κανείς να μ' αγγίξει, έστω και απαλά, άρχιζα αμέσως την γκάϊντα!... Ένα κλάμα σα νιαούρισμα που δεν το σταματούσα μήτε στον ύπνο μου!... Γιατί μόλις καταλάβαινα πως αποκοιμήθηκα και σώπασα, θύμωνα με τον εαυτό μου κι έμπηγα μια στριγγλιά, που τρύπαγε τ' αυτί και ύστερα εξακολουθούσα ήσυχα το νιαούρισμα, που μου άρεζε γιατί ήτανε και η φωνή μου γλυκιά—τι ήτανε, που και τώρα είναι!... Μόνο σα μ' έπαιρνε βαριά ο ύπνος, τότε πια άθελα σώπαινα, μα το πρωί σαν ξύπναγα, αμέσως το σκοπό μου πάλι!... «Αμάν!» έλεγαν όσο να σταματήσω. Έτσι, σαν ξύπνη που είμαι από γεννησιμιού μου, είχα καταφέρει όλους στο σπίτι να τρέμουν να μ' αγγίξουν μη μαρτυρήσουν τα πάθη του Χριστού όσο να σωπάσω.

Γι' αυτό η μητέρα μου με κατέβασε από τη σκηνή που είδα τον πρώτο μου θεατρικό θρίαμβο μετά φόβου Θεού και τρόμου μεγάλου, δίχως να βγάλει τσιμουδιά.

Αλλά το βράδυ διηγιέται στον πατέρα μου τα καθέκαστα!... Και ψιθυριστά, μην την ακούσω, λέει:

—Να ξέρεις, άνδρα, πως το κακόμοιρο το κορίτσι μας δεν είναι καλά!... Είναι λειψό το καψερό!...

Μα το δικό μου το αυτί είναι απ' τα σπάνια!... Χόλιασα και νιαούριζα όλη τη νύχτα! Μαχαιριά μεγάλη στην ψυχή μου ν' ακούσω πως το μυαλό μου ήτανε βλαμμένο!... Το πρωί σηκώθηκα νωρίς και ξεκίνησα νηστικιά για της νουνάς μου, που έμενε στην άλλη άκρη του χωριού να της πω τα ντέρτια μου!

* * *

Η νουνά μου ήτανε και θεια μας. Και την κληρονομούσαμε κιόλας! Γιατί ούτε παιδιά είχε, ούτε αδέρφια, εξόν από τον πατέρα μου που ήτανε αγωνιστής. Μα δεν ήμουνα εγώ το μόνο βαφτισίμι της. Επειδή ήτανε στείρα, της είχε πει ο παπάς πως, άμα βάφτιζε σαράντα παιδιά, δε θα 'χε αμαρτία που δεν έφερε παιδί στον κόσμο. Και κείνη βάφτισε τότε εξήντα!... Πήγε μάλιστα και στον 'Αγιο Τάφο και προσκύνησε και βαφτίστηκε στον Ιορδάνη ποταμό κι έγινε Χατζήδαινα να 'ναι σίγουρη για τον παράδεισο.

'Ητανε πλούσια. Είχε τόση γη στην κατοχή της, όση είχανε όλοι μαζί οι ρέστοι στο χωριό.

Πήγα, το λοιπόν, στο σπίτι της και της εξιστόρησα το τι είπε η μάνα μου για μένα και περίμενα να συγκινηθεί, να με πάρει στα γόνατά της και να με παρηγορήσει, μα εκείνη ούτε παράτησε τη δουλειά της να προσέξει τα βάσανά μου (ήτανε θυμωμένη μαζί μου γιατί κείνες τις μέρες έκαμα το τρομερό λάθος να θαρρέψω το μαρμάρινο γουδί της για νυχτερινό δοχείο) και άπονα απάντησε:

— 'Επρεπε να σε κάνει παστή στο ξύλο η μάνα σου και να βουλώσει μετά το στόμα σου με παλιοκούρελα να μην ακούγεται η γκάιντά σου!... 'Οχι λειψό, θεοπάλαβο είσαι, αφού έδωσες τα δαμάσκηνά σας στα χαμίνια...

Τέτοια φαρμακερά λόγια δεν τα περίμενα! Και μάλιστα από τη νουνά μου που πήγα να με παρηγορήσει!... Παράτησα στο λεφτό το πεπόνι που μου 'δωσε να φάω και βγήκα από την κουζίνα με λυγμούς! Αυτή ούτε σάλεψε να με κρατήσει! 'Εξω στο χαγιάτι δεν ήτανε κανένας να μ' ακούσει και σταμάτησα στη στιγμή το κλάμα. Μάλιστα, να μια άσπρη γάτα εκεί δα και την πήρα το κατόπιν γελαστή και χαρούμενη για το εύρημα. Εκείνη χώθηκε στο κελλάρι και γω από πίσω της!...

Τώρα, το κελλάρι της νουνάς μου, που ήτανε η πλουσιότερη και η καλύτερη νοικοκυρά στην περιφέρεια, όχι μόνο στο χωριό μας, ήτανε ένα θαύμα!... Μεγάλο σα μια σάλα και κάτασπρο ασβεστωμένο, είχε γύρω-γύρω πράσινα, κόκκινα και κίτρινα πιθάρια με λογιών-λογιών πετιμέζια και ρετσέλια. Στους τοίχους ένα σωρό κατάλευκοι ντουρβάδες κρεμασμένοι με γεφκάδες, κουσκούσι, χυλοπίττες, τραχανάδες ξυνούς και γλυκούς, αρτεμένους και νηστήσιμους και κάθε λογής ξερά φρούτα και όσπρια—οι κουμπάνιες της για το χειμώνα!

Από το κελλάρι, όπου εύρισκες μέσα και του πουλιού το γάλα, προχωρούσες στην αποθήκη με τα σιτηρά—το καλαμπόκι, το κριθάρι, τη σίκαλη, τη βρώμη και τα ρέστα. Εκεί χώθηκε η γάτα και την ακολούθησα όσο που τη στρίμωξα σε μια γωνιά και τήνε πήρα στην αγκαλιά μου. Με γρατσούνισε, μα ξώπετσα, και δεν τήνε παράτησα—παρατιέται τέτοιο παιγνίδι; Μάλιστα, να και μια σκάφη του ψωμιού ανάσκελα κει στην άκρη! Μπαίνω μέσα με τη γάτα μου και κάμνω τη βέργα, που άνοιγε φύλλο η νουνά μου, κουπί και αρχίζω να λάμνω!... «Ίσα, γατίτσα μου, και πάμε για την Πόλη τώρα!...».

Μα σαν κουράστηκα με τη γάτα—και τσούζανε και τα χέρια μου από τις γρατζουνιές—βγήκα από τη βάρκα-σκάφη να πάω στη μάνα μου. Αλλά βρίσκω τις πόρτες κλειστές και η νουνά μου δε φαινότανε πουθενά! Και το χειρότερο, που 'χε κλειστά τα παντζούρια και ήτανε θεοσκότεινο το σπίτι!... Ξαναγύρισα στο κελλάρι και στην αποθήκη που φωτιζότανε από το φεγγίτη. Και σαν πεινούσα κιόλας, το 'ριξα στη δοκιμή των πετιμεζιών και των ρετσελιών να ξεσκάσω και λίγο! Ξαναβγήκα, αφού έφαγα καλά και σαν είδα πάλι όλα κλειστά, πήρα τη γατίτσα και ανέβηκα στο αμπάρι με το σιτάρι και ξάπλωσα στα μαλακά. Και επειδή ήμουν τότε λίγο υπναρού, δεν άργησα να τόνε πάρω για καλά!...

Ποιος ξέρει πόσες ώρες κοιμήθηκα! Σαν ξύπνησα, είδα από το φεγγίτη πως πήρε να βραδιάζει. Ερχότανε κοκκινωπό το φως μέσα. Βγήκα με την ελπίδα πως θα 'ρθε πια η νουνά μου, μα κλειστά όλα πάλι!.. Μόνο το παραθυρόφυλλο της κουζίνας ήτανε τώρα ανοιχτό κι έμπαινε φλογάτος ο ήλιος που βασίλευε. Ήρθε και ξανάφυγε η νουνά μου! Στενοχωρέθηκα!... Πεινούσα κιόλας πολύ τώρα! Μα να το σκαμνί! Πατώ και πιάνω από το ράφι μισό καρβέλι και γυρνώ πίσω στο κελλάρι και δοκιμάζω τα τυριά. Σαν χόρτασα παίρνω πάλι τη γατούλα μου και πάω και πλαγιάζω στο αμπάρι, πάνω στο στάρι, έχοντας τ' αυτί μου τσίτα να πεταχτώ μόλις άκουγα την πόρτα ν' ανοίγει. Μα όπως τ' ομολόγησα, ήμουν τότε λίγο υπναρού και με πήρε βαριά ο ύπνος.

Αλλά τις ώρες που εγώ έπαιζα με τη γάτα ή κοιμόμουνα ήσυχη μες στο στάρι, έξω χαλνούσε ο κόσμος. Η μάνα μου ήρθε στη νουνά μου να με βρει, λίγο μετά που μπήκα στο κελλάρι, φαίνεται. Εκείνη της είπε πως έφυγα για το σπίτι. Πάει εκεί και δε με βρίσκει. Ξαναγυρίζει στης νουνάς μου και, τρομαγμένες που χάθηκα, κλειδώνουν τις πόρτες και τρέχουν να με βρούνε! Έρχεται το βράδυ ο πατέρας μου με το νουνό μου και μόλις ακούν το θλιβερό μαντάτο ξεκινούν κι αυτοί να με γυρεύουν!

Στο μεταξύ, φυσικά πήρε χαμπάρι και όλο το χωριό πως χάθηκα και όλοι ψάχνουν να με βρούνε. Γιατί εξόν τα τόσα καλαδέρφια μου—τα βαφτισιμιά της νουνάς μου—και τα κουμπαρολόγια, λίγο-πολύ, όλοι ήταν υποχρεωμένοι σε μας! Η νουνά μου, που την κληρονομούσαμε, έφερε τότε που γύρισε απ' τον Άγιο Τάφο σε κάθε οικογένεια και κάτι! Στη μια ένα εικόνισμα, στην άλλη ένα σιντεφένιο σταυρουδάκι, στην τρίτη ένα θυμιατό ή το χεράκι της Παναγίας—κάτι σαν ρίζα φυτού που το μουσκεύανε και πότιζαν το νερό στον άρρωστο να γιάνει. Ακόμα και στου Χασάν Αγά το σπίτι (στο μοναδικό Τούρκο του χωριού μας) κάτι έφερε! Ένα γυάλινο βραχιολάκι για την κόρη του, την Αϊσέ.

Και τώρα που χάθηκα εγώ η ανιψιά και βαφτιστήρα της Χατζηντουντούς με τ' όνομα, το θεωρήσανε χρέος τους να τρέχουν να με γυρεύουν όλοι!

Σκορπιστήκανε στους κάμπους και στις ρεματιές και φωνάζανε:

—Νίτσα, Νίτσα.

Αλλά πού να τους ακούσω μες στην αποθήκη; Αν φώναζαν κει γύρω, θα τους άκουγα. Μα οι βλογημένοι, ενώ βρισκόμουν μες στη μύτη τους, με γύρευαν στα σύνορα του άλλου χωριού!

Κάποιοι φαντάστηκαν πως πέρασαν Τούρκοι και μ' έκλεψαν! Κάποιοι νομίσανε κιόλας πως είδανε γύφτους να περνούν!... Ο καθένας έλεγε το κοντό και το μακρύ του!

Κατά τα ξημερώματα, με ξύπνησε το λάλημα του πετεινού. Δεν έφεγγε καλά να ξεθαρρέψω να βγω από τ' αμπάρι. Φοβόμουνα! Ερχότανε απ' έξω κι ένας παράξενος, ασυνήθιστος θόρυβος, μια οχλοβοή. «Οι νεράιδες, τα ξωτικά θα 'ναι», είπα με το νου μου. «Τέτοια ώρα βγαίνουν». Και πριν τελειώσω το συλλογισμό μου, ανοίγει η πόρτα του κελλαριού και μπαίνει μέσα μια... νεράιδα!... Βαστούσε στο χέρι το πιάτο που έβαζε πετιμέζι η νουνά μου! Πάγωσα από το φόβο μου! Άθελα μου ξέφυγε ένας πνιχτός λυγμός και μόλις τον ακούει η νεράιδα, βγάζει μια τρομαγμένη φωνή και της πέφτει το πιάτο του πετιμεζιού! Και τότε τι να δω! Αμέτρητες γυναίκες να έρχονται, να έρχονται. Νιες, γριές, μεσόκοπες. «Τόσα πολλά στοιχειά έχει το σπίτι της νουνάς», συλλογιέμαι τρομαγμένη και μου φαινότανε πως έφτασε το τέλος μου. Τα στοιχειά μιλούν!... Φωνάζουν. Αλαλιάζουν!... «Εδώ είναι τη», ξεφωνίζουν άλλα χαρούμενα και άλλα θυμωμένα! «Μπα; Με γυρεύουν», σκέφτομαι και παραλύω! Αλλά να και η μάνα μου! Ξωτικό κι αυτή; Όχι! Γελάει και κλαίει και με ρωτά, τι έγινα, πού ήμουνα.

Σε λίγο έμαθα γιατί ήτανε συναγμένο όλο το γυναικολόι του χωριού μας στης νουνάς μου τέτοια ώρα, χαράματα! Κάποιες τρέχουν στο δάσος και στις λαγκαδιές, να ειδοποιήσουν τους άνδρες—που ακόμα με γυρεύανε—ότι βρέθηκα! Η μάνα μου κι ένα τσούρμο γυναίκες τραβήξανε για του Αβραμίκου για συχώρεση!

Γιατί, σαν χάθηκα, πήγανε και στου Αβραμίκου να με ζητήσουν. Εκείνος, βλέποντας τόσο πλήθος έξαλλο, φοβήθηκε κανένα από τα συνηθισμένα στη φυλή του πογκρόμ, που τα γνώρισε στη χώρα που γεννήθηκε, πριν έρθει στο χωριό μας, και αμπαρώθηκε με τη φαμελιά του στο σπίτι. Το πλήθος τότε βεβαιώθηκε πως ο Εβραίος με πήρε να βγάλει το αίμα μου, να ζυμώσει μάτσες το Πάσχα τους κι έκαμε γιουρούσι, σπάζοντας πόρτες και παράθυρα! Και σαν μπήκε τόσος κόσμος μέσα, δεν έμεινε τίποτα στη θέση του! Στο τέλος έβαλαν και φωτιά και ξυλοκόπησαν άγρια τον Αβραμίκο, τη γυναίκα του και τα παιδιά του!

Τώρα καθότανε χάμω, με την οικογένειά του γύρω του, και κύτταζαν με δάκρυα τα υπάρχοντά τους στάχτη!

Σαν μας είδανε από μακριά, κατατρόμαξαν πάλι, μα δεν άργησαν να καταλάβουν πως τούτη η επίσκεψη δεν είχε κακό σκοπό.

Έδωσε αμέσως τη συχώρεση!

— Ήτανε καλά να με πιστεύατε!... Δεν έπρεπε να περάσει από το μυαλό σας τέτοιο πράγμα, πως πήρα το κορίτσι να βγάλω το αίμα του, είπε κι έβλεπες πως δεν έκλαιγε μόνο για το δικό του πάθημα, τη δική του συφορά, μα για όλης της φυλής του, που επί αιώνες ό,τι κακό γίνεται σ' αυτήν ζητούν τον ένοχο.

Ο Αβραμίκος ήθελε να φύγει με την οικογένειά του του από το χωριό μόλις θα ξημέρωνε. Μα ο νουνός μου τον παρακάλεσε να μείνει. Τον παρακάλεσαν όλοι.

— Πού θα τρέχεις, Αβραμίκο, με τόσα μικρά παιδιά;

Τον βοήθησαν να σπιτωθεί. Τον αποζημίωσαν για όλα, χωρίς να το ζητήσει, και τον αγαπούσανε τώρα κι αυτόν και τη φαμελιά του, που ήτανε η μόνη Εβραϊκή στο χωριό μας—μια Τούρκικη και μια Εβραϊκή, οι άλλες όλες χριστιανικές.

* * *

Περάσανε ως τρία χρόνια. Τώρα ζούσαμε στην Πόλη. Γιατί ο πόλεμος, ο πρώτος παγκόσμιος, χτύπησε άσχημα το χωριό μας και το ερήμωσε.

Ένα βράδυ πήγαμε βεγγέρα σε κάποιο φιλικό σπίτι. Ήταν κι άλλοι εκεί. Μαζί κι ένας δάσκαλος, που κάποιοι λέγανε πως από τα πολλά γράμματα ήτανε λίγο σαλεμένο το μυαλό του.

Έκανε κρύο έξω και καθισμένοι στο μαγκάλι γύρω, με τη φουντωμένη θράκα, τρώγανε κάστανα ψημένα στη χόβολη και κουβεντιάζανε για τα κακά του πολέμου και τους... Εβραίους φυσικά!

— Καταραμένη φυλή, λέει ο ένας.

—Δίνει την ψυχή της στο Σατανά για το χρήμα, λέει ο άλλος.

— Αυτοί, οι Εβραίοι, παρακίνησαν τον πόλεμο για να μάσουν το χρυσάφι του κόσμου στις κάσες τους, λέει ο τρίτος.

Ο δάσκαλος, που μασουλούσε σιωπηλά τα κάστανα, τους κύτταξε τώρα:

—Είστε όλοι ανόητοι, είπε. Και σαν είδε πως δεν σκόπευαν να παρατήσουν την κουβέντα για τους Εβραίους, ξαναμίλησε:

—Δεν υπάρχουν, φίλοι μου, ούτε καλές, ούτε κακές φυλές, ούτε ευλογημένες, ούτε καταραμένες! Σε κάθε φυλή βρίσκονται και καλοί και κακοί, δειλοί και γενναίοι, έξυπνοι και κουτοί, τίμιοι και άτιμοι! Συχνά, ο τρόπος ζωής που κάμνουμε, επηρεάζει το χαρακτήρα μας και το φέρσιμό μας προς τους συνανθρώπους μας.

—Και δε μας λες, κυρ-δάσκαλε, αν οι Εβραίοι σου είναι σαν τους άλλους τους ανθρώπους, γιατί σταυρώσανε το Χριστό μας; ρωτάει ένας.

—Ποιος σου 'πε πως είναι δικός σου ο Χριστός. Και πώς ξέρεις ότι τον σταύρωσαν οι Εβραίοι; Την εποχή που υποτίθεται ότι τον σταύρωσαν, η Ιουδαία ήτανε επαρχία της Ρώμης. Και για πες μου! Ας υποθέσουμε πως δεν τον σταύρωνε κανένας! Πώς, τότε, θα αναστηνότανε—όπως λέει η Γραφή—να τον πιστεύεις τώρα για Θεό και να προσκυνάς το Σαβαώθ και τη Μαριάμ, αντίς το Δία και την Αθηνά;

— Άστα τώρα τα δασκαλίστικά σου και μην προσπαθάς να δικαιολογήσεις τους παλιοτσιφούτηδες που ζυμώνουν το πασχαλιάτικο ψωμί τους με χριστιανικό αίμα, λέει ένας γεροντάκος, κάπως οργισμένα.

Οργίστηκε ο δάσκαλος!

—Δεν ντρέπεσαι, στην ηλικία σου, να πιστεύεις τέτοια, που ούτε για το μυαλό μικρών παιδιών δεν ταιριάζουν; φωνάζει, και όλοι στην παρέα απορούν που είναι τόσο κουτός και δεν ξέρει ένα πράγμα που το ξέρει ο κόσμος όλος. Επιμένουν αυτοί πως είναι αλήθεια ότι βάζουν αίμα χριστιανικό στο άζυμο οι Εβραίοι.

Επιμένει κι αυτός πως είναι χοντρό ψέμα! Και τότε παρουσιάζεται να μαρτυρήσει και να ορκιστεί πως είναι αλήθεια μια γυναίκα.

—Κυρ-δάσκαλε, θα σου πω τι έγινε σε κάποιο χωριό, κοντά στο δικό μας, για να τους μάθεις!... Σου τ' ορκίζουμαι στα πεθαμένα μου και στην υγειά των παιδιών μου πως ανατριχιάζω σαν τήνε θυμάμαι αυτή την ιστορία....

Και αλήθεια είχε ανατριχιάσει.

—Που λες, στο γειτονικό χωριό ζούσε ένας Εβραίος που φαινότανε καλός άνθρωπος. Έβγαζε το ψωμί του, πουλώντας πραμάτειες στα ρωμιοχώρια της περιοχής μας. Μα Εβραίος και καλός γίνεται; Παίρνει μια μέρα ένα κοριτσάκι σαν αγγελούδι και το ρίχνει σ' ένα βαρέλι, που ήτανε γύρω-γύρω σουβλερά καρφιά, και κυλάει το βαρέλι, και το κυλάει, το κυλάει όσο που τρύπησαν τα καρφιά το κορμάκι του δύστυχου κοριτσιού και βγήκε σταλαγματιά-σταλαγματιά όλο του το αίμα και το πήρε ο παλιογιαχουντής και το πούλησε δω στην Πόλη, στους πατριώτες του, μια λίρα την οκά για το πασχαλιάτικο ψωμί τους!...

Πάγωσα από το φόβο μου, ακούγοντας την τρομερή αυτή ιστορία και όλοι στην παρέα ήτανε αγριεμένοι. Μόνο ο δάσκαλος έμεινε ατάραχος.

—Τούτη τη στιγμή την έβγαλες από το μυαλό σου αυτή την ιστορία, ή την άκουσες από άλλη, με ζωηρή φαντασία, τη ρωτάει κυττώντας την ερευνητικά κάτω από τα ματογυάλια του.

—Χριστιανέ μου, η ιστορία αυτή έγινε μονάχα πριν τρία χρόνια, σου λέω, σε ένα γειτονικό μας χωριό! Αστροπελέκι να με κάψει, άμα λέω ψέματα. Το κοριτσάκι ήτανε ανιψιά και βαφτισίμι της Χατζηντουντούς, με τ' όνομα, που 'χε εξηνταδυό αναδεξίμια στην περιοχή μας—εφτά μες το δικό μας το χωριό—κι ένας κουμπάρος της, χωριανός μας, που βγήκε κι αυτός στην αναζήτηση του κοριτσιού, μας την είπε! Ήτανε κει ο άνθρωπος σα βάλανε φωτιά στο σπίτι του Εβραίου, λέει αυτή και ορκίζεται και σταυροκοπιέται κι επικαλείται την οργή και την κατάρα του Θεού, αν λέει ψέματα.

'Οτι ο λόγος ήτανε για την αφεντιά μου, δεν κατάλαβα κι ας άκουσα τ' όνομα της νουνάς και του χωριού μου! Αλλά ήτανε κει και μια ξαδέρφη μου, λίγο μεγαλύτερη (ίσως και λίγο εξυπνότερη) και φωνάζει:

— Καλέ τι ιστορία είν' αυτή; 'Οχι πως θέλω να υπερασπίσω τους Εβραίους! Θεός φυλάξοι! Αλλά Χατζηντουντού, μια ήτανε στο μέρος μας! Και η μόνη ανιψιά της είναι τούτη δω που βλέπετε!... Αυτό είναι το κορίτσι που χάθηκε πριν τρία χρόνια! Μα την άλλη μέρα τη βρήκανε μες στο αμπάρι με το σιτάρι, όχι μες στο βαρέλι με τα καρφιά.

Η γυναίκα που διηγήθηκε την ιστορία, δεν πιστεύει την εξαδέρφη μου! Επιμένει ότι πέθανα πριν τρία χρόνια μες το βαρέλι και θυμώνει πολύ που δεν τήνε πιστεύουν! Μα ο δάσκαλος βάζει τα πράγματα στη θέση τους:

— 'Εχει δίκιο η κυρά!... Δε λέει ψέματα, αφού την πιστεύει την ιστορία!... Να τι συνέβηκε!... Ο χαμός του κοριτσιού ήτανε κάτι συνταραχτικό και τυπώθηκε στο μυαλό τους. Και σαν ακούστηκε πως κάψανε και του Εβραίου το σπίτι, δούλεψε πια η φαντασία τους. Γιατί το κάψανε; Γιατί τράβηξε ο Εβραίος το αίμα του κοριτσιού και το πούλησε! Η διάδοση ταξίδεψε σαν αστραπή! Μα σα βρέθηκε την άλλη μέρα το κορίτσι, αυτό δε διαδόθηκε φαρδιά-πλατιά, αφού δεν έδινε δουλειά στη γλώσσα και τη φαντασία! 'Ετσι, δεν το άκουσε και η κυρά από δω και πιστεύει τώρα για αληθινή την ιστορία που διηγιέται!... Καθόλου παράξενο να το ξέχασαν ότι βρέθηκε και κείνοι που το έμαθαν και κοντά στις άλλες ιστορίες για τους Εβραίους να λένε κι αυτή τώρα με τον πόλεμο!... Πάντα, όταν υποφέρουν οι άνθρωποι, ψάχνουν για κάποιον ως αίτιο και οι Εβραίοι είναι θαυμάσιο εύρημα! 'Ετσι, δεν έχουν ανάγκη να κουράσουν το μυαλό τους να βρούνε τα πραγματικά αίτια της δυστυχίας τους!

Καθώς μιλούσε ο δάσκαλος, εμένα το μυαλό μου ταξίδευε αλλού! Θυμήθηκα ότι την είχα ξανακούσει την ιστορία του θανάτου μου, μα όχι τόσο ζουμερή και χωρίς να πάει ο νους μου στον εαυτό μου! Μα και τώρα, αν ο δάσκαλος, με τη δυσπιστία του δεν εξανάγκαζε τη γυναίκα ν' αναφέρει ονόματα, η ξαδέρφη μου (που 'ναι σπίρτο μοναχό στην εξυπνάδα) δε θα φανταζότανε πως ήμουν εγώ το θύμα, αφού η ιστορία ανάφερε πως το κορίτσι ήτανε σαν αγγελούδι!

* * *

Αλλά δεν τελειώνει εδώ η ιστορία του θανάτου μου! Η ιστορία αυτή εξακολούθησε να πηγαίνει από στόμα σε στόμα κει στην Πόλη κάθε φορά που τύχαινε κουβέντα για τους Εβραίους! Και τύχαινε συχνά! Τέσσερα χρόνια πόλεμος και τότε!... Και με τον πόλεμο χρειάζεται αποδιοπομπαίος τράγος... Και την πίστευαν για αληθινή και κάποιαν από αυτούς που τήνε διηγότανε, ενώ ξέρανε πως μια ανιψιά είχε η Χατζηντουντού κι αυτή ήμουν εγώ. Έτσι είναι οι άνθρωποι! Κι έχουν και το φυσικό να πιστεύουν ανεξέταστα το κακό και να το διαδίδουν σαν με ασύρματο!

Φαντάζομαι πως τότε με την καταστροφή της Μικρασίας και την ανταλλαγή θα ταξίδεψε η ιστορία μου και στην Ελλάδα. Μα ίσως να μη βρήκε έδαφος να ζήσει εκεί! Ποιος ξέρει. Αλλά ότι είχε σχίσει και τον Ατλαντικό ποτέ δεν το 'χα φανταστεί!

Προχτές πήγα να χαιρετίσω κάποιον που γιόρταζε. Ήτανε κι άλλοι εκεί. Κουβέντα στην κουβέντα ήρθαμε και στους Εβραίους!

—Αν δεν ήτανε αυτοί, πόλεμος δε θα γινότανε! Μας βάζουν και σκοτωνόμαστε να μαζεύουν τα λεφτά, είπε ένας.

—Έννοια σου και μετά τον πόλεμο θα καθαριστεί και η Αμερική απ' αυτή τη βρωμοφυλή! Γιατί αν τους αφίσουμε στην ησυχία τους, θα την κυριεύσουν και θα μας πάρουν δούλους τους!... Όλο το χρήμα στα χέρια τους βρίσκεται, είπε άλλος.

—Και είδες, μωρέ παιδί μου, πώς τα καταφέρνουν και ξεφεύγουν το στρατιωτικό;... Κι αν κανένας τους δεν το ξεφύγει, γίνεται την άλλη μέρα αξιωματικός!... λέει τρίτος.

Και κάποιος που τόσην ώρα δεν έλεγε λέξη, έβγαλε μια φωνή τώρα σα να τον έπνιγαν:

— Ντροπή! Ντροπή! Σεβαστείτε τουλάχιστο αυτούς που έχυσαν το αίμα τους για να κερδίσουμε τον πόλεμο να 'στε τώρα λεύτεροι, είπε και ξάπλωσε πάνω στο τραπέζι μια εφημερίδα που βρέθηκε εκεί δα. Εβραϊκό δεν είναι τούτο το όνομα; Και τούτο, και τούτο και τόσα άλλα; Ανοίξετε κάθε μέρα την εφημερίδα και κυττάξετε τη στήλη που δημοσιεύονται τα ονόματα των νεκρών του μετώπου και, αν δεν έχετε αποβλακωθεί τελείως, θα σταματήσετε να εκφράζεστε, όπως εκφράζεστε, είπε. Και πώς μπορείτε να πιστεύετε πως όλοι γίνονται αξιωματικοί; Πιστεύετε, λοιπόν, πως είναι ανώτεροι σε μόρφωση, πνεύμα και ανδρεία οι Εβραίοι; Γιατί ξέρετε, βέβαια, πως δε γίνεται αξιωματικός ένας δίχως να 'χει τα προσόντα. Ή δεν το ξέρετε; ρώτησε.

Κανένας δεν απάντησε και εξακολούθησε αυτός:

— Και ποιος σας γέλασε πως οι Εβραίοι κρατούν το χρήμα της Αμερικής; Εβραίοι είναι οι Μόργκαν, Φόρντ, Ροκφέλερ, Λαμόντ, Ντουπόντ, Κράισλερ και οι ρέστοι βασιλιάδες του χρήματος; Και δε νομίζετε, πως αν εκατό τόσα εκατομμύρια μη Εβραίοι στην Αμερική, σκιαζόμαστε μη μας την πάρουν τα τέσσερα εκατομμύρια Εβραίοι και μας υποδουλώσουν, δε νομίζετε πως, αν υπάρχει τέτοιος κίνδυνος, θα πρέπει να πάμε να πνιγούμε γιατί είμαστε ανάξιοι να ζούμε; Και γιατί τα έχετε με τους Εβραίους; Συμπατριώτες σας, συγγενείς σας, σας έβλαψαν ίσως αρκετοί! Όμως Εβραίοι, όχι. Ψέματα;

— Μα σταύρωσαν το Χριστό, παιδάκι μου, είπε μια γριούλα.

— Καλή μου κυρία, συχνά θα λες και συ πως φύλλο δεν πέφτει από το δεντρί χωρίς το θέλημα του Θεού. Και αφού ο ίδιος ήθελε να σταυρώσουν το γυιο του, εμάς λόγος δεν μας πέφτει! Εξόν αυτό, τι φταίει ο γείτονάς σας ο Σαμ, ή ο Τζάκ, για το τι έκαμαν πριν δυο χιλιάδες χρόνια κάποιοι με τα ίδια ονόματα;

— Μα ζυμώνουν και τώρα με χριστιανικό αίμα το πασχαλιάτικο ψωμί τους, είπε άλλη.

Γέλασε αυτός.

—Αστειεύεσαι, κυρά μου; Ούτε για αστείο δεν πάνε τέτοιες γελοίες και κουτές παλάβρες, λέει.

Και τότε ένας με ιερή αγανάχτηση ξεσπαθώνει να τον πείσει ότι δεν είναι γελοίες και κουτές παλάβρες αυτά και διηγείται την ιστορία μου! Τη δική μου την ιστορία! Μάλιστα!... Και βεβαίωνε με όρκο πως ήτανε κει σα με βρήκανε σκελετωμένη στο βαρέλι με τα καρφιά!... Στάλα αίμα δε μου είχε μείνει!... Το πετσί μου κολλημένο στα κόκκαλά μου!... Τα μάτια μου πεταγμένα από τις κόχες τους, μου ξανάφερε τόπο, χρόνο και ονόματα!...

—Νίτσα το λέγανε το συχωρεμένο το κοριτσάκι. Νίτσα!... Ήτανε καλαδερφή μου, κύριε!... Είχαμε την ίδια νουνά, λέει με πόνο και σπαραγμό για μένα και γω τότε πέφτω απάνω του!

—Καλαδερφός μου είσαι, χριστιανέ μου; Και δε μιλάς τόσην ώρα; Ποιος είσαι; Πώς λέγεσαι; Μέσα από το χωριό μου είσαι; Δε γνωριζόμαστε. Θα 'χουμε πολλά χρόνια να ιδωθούμε!...

Εκείνος τα 'χασε! Αναδεξιμιά της Χατζηντουντούς είσαι του λόγου σου; Μα ποια από τις τόσες;

—Είμαι η... πεθαμένη, του λέω! «Η Νίτσα, όλη κι όλη!».

Μ' αυτός δεν το πιστεύει! Είναι τόσο σίγουρος πως πέθανα πριν τριάντα χρόνια! Τόσο σίγουρος!

—Τότε δε θα 'σαι μέσα από το χωριό μου! Θα 'σαι από κανένα γειτονικό, του λέω! Αλλιώς θα το 'ξερες και θα το θυμόσουνα τώρα που το ανάφερα ότι βρέθηκα τότε που χάθηκα και όχι μες το βαρέλι με τα καρφιά, αλλά στ' αμπάρι με το σιτάρι! Φαίνεται πως μόνο ότι χάθηκα άκουσες. Όχι και πως βρέθηκα. Ή μπορεί και να το άκουσες και να το ξέχασες αυτό μια που μόνο ο χαμός μου έδινε φτερά στη φαντασία σου (ήθελα να πω και στη γλώσσα του, μα δεν το 'πα) και με θαρρείς τώρα για πεθαμένη...

Τον έπεισα στο τέλος πως είμαι η Νίτσα και ακόμα γελά με το παιγνίδι που του έπαιξε η φαντασία του! Τώρα είμαστε φίλοι! Θαυμάσιο πράγμα να βρίσκεις ξαφνικά και αναπάντεχα έναν από το μέρος σου και μάλιστα καλαδερφό σου!

Αλλ' αν νομίζετε πως τώρα πια, που δημοσιεύεται κιόλας, δεν πέθανα πριν τριάντα χρόνια, θα σταματήσουν να διηγούνται την τραγική ιστορία του θανάτου μου μες στο βαρέλι, έχετε πολύ μεγάλο λάθος! Θα εξακολουθούν να τήνε λένε κάποιοι που έτυχε να την ακούσουν, σα γίνεται κουβέντα για τους Εβραίους και θα επιμένουν μπρος στα μάτια μου πως είμαι πεθαμένη και πήγαινε τώρα συ να γυρεύεις άκρη! Ευκολότερο να μάσεις ένα τσουβάλι πούπουλα που σκόρπισε ο άνεμος, παρά μια κακόβουλη διάδοση!

Αδημοσίευτο

# Τελευταίες ώρες

ΔΑΝΕΙΣΤΗΚΕ φέσι ο Πάνος να με συνοδέψει απ' το Φανάρι στο Κοντοσκάλι. Η γειτόνισσα δεν πέταξε τα φέσια των δικώνε της, όπως η μάνα του (και τι πέταγμα!), τότες που μπήκε στο Βόσπορο το «Κιλκίς» και το «Αβέρωφ» και κυμάτισε στην Πόλη η γαλανόλευκη. Αυτή τα 'κρυψε στο σεντούκι. Ανηφορίσαμε απ' τον Αντιφωνήτη. Ως το Σουλτάν Φατίχ άνθρωπο δεν είδαμε!

—Φαίνεται πως δεν κλειδωθήκανε μέσα μονάχα οι χριστιανοί μα και οι Τούρκοι, λέμε.

Ερημιά και στο Σεχσαντέμπασι—το τούρκικο Σταυροδρόμι. Κλειστά τα καταστήματα!... Μια νέκρα φοβερή στο μεγάλο θορυβώδικο δρόμο. Μήτε μια άμαξα, ένα τραμ! Και ξεφωνίζει, θαρρείς, αυτή η ανεξήγητη σιωπή—ξεφωνίζει τρομαχτικά!

—Λες να μας αφίσανε την Πόλη και να φύγανε οι Τούρκοι, να πήγανε στη Σμύρνη που δεν έμεινε χριστιανός; λέει ο Πάνος και παγώνω.

Μα σε λίγο φτάνει στ' αυτί μας μια παράξενη αντάρα. Σα μια μυριόστομη φωνή από αλάργα.

—Τι να 'ναι πάλι τούτο; και τρέμω, κι ας είναι ζεστό απομεσήμερο—δειλινό του Οχτώβρη. Αρχές εκείνου του Οχτώβρη στο '22.

Ζυγώνει η αντάρα. Δυναμώνει... Να γυρίσωμε πίσω;... Πολύς ο δρόμος!... Ίσως μας πιάσει το σκοτάδι προτού να φτάσουμε. Το Κοντοσκάλι τώρα πιο σιμά απ' το Φανάρι!... Αχ, γιατί να μην ακούσουμε τη μάνα του Πάνου και να πάρουμε το βαποράκι για τη Γέφυρα, κι από εκεί το τραμ στο Μπεγιαζίτ, και με τα πόδια μονάχα την ανηφόρα του Γεντίκπασα να κατηφορίσουμε!... Μας έδωσε το έξοδο!... Δεν το πιστέψαμε πως τούτη η μέρα δεν ήταν σαν τις άλλες!... Λογαριάσαμε να τα ξοδέψουμε σε μπογάτσα και κετέν χαλβά!... Γιατί να πληρώσουμε βαποριάτικα και τραμβαγιάτικα και να κάνουμε όλο εκείνο το γύρο; σκεφτήκαμε. Αχ, γιατί να μην την ακούσουμε; Γιατί;...

Τώρα πλησίασαν οι φωνές, τις ξεχωρίζουμε: «γιασασίν Κεμάλ πασά, γιασασίν μιλέτ» οι ιαχές. Κάπου πέρα από το Μπεγιαζίτ πρέπει να 'ναι τούτος ο κόσμος που βρυχιέται. Όπου να 'ναι θα στρίψει το Σεχσαντέμπασι και θα φανεί... Να φύγουμε!... Όχι. Να κρυφτούμε σε κάνα παρασόκακο ώσπου να περάσει!... Όχι, όχι! Θα σταθούμε! Ο Πάνος φοράει φέσι και μοιάζει τουρκάκι. Και μιλάει και τα τούρκικα φαρσί. Ανατολίτης ο πατέρας του. Η γιαγιά του δεν ξέρει ρωμαίικα!

Φάνηκε τώρα το ανθρώπινο κύμα. Έχει μοιασίδια με κείνο τότε στου Βενιζέλου τη γιορτή. Πριν δυο χρόνια. Πήρε μέρος και το σκολειό μας. Με λάβαρο κι ελληνική σημαία—καινούργια-καινούργια! Στην Άγια Τριάδα συγκεντρώθηκε ο κόσμος. Στον αυλόγυρο. Θα μιλούσε ο πρόεδρος της Διδασκαλικής Ενώσεως, μας είπε η διευθύντρια. Και ο στρατηγός Ιωάννου. Ή ο Κονδύλης. Ο Κονδύλης μίλησε! Κ' ύστερα, από τον ίσιο δρόμο του Πέρα, τράβηξε ως το τουνέλ η διαδήλωση, με πελώριες φωτογραφίες του Βενιζέλου και φωνές: «Θα τοοον φέρουμεεε, θα τον φέεερουμε!...». Μόνο που κείνη, η δική μας διαδήλωση, ήταν ήρεμο ποταμάκι και τούτη άγριος φουρτουνιασμένος ωκεανός. Σε κείνη επί κεφαλής οι Αμυνίτες. Ήταν κι ο τσολιάς του Παρασκευοπούλου, που όλα τα κορίτσια τρελλαθήκανε με κείνη τη φουστανέλλα του, τη φούντα του και τα τσαρούχια του... Σε τούτη κυριαρχούσαν οι γυναίκες! Οι χανούμισσες! Δεν πίστευες στα μάτια σου!... Νέες, γριές, μεσόκοπες! Πλούσια ντυμένες κάποιες, φτωχικά πολλές, έτσι κι έτσι άλλες! Με φερετζέ οι περισσότερες, κι άλλες με ευρωπαϊκά και μιαν αχνή ιδέα φερετζέ—ένα μαντήλι δεμένο στο κεφάλι μ' αφέλεια. Και τα μεγαλύτερα λάβαρα και τις σημαίες και τις γιγάντιες φωτογραφίες του Κεμάλ, γυναίκες τις κρατούν! Και αυτωνών οι φωνές ξεσκίζουν περσότερο τον αέρα!...

Και μουγκρίζει τούτο το πλήθος, μουγκρίζει! Κάτι σα σπαραγμός και άγρια χαρά ξεπηδάει από τα στήθια του! Λιοντάρι που καταπατήθηκε, θαρρείς, και ξάφνου ορθώθηκε φοβερό!

Μια μεσόκοπη, με φερετζέ, μα ξέσκεπο το πρόσωπο, βγαίνει απ' τη γραμμή και μ' αρπάζει απ' το χέρι:

— Τί στέκεστε σεις οι δυο και σιργιανάτε και δε μπαίνετε στην παράτα; Δεν είστε οσμανλήδες εσείς;... Μην είστε γκιαούρηδες; ξεφωνίζει αγριεμένη και πετιούνται τώρα από τη γραμμή άλλοι δυο-τρεις κι αρπάζουνε τον Πάνο—κόπηκε η ανάσα μας!... Μα βγαίνει κι ένας με ματογυάλια (δάσκαλος μοιάζει) που φαίνεται να τηρεί την τάξη:

— Αφίστε τα παιδιά, φωνάζει ἐπιταχτικά. «Πάνω σε νέα θεμέλια πρέπει να χτίσουμε τη νέα Τουρκία». Και μπαίνουν πάλι στη γραμμή και ανασάναμε. Και τραβηχτήκαμε σ' ένα στενό σοκάκι και βλέπαμε με τρεμούλα στην καρδιά τον ατέλειωτο ανθρώπινο όγκο (τώρα εξηγούσαμε και γιατί δε συναντήσαμε ψυχή—όλοι εδώ ήταν!) που βάδιζε σαν ένας γίγαντας μεθυσμένος από ξωτικό πιοτί. Προς τα Φατίχ τραβούσε. Απ' το Σουλτάν Αχμέτ—κοντά ἀπ' την ʼΑγια Σοφιά—ξεκίνησε, μάθαμε κατόπιν.

Σουρούπωνε σα φτάσαμε στο Κοντοσκάλι. Αναμμένα τα φώτα στο δρόμο. Μα τα σπίτια σκοτεινά. Κι έρημα, ακατοίκητα, θαρρείς! Χτυπήσαμε αθόρυβα την πόρτα. Ρώτησε φοβισμένα από μέσα η θεία Κατίνα. Και σαν άκουσε τη φωνή μας, έτρεξε σαν αστραπή ν' ανοίξει. Σταυροκοπιέται:

— Πώς ξεθαρρέψατε, άμυαλα παιδιά, και βγήκατε τέτοια μέρα φοβερή έξω;... Δεν ακούσατε πως έχουνε παρέλαση οι Τούρκοι σήμερα και πως αύριο μπαίνει στην Πόλη η χωροφυλακή του Κεμάλ!... Δεν το μάθατε πως το πρωί ανέβηκε ένα τσούρμο από το Κασίμπασα στα Ταταύλα και χτυπήθηκε με τους δικούς μας και σκοτωθήκανε τρεις, λένε. Μπορεί και περισσότεροι! Και κάνει πάλι το σταυρό της που είχαμε τύχη και δε συναντηθήκαμε με κάνα τούρκικο τσούρμο. Και σαν ακούει πως ήρθαμε με τα πόδια, μέσα από τα τούρκικα, για να κόψουμε δρόμο, γουρλώνει τα μάτια της. Και δεν πιστεύει πως ανταμωθήκαμε με τους διαδηλωτές!... Κάνει πάλι το σταυρό της και βάζει λάδι στο καντήλι, για το θαύμα που ακόμα αναπνέουμε! «Η Παναγιά η Μπαλουκλιώτισσα σας φύλαξε!...»

Μας μάλωσε ύστερα:

—Μα κείνη η μάνα σου, βρε Πάνο παιδί μου, δεν έχει μυαλό; Πώς σας άφισε να περπατήσετε απ' το Φανάρι στο Κοντοσκάλι μια τέτοια μέρα;...

Και της λέμε πως εκείνη δεν το ξέρει και γελάμε για το κατόρθωμά μας κι αυτή θυμώνει.

—Δεν έπρεπε να σας αφίσει να βγείτε από το σπίτι σήμερα! Το ρούχα σου σου τα 'στελνα με την πόστα στην Ελλάδα, Νίτσα! Με κείνα που φορούσανε φύγανε χθες η 'Ελλη και το Μαρικάκι στη Ρουμανία, να μείνουν με την κουμπάρα της κουμπάρας μας, ώσπου να δούμε τι θα γίνει, πού θα καταλήξουμε!... 'Εδιωξε σήμερα και η διπλανή τα κορίτσια της. Τις θυγατέρες και την ανιψιά της. Στην Αλεξάνδρεια τις έστειλε. Σε μια ξαδέλφη της.

Ο Πάνος επιμένει πως είναι κουταμάρα αυτός ο πανικός.

—Και τι ξέρεις εσύ, κοκορόμυαλε; Επειδή πας στη Μεγάλη του Γένους, έγινες σοφός, θαρρείς;.... Μα και συ πολύ άμυαλο κορίτσι, Νίτσα!... Τι σηκώθηκες κι ήρθες εδώ, που είμαστε από τρεις μεριές περικυκλωμένοι από Τουρκιά; 'Ολες οι αρμένικες φαμελιές του μαχαλά φύγανε! Πήγανε στο Πέρα που 'ναι οι ξένες Πρεσβείες και δε θα τολμήσουν να βάλουν εκεί σφαγή!... Λένε πως απόψε θα γίνει γιουρούσι να εκδικηθούν οι Τούρκοι, που σηκώσαμε κεφάλι από την Κατοχή, τέσσερα χρόνια, με τις πλάτες των συμμάχων, που τώρα μας αφίσανε σύξυλους!... Περικυκλωμένο το Κοντοσκάλι και στη θάλασσα θα πέσουμε κι εμείς, στη θάλασσα, κλαίει σιγανά η θεια Κατίνα, έτσι σάμπως να 'χουν αυτιά κι οι τοίχοι και φοβάται.

* * *

Φαίνεται πως όλος ο κόσμος της Πόλης, στο Γαλατά μαζεύτηκε σήμερα. Με βαλίτσες, ζεμπίλια, μπογαλάκια!... Τρέχουν, σπρώχνουν, σκουντούνε, τρυπώνουνε στο πλήθος ιδρωμένοι, μα και παγωμένοι μαζί!... Να προφτάσουν να φύγουν... Να φευγατίσουν τις φαμιλιές τους άλλοι! Τα παιδιά τους, τις κόρες, τις ανιψιές, τις γυναίκες τους!... Ας φύγουν από δω κι ας πάνε όπου τύχει!... Δεν προφταίνουν να φορτώσουν τα πλοία κόσμο τρομαγμένο!... Παιδάκια ολομόναχα, τα στέλνουν μ' ένα γράμμα στην τσέπη, σε συγγενείς, φίλους, κουμπάρους, στην Ελλάδα, στην Αίγυπτο, στη Ρουμανία, κι όπου αλλού βρίσκεται γνωστός τους!...

* * *

Ξάπλωσα στο κατάστρωμα σαν έπεσε σκοτάδι. Δίπλα σε άγνωστα κορίτσια που σιγοκλαίνε... Το πλοίο φεύγει. Τ' άστρα με το φεγγάρι περπατούν στον ουρανό προς αντίθετη κατεύθυνση. Ή μην πάμε εμείς προς αντίθετη κατεύθυνση;... Κι όπως τραμπαλίζει το σκάφος θαρρώ πως προσπαθάει να το ρουφήξει το κήτος του Ιωνά—μονάχα το κήτος του Ιωνά φοβόμουνα τότες πως μπορούσε να μας καταπιεί! Άλλος κίνδυνος, να μην ξαναγυρίσουμε στη γη των γονικών μας, δεν ύπαρχε!...

Αυτές ήταν οι στερνές στιγμές μου πάνω στη γη μας—πάνω στη θάλασσά μας—που θύμωσε, θαρρείς, που φεύγαμε, κι έδερνε αλύπητα το πλοίο όλη εκείνη την παγερή νύχτα: να το συντρίψει, να κολυμπήσουμε, να βγούμε στις στεργιές μας, που τα χώματά τους τα μουσκεύανε με τον ιδρώτα τους αιώνες και αιώνες οι πατέρες μας.

«Αργοναύτης», Νέα Υόρκη 1960

# Η ιστορία της Θεοδώρας

ΠΟΛΛΕΣ οι Θεοδώρες στην ιστορία!... Μια έγινε αγαπητικιά του πάπα της Ρώμης, που τον σκότωσε η θυγατέρα της (το 928) να γίνει πάπας ο γιος της! Άλλη, η Δούκα, ξενιτεμένη βυζαντινή πριγκίπισσα, γυναίκα του δόγη της Βενετίας, στάθηκε πολύ άτυχη. Κι άλλη—η Μεγάλη Θεοδώρα—πολύ τυχερή! Από χορεύτρια στον Ιππόδρομο ανέβηκε στο πιο λαμπρό θρόνο κι έγινε και αγία—και πολύ δίκαια! Στο γερό μυαλό και την καλωσύνη της και την επιρροή της στον άντρα της, τον Ιουστινιανό, χρωστούσε το Βυζάντιο πολύ καλούς νόμους του—και χρωστάει ο κόσμος περισσότερο σ' αυτή το Ναό των Ναών, την Αγία Σοφία της πολύ άτυχης Πόλης μας. Μα η Θεοδώρα που ήρθε σήμερα στο νου μου (αιτία η Μεγάλη Σαρακοστή και το Μεγάλο μαρτύριο της σημερινής Ελληνικής Πόλης) δεν έκαμε τίποτα στη ζωή της, που δεν διαφέρει από χιλιάδες τέτοιες ζωές, που ήρθανε ένα πρωί στον κόσμο, χωρίς κανένας να το θέλει, κι έφυγαν ένα άλλο χωρίς να δακρύσει—ούτε και η μάνα τους! Μα ποια ήτανε η μάνα τούτης της Θεοδώρας; Πού να γεννήθηκε; Σε σπίτι; Σε καλύβι; Σε παλάτι;... Μόνο ξέρω πως είδε το φως εκεί που έζησε και βασίλεψε η μεγάλη συνονόματή της, που γράψανε γι' αυτή αμέτρητα βιβλία!

Τούτης της Θεοδώρας η ιστορία ασήμαντη! Μια Δευτέρα πρωί η καθαρίστρια (τζάνιτορ) του σχολείου μας, που έμνησκε με τη φαμιλιά της στο ισόγειο, σε δυο κάμαρες, μας υποδέχθηκε πολύ χαρούμενη και μ' ένα μωρό στην αγκαλιά της. Το βρήκε το Σάββατο πολύ πρωί, ανήμερα των Αγίων Θεοδώρων, όταν άνοιξε την πίσω εξώπορτα του αυλόγυρου του σχολείου και της εκκλησίας.

— Είδα ένα πανεράκι, με κάτι να σαλεύει κάτω από το πανί. Νόμισα γατάκι ή κουταβάκι, και ήτανε τούτο το αγγελούδι... Οι 'Αγιοι Θεόδωροι μου στείλανε να έχω κορούλα (είχε δυο αγοράκια) κι ας είναι δοξασμένοι...

Οι δασκάλες με επί κεφαλής τη διευθύντρια, πρωτοφώναξαν πως έπρεπε να βαφτιστεί Θεοδώρα το μ ω ρ ό. Πανηγύρι στο σκολειό! 'Εσπασε κείνη τη μέρα η μονοτονία του θρανίου και της γραμματικής. Δεν έκαμαν μάθημα ούτε δίπλα στο αρρεναγωγείο! Μάθανε το νέο και ήρθανε δάσκαλοι και μαθητές να δούνε το μωρό της καθαρίστριας, που ήτανε και παιδονόμος. Μελίσσι βουερό τα δυο σκολειά!

Τα κορίτσια προσπαθούσαμε να μαντέψουμε αν η μάνα του μωρού ήτανε όμορφη ή άσχημη, πλούσια ή φτωχιά. Αν ήτανε ο πατέρας του λεύτερος ή νυμφευμένος, πολίτης ή στρατιώτης. Κι αν ήτανε στρατιώτης, ποιας χώρας! Κατοχή η Πόλη τότε από συμμαχικά στρατεύματα και γιομάτη ναύτες και στρατιώτες 'Αγγλους, Γάλλους, Ιταλούς, 'Ελληνες, Αμερικανούς!... 'Οσο για τη μάνα, σίγουρα πως ήτανε ρωμιά της Πόλης. Αν ήταν Τούρκα, Αρμένισσα, Εβραία, δεν παρατούσε το παιδί της στη δική μας εκκλησία!

'Ολη εκείνη τη μεγάλη Σαρακοστή στο διάλειμμα μαλώναμε τα κορίτσια ποιο να πρωτοπάρει στην αγκαλιά του τη Θοδώρα μας και καμάρωνε η κυρία Αντωνία, η καθαρίστρια και παιδονόμος.

'Ολοι το αγαπήσαμε το δροσερό αυτό και χαρωπό μωρό και ερχότανε να το δούνε και να το χαϊδέψουν κι ο παπάς, ο διάκος, ο καντηλανάφτης, οι δάσκαλοι από το αρρεναγωγείο και οι μαθητές.

Μα πέρασε η Σαρακοστή. Πέσανε οι δουλειές του άντρα της κυρίας Αντωνίας, που ήτανε γανωματής. Τη Σαρακοστή δίναν οι νοικοκυράδες της Πόλης τα χαλκώματά τους για γάνωμα—ν' αστράφτουν τη Λαμπρή. Ο μιστός της κυρ-Αντωνίας μικρός και σταμάτησε τώρα το αραρούτι και το νεστλέ, και το φαρίν λακτέ και τάιζε τη Θοδωρίτσα με ψωμί βρεμένο και γάλα βερεσέ, που το νόμιζε νερωμένο. Κι άρχισε να ζαμπονεύει η Θοδωρίτσα, να λυώνει και να κλαίει σαν άρρωστο γατάκι, και να κλαίει μαζί και η κυρία Αντωνία! Πονούσε και η δική μας ψυχή που βλέπαμε να αχαμναίνει το μωρό και πια δε μαλώναμε να το αρπάζουμε στο διάλειμμα στην αγκαλιά μας. Μόνο τα δροσερά και χαρωπά μωρά ελκύουν!

Μια μέρα, κοντά στις παύσεις, την ώρα που μας παίδευε η δασκάλα με απαρέμφατα και «παιδεύει, παιδεύσει, πεπαιδευκέναι» κι άλλα αλαμπουρνέζικα, ακούμε κάτω φωνές, τσιρίδες, μα δε μας άφισε η στριμμένη να πάμε να δούμε. Αλλά σα σχολάσαμε, οργισμένη ακόμα η κυρία Αντωνία, ξεφώνιζε τα καθέκαστα:

— Ήρθε πάλι εκείνη η ομορφονιά, σινάμενη, κουνάμενη να δει τη Θοδωρίτσα μου και την έβγαλα με κλωτσιές την σουρτουκλεμέ!... Την υποψιάστηκα με την πρώτη, μα την αγαπούσα τη μπαμπέσα που έρριξε το μωρό της στην πίσω πόρτα του αυλόγυρου κι όχι στην μπροστινή, που ανοίγει ο καντηλανάφτης το πρωί και να 'βρισκε εκείνος το μωρό. Μα τώρα άνεργος ο άντρας μου, το μιστό μου με βία φτάνει για το ψωμί της φαμιλιάς μου, και δεν έχω ν' αγοράσω τα καλούδια που τάιζα πρώτα το μωρό μου και ζαμπόνεψε και καίγεται η καρδιά μου!... Γιατί, μωρή σκρόφα, το έφερες τη Σαρακοστή, που έχει πολλές δουλειές ο άντρας μου, και δε συλλογίστηκες πως θα πέφτανε μετά το Πάσχα!... Τι θα γίνω τώρα που το αγάπησα το παιδί σου περισσότερο από κείνα που γέννησα, γιατί είναι κοριτσάκι, αδύνατο πλάσμα και άτυχο!... Και την έδιωξα την καχπέ...

Όταν επιστρέψαμε το Σεπτέμβρη στο σκολειό, κερένια η Θοδωρίτσα!... Κι ένα πρωί έκλεισε τα μάτια της και δεν έκλαψε μήτε και η κυρία Αντωνία. «Ησύχασε», είπανε όλοι.

Αυτή είναι η ιστορία της άσημης Θεοδώρας που δε θα την θυμόμουνα, αν τούτες τις μέρες δε γυρνούσε ο νους μου πολύ σε κείνα τα πατρικά χώματα που στενάζουνε βαριά πάλι.

«Ελληνικός Τύπος», Σικάγο 1965

# Εκείνα τα Χριστούγεννα

ΗΡΘΑΝΕ και σφήνωσαν στο νου μου εκείνα τα Χριστούγεννα στο Σιντιρλί. Τουρκόπολη το Σιντιρλί, στην καρδιά της Μικρασίας. Μα είχε και 200 οικογένειες χριστιανικές (τότε—τώρα ούτε μια!) και προσφέρθηκαν να στεγάσουν 150 προσφυγικές οικογένειες, ώσπου να τελειώσει ο πόλεμος, ο πρώτος μεγάλος πόλεμος, και πήγανε 500. Οι πιο πολλές απ' τα βομβαρδισμένα μέρη: Τσανάκαλε, Καλλίπολη.

Γέμισε ο αυλόγυρος της εκκλησίας (μεγάλος), τα δυο σκολειά (καλοκαίρι, δεν είχανε μαθήματα), το νεκροταφείο, δίπλα και πέρα οι σταύλοι, οι αποθήκες, στην άκρη της πόλης. Κι ερχότανε οι ντόπιες φαμιλιές, χριστιανικές, μα λίγα τα ελληνικά τους, οι πρόσφυγες ούτε μια λέξη τούρκικα! Διάλεγαν μια προσφυγική φαμιλιά και την έπαιρναν στο σπίτι τους.

Εμάς δε μας θέλησε καμιά. Τέσσερα μικρά ορφανά βρωμιάρικα (ο μικρός, κατουργιότανε απάνω του, γέννημα του πολέμου αυτός), και η γιαγιά όλο να κλαίει για τη μάνα μας, που πέθανε κοπέλλα ακόμα, και μείναμε στη ράχη της, κι ο παππούς όλο να βλαστημάει, μισοπάλαβος από τότε που η τουρκική κυβέρνηση κατάσχεσε τη μαούνα του για στρατιωτικές μεταφορές. Ποιος να μας θελήσει εμάς!

Μείναμε έξω ως τα πρώτα κρύα και μετά βρήκαμε θέση στο ένα από τα δυο σκολειά, που δε λειτουργούσε, για να 'χουμε στέγη—κάπου 70. Κοιμόμασταν αράδα όλοι, γυναίκες και παιδιά (άντρας μόνο ο παππούς μου), σαν σαρδέλλες στο βαρέλι.

Μα κατά τα Αηνικολοβάρβαρα, μήτε οι μισοί! Είχε πέσει θανατικό στους πρόσφυγες, σ' όλη την πόλη και πήρε και πολλούς ντόπιους, χριστιανούς και Τούρκους.

Στο σκολειό η φαμιλιά της Μιλίτσας. Έξι παιδιά είχε η μάνα της, και δεν τους θέλησε καμιά ντόπια οικογένεια. Αυτό ήτανε μεγάλη τύχη για μένα. Γιατί το Μιλιό, μόνο κάνα χρόνο μεγαλύτερό μου, μα σπίρτο! Μόλις ξημέρωσε, μ' έπαιρνε και βγαίναμε και δεν ακούγαμε τα κλάματα και τα μοιρολόγια. Γιατί κάθε μέρα και λείψανο είχανε, στο ένα ή στο άλλο σκολειό, χώρια που φέρνανε στην εκκλησιά και κείνους που πέθαιναν στα σπίτια, πρόσφυγες και ντόπιους, και πίσω απ' τα σκολειά το κοιμητήρι, που όλο μνήματα άνοιγε κάποιος.

Λοιπόν, έξυπνο το Μιλιό, τετραπέρατο (ίσως γιατί είχε γεννηθεί στη Ρουμανία, συλλογιόμουνα), με τράβαγε και φεύγαμε πέρα στα περιβόλια, όπου βρίσκαμε κάτι λαχανόριζες θαύμα, πίναμε κι απ' το ποτάμι νεράκι, και γυρνούσαμε βραδάκι στο σκολειό να κοιμηθούμε.

Ως τα Αηνικολοβάρβαρα είχε θάψει η μάνα της όλα τα άλλα πέντε παιδιά της. Η μεγάλη της, κοπέλλα της παντρειάς, 16 χρονών, πέθανε την ίδια μέρα με το αγοράκι της, κι έλεγαν πως της έστριψε της άμοιρης. Το Μιλιό τώρα να 'τανε βολετό να μην ερχόμασταν καθόλου στο σκολειό, ούτε για ύπνο.

Αλλά μια βδομάδα πριν τα Χριστούγεννα, ξαφνικά κι αναπάντεχα, πάει και το Μιλιό.

Τώρα η σειρά μου. Το ήθελα. Πώς θα ζούσα χωρίς το Μιλιό; Στον άλλο κόσμο θα 'βρισκα και τη μητέρα μου και τον πατέρα μου, όλους που πέθαναν...

Δυο μέρες πριν τα Χριστούγεννα βγήκε τελάλης και διαλάλησε πως μια επιτροπή από τη Σμύρνη έστειλε αλεύρι και κρέας για τον προσφυγόκοσμο να κάνει καλά Χριστούγεννα. Τρέξαν οι γυναίκες και πήρανε όσο τους έπεφτε, ανάλογα με τα άτομα που απόμειναν στη φαμιλιά μας. Ζύμωσαν την παραμονή, χώρια η καθεμιά τ' αλεύρι της, τσουρέκια, και δανείστηκαν κι ένα καζάνι από μια ντόπια, και βάλανε το βραδάκι το κρέας όλο μαζί να σιγοβράζει, έξω, στον αυλόγυρο, στήσανε τζάκι.

Γέμισε κόσμο, όχι μόνο η εκκλησιά τη νύχτα, σα χτύπησε η καμπάνα, μα κι ο αυλόγυρος—δε χωρούσε μέσα. Για 200 φαμιλιές χτισμένη. Και μόλις ακούστηκε απ' τον παπά το «επί γης ειρήνη», όλα τα στόματα, με τα μάτια ψηλά, προς το Θεό, «ειρήνη, ειρήνη» φώναξαν με δέος.

Μετά στρώσανε στο πάτωμα του σκολειού μας ένα σεντόνι, της 'Αννας, που λεν το 'χε πουλήσει ακόμα για ψωμί, βάλανε στη μέση γαβάθες με ζωμό και κρέας, και κουτάλια γύρω και καθήσαμε, με το δαδί να φέγγει, μα πριν αρχίσουμε να φάμε, κάποια είπε:

— Πού είναι η Μαρίτσα—η μάνα της Μιλίτσας.

— Θα πήγε δίπλα, στο άλλο το σκολειό, την Τσανακαλιώτισσα, που έχασε κι αυτή όλα τα παιδιά της, είπανε. Και πήγανε να τη φέρουν.

Δεν ήτανε εκεί, ούτε και στον αυλόγυρο πουθενά, οι οξώπορτες κλειδωμένες.

— Στο κοιμητήρι θα πήγε να κλάψει τα παιδιά της, είπανε.

Πήρανε το δαδί να βλέπουν και πήγανε.

Τη βρήκανε πάνω από το φρέσκο μνημούρι του Μιλιού. Το είχε μισοσκάψει με τα νύχια της.

— Θέλω να βγάλω το Μιλιό μου να ζεστάνω τα ποδαράκια του, κάνει κρύο, έλεγε παράξενα.

Την τράβηξαν στο σκολειό, την κάθισαν να φάει, μα δεν έφαγε αυτή. Μόνο νιαούριζε:

— Το Μιλιό μου, που ήτανε σα ρέπανος, δεν είχε σεντόνι, της 'Αννας, που δεν το 'χε πουλήσει ακόμα έσβησε κι αυτό;

Κάτι τέτοια έλεγε. Εμείς τρώγαμε. Μήνες κρέας δεν είχαμε φάει.

Πώς ήρθανε και σφήνωσαν τώρα εκείνα τότε τα Χριστούγεννα στο νου μου; Μυστήριο!...

«Ελληνικός Αστέρας», Σικάγο 1973

## «Τοπίκ . . . τοπιιίκ»

ΟΜΟΡΦΟ βράδυ. Ούτε κρύο, ούτε ζέστη. Δυνατή, μονότονη φωνή μπάσο προφούντο, κάτω στο δρόμο «τοπίκ, τοπιιίκ», με κάποιο μελαγχολικό απόηχο. Όχι σαν τις δικές μας, τις ρωμέικες τούτες τις μεγάλες μας μέρες, τις γιομάτες χαρά και αγαλλίαση.

—Τοπίκ... τοπιιίκ», ξανακούστηκε η φωνή στο δρόμο. Κύτταξα από το παραθύρι, κι ας το 'ξερα πως ήτανε ο Καραμπέτ Ντερντεριάν με κείνο το μεγάλο ταψί πάνω στο κεφάλι του, όπου μέσα είχε αραδιασμένα εκείνα τα τόσο νόστιμα τοπίκ. Φώναξα, ανοίγοντας λίγο το τζάμι, μ' όλη τη δύναμη της φωνής μου, τραγουδιστά:

—Του λε νομ αρμενιέν σε ταρμίν αν,αν, εξεπτέ λε Καραμπέτ κιέ σε ταρμίν αν μπετ, με ικανοποίηση, χαρά.

Δεν μ' άκουσε, φαίνεται. Μα κι αν μ' άκουγε, ακόμα κι αν γνώριζε γαλλικά—που δε θα τα γνώριζε!—δε θα καταλάβαινε. Λίγα τα γαλλικά μου και σα σπασμένα γυαλικά! Αλλιώς θα θύμωνε, θαρρώ. Γιατί το γαλλικό αυτό στιχάκι, Κωνσταντινοπολίτικης παιδικής έμπνευσης και... κατασκευής, λέει: Όλα τα αρμένικα ονόματα (τα επίθετα) τελειώνουν σε αν (αν στα γαλλικά θα πει γαϊδούρι, με το συμπάθειο) εξόν το Καραμπέτ που τελειώνει σε μπετ, που στα γαλλικά μπετ λένε το χτήνος (είχανε βέβαια και τ' αρμενάκια δικά τους στιχάκια για μας).

Το ξεφώνισα δυνατά μέσα από το τζάμι να μ' ακούσει και να θυμώσει ο Καραμπέτ Ντερντεριάν, μα ξάφνου ξύπνησα...

Στην αρχή δεν μπορούσα να καταλάβω πού βρίσκομαι, μα δεν άργησα να καταλάβω πως είμαι στο

Σικάγο, στο κρεβάτι μου, κι όχι στην Πόλη, την Κωνσταντινούπολη, στο παραθύρι μας εκεί.

Εκεί, που τέτοιες μέρες (τότε), στις μεγάλες γιορτές της Ορθοδοξίας οι Ρωμιοί τις περνούσαμε με τρικούβερτα γιορτάσιμα φαγοπότια, γλέντια και ξεφαντώματα, για τη θεία Γέννηση και τον 'Αϊ-Βασίλη. Οι Αρμεναίοι Ορθόδοξοι (για τους Καθολικούς και Προτεστάντες Αρμεναίους δε σκοτιζόμασταν—λίγοι, άλλωστε, αυτοί) νήστευαν ακόμα!...

Αιτία εκείνος ο «αναθεματισμένος ο 'Αρειος», όπως έλεγε ο παππούς μου, που σε κάποια σύνοδο του παλιού καιρού, κάπου στη Νίκαια, θαρρώ, έφερε την αίρεση, και γιορτάζουν τώρα οι Αρμεναίοι χωριστά τη Γέννηση: 'Οταν εμείς γιορτάζουμε τη Βάφτιση... Κι επειδή νήστευαν ως τα Θεοφάνια (όταν εμείς τρώγαμε χοιρίδια στο φούρνο και πουλερικά), αυτοί έτρωγαν νοστιμότατα τοπίκ.

Κάτι στρογγυλά σαν τόπια, σαν μπαλλίτσες, από ρεβίθια πουρέ. Μέσα μια στρώση κρεμμύδια ροδισμένα στο τηγάνι με σαμόλαδο (σουσαμόλαδο), κι από πάνω μια στρώση ταχίνι (από σουσάμι κι αυτό) και ποιος ξέρει τι άλλο. 'Ητανε πολύ νόστιμα και τ' αγοράζαμε και μεις. Πήγαιναν θαύμα με το ρακί, το ούζο, έλεγαν αυτοί που ήξεραν, αλλά τα τρώγαμε και μεις, τα παιδιά, με πολλή όρεξη, κι ας ζωντάνευαν οι διαφορές μας τέτοιες μέρες—που δε γιόρταζαν μαζί μας τη Γέννηση οι Αρμενορθόδοξοι.

Ο Καραμπὲτ Ντερντεριάν (ντερντέρ, λένε τον παπά αρμένικα, παπαδόπουλο) ήταν περίφημος στο Κοντοσκάλι και στους παραπέρα μαχαλάδες, για τα τοπίκια του. Μα και για τη βαθειά στεντόρεια φωνή του, που την άκουγες τραγουδιστή δέκα σοκάκια παραπέρα.

Αλλά δεν ήταν στο δρόμο ο Καραμπέτ με τα τοπίκια και τα μύδια γεμιστά, άλλη εξαίσια αρμένικη λιχουδιά, που έτρωγαν αυτές που νήστευαν τις μέρες, όταν εμείς τρώγαμε απ' όλα—μετά από 40 μέρες αυστηρή νηστεία. Αλλά και σαν καλοί Ανατολίτες, θέλαν και να καλοτρώνε. 'Ισως κι από ζήλεια που τρώγαμε πια γιορτάσιμα εμείς, χωρίς να περιφρονούμε και τα τοπίκ τους, «εξαίσιος μεζές», έλεγαν οι μπαμπάδες και οι θειοί.

Δεν ήταν ο Καραμπέτ, ήταν κάποιο αυτοκίνητο στο δρόμο που με ξύπνησε—κι έχασα την Πόλη, και κείνη τότε την εποχή. Δεν είχα πλεξίδες τα μαλλιά μου μ' ένα πελώριο γαλάζιο φιόγκο στην κορφή... αναθεματισμένο αυτοκίνητο, κακό που μου 'κανες!... Θα ξαναβρεθώ ποτέ στην Πόλη, στο Κοντοσκάλι; Με πλεξίδες μάλιστα τα μαλλιά μου...

Δεν με ξαναπήρε για ώρες ο ύπνος. Τώρα πήγα στην Πόλη με το γοργότερο μέσο που έχει ο άνθρωπος, που χωρίς διαβατήριο και εισιτήριο, σαν αστραπή γοργά, διασχίζει βουνά, θάλασσες και χρόνο και βλέπει τόπους, πρόσωπα, σκηνές που κράτησε ο νους του ατόφια...

Κάτι άλλο το Δωδεκαήμερο στην Πόλη—τότε! Είχαν μια άλλη χάρη κι ομορφιά οι μέρες του. Πλούσια (τότε) η πνευματική και η καλλιτεχνική ζωή στην Πόλη. Κονσέρτα, θέατρο, διαλέξεις, κινηματογράφος. Μα το πιο ξεχωριστό της ήτανε οι παραδόσεις μας, που τις κρατούσανε ατόφιες. Τις χαιρότανε μαζί μας και οι άλλοι—και οι Τούρκοι! Ερχότανε και ο Αρίφ, που ο πατέρας του σκοτώθηκε στη μάχη του Τσανάκαλε απ' τους Εγγλέζους, στο μεγάλο πόλεμο. «Να πω, κοκκώνα, κάλαντα», και τα έλεγε με κείνα τα δικά του ελληνικά, και με πόση χαρά έπαιρνε το κομμάτι της βασιλόπιττας (5 έως 6 ετοίμαζαν οι καλές νοικοκυρές—η μια νηστήσιμη, να την κόψουν του Σταυρού που νήστευαν) και κανένα φοινίκι, κανένα κομμάτι σαραγλί. Τα πήγαινε στη μάνα του. Ξενόπλενε, να ζήσει το ορφανό της η Εμινέ καντίν-καντίν, τις φτωχές Τούρκισσες, έλεγαν. Κάτι σαν το δικό μας το κυρά. Τις άλλες χανούμ-χανούμισσες.

Δεν έστηναν τότε χριστουγεννιάτικο δέντρο στα ορθόδοξα σπίτια, στους λαϊκούς μαχαλάδες. Μόνο στο Πέρα, που «φραγκόφερναν οι ξιππασμένες», όπως έλεγε η γιαγιά μου:

—Αυτές, μωρό μου, κάνουν ζυμωτές τις βασιλόπιττές τους—ούτε ξέρουν ν' ανοίξουν φύλλο οι τεμπέλες.

Και προσοχή μεγάλη αυτές τις μέρες από τους καλικάντζαρους—ώσπου να ρίξουν το σταυρό στη θάλασσα να καθαρίσουν τα νερά. Και κρύο-ξεκρύο τα παλληκάρια να τον βγάλουν, να τον γυρίσουν από σπίτι σε σπίτι με το θριαμβευτικό «Σήμερον τα Φώτα και ο φωτισμός, και χαρές μεγάλες και αγιασμός» κι έσκαναν οι καλικάντζαροι!...

—Είναι πολλοί, γιαγιά;

—Δώδεκα, παιδί μου—όσες και οι μέρες του Δωδεκάμερου, και βγαίνουν τούτες τις μέρες και μαγαρίζουνε τα πάντα—να μην αφίνεις ούτε τα παπούτσια σου ξέσκεπα έξω μετά το ηλιοβασίλεμα... όλο κακία που ήρθε ο Χριστός μας κι έσκασαν τα παγανά, μαζί και ο μεγάλος τους, το βρωμερό ζούδι (Ζευς, άραγε;), ο αρχικαλικάντζαρος, κι έκανε τρεις φορές το σταυρό της.

Και την άκουγα μαγεμένη. Πού να φανταζότανε το σημερινό μας κόσμο!... Πόθος κι ευχή ειρηνικός και χαρούμενος ο Νέος Χρόνος, το 1987.

«Εθνικός Κήρυξ», Νέα Υόρκη 1986

# Ματιές στο χαμάμι, κι άλλα

«ΠΟΛΛΟΙ οι δρόμοι που έχει ο νους», είπε ο Σολωμός. Παίρνει ξάφνου δρόμο αυτό το μέγα μυστήριο τ' ανθρώπου, που αυτό μας δίνει τις χαρές, και τις λύπες, και τρέχει πίσω στο χρόνο, μα και στο μέλλον, και σε κάνει να τρομάζεις ή και να χαίρεσαι, ν' αναπολείς περασμένα που τα 'χει κρατήσει σαν σημερινά, κι ας σβήνει τα σημερινά από την... αποθήκη του!

Ο δρόμος, που πήρε τούτη τη στιγμή ο δικός μου νους, πολύ μακρινός!... Στην Πόλη, την Κωνσταντινούπολη, που σήμερα έχει χάσει και το χιλιόχρονο όνομά της και τη λεν Ισταμπούλ—μα όχι κι εγώ!

Ίσως γιατί δε θ' αργήσουν να 'ρθουν οι μεγάλες χριστιανικές γιορτές της χειμωνιάτικης εποχής. Που απαραίτητο είναι να μεταλάβουμε (μετά από 40 μέρες νηστεία) κι έπρεπε να 'μαστε καθαροί και στο σώμα. Αλλά δεν είχανε λουτρό τα σπίτια, κι όχι μόνο της φτωχολογιάς, μα και της μεσαίας τάξης. Αλλά σε κάθε γειτονιά υπήρχε το... χαμάμι, όπως το λέγαμε, από το τούρκικο «χαμάμ». Ελάτε, λοιπόν, να ρίξουμε μια ματιά (έτσι για ξεκούραση από τα σημερινά), στην τελευταία, θαρρώ, φορά που το χάρηκα, και ατόφιο μπροστά μου:

Μεγάλη ετοιμασία η θεία μου. Έφτιαξε μύδια γεμιστά με μπουλγούρι (το μπουλγούρι είναι σιτάρι χοντροαλεσμένο), νηστήσιμο βέβαια—όλα νηστήσιμα—πήρε ελιές τσακιστές, πιπεριές τουρσί κι άλλα τέτοια, και σιμιγδάλι χαλβά, που τον έφτιαξε η ίδια.

Στο χαμάμι θα πηγαίναμε παρέα με τη γειτόνισσα κι έπρεπε να φανούμε... άνθρωποι! Νοικοκυρές όπως πρέπει, να μην έχει εκείνη περισσότερες και καλύτερες λιχουδιές, να μας προσφέρει σαν θα βγαίναμε το μεσημέρι για φαγητό (ολόκληρη τη μέρα εκεί θα την περνούσαμε—θα πληρώναμε για την είσοδο). Κάτι σαν πικ-νικ.

Ξεκινήσαμε πρωί από το σπίτι—κοντά στο Πατριαρχείο. Το χαμάμι ήτανε εκεί που τελειώνει το Φανάρι κι αρχίζει ο Μπαλατάς. Μαζί, βέβαια, και η γειτόνισσα με το τσούρμο της—τρία έως τέσσερα παιδιά και η μάνα της. Απ' τα παράθυρα βγαίναν και μας κυττάζανε (με ζήλεια, νομίζαμε). Πλήρωσε στην είσοδο—για μας τα παιδιά τα μισά, μας πήρε η χαμαμτζού και μας έδωσε θέση στο δεύτερο όροφο—κάτι σαν μπαλκόνι. Ξεντυθήκαμε, τυλιχτήκαμε με τα μπουρνούζια (κάτι σαν χοντρές πετσέτες) και κατεβήκαμε στο χαμάμι, το λουτρό όπου ξαπλωμένες ή καθισμένες (να ιδρώσουν) ήταν και άλλες γυναίκες με τα παιδιά τους να ιδρώσουν—πάνω στις ζεστές μαρμάρινες πλάκες.

Κατά το μεσημέρι βγήκαμε, πήγαμε επάνω, όπου είχαμε αφίσει τα ρούχα μας και τις λιχουδιές που θα τρώγαμε για μεσημεριανό. Πρόσφερε η θεια μου (νέα βέβαια—κάπου στα 35 της) από τις δικές μας λιχουδιές (μύδια γεμιστά με ρύζι, νηστήσιμους ρεβιθοκεφτέδες και άλλα) στη γειτόνισσα, μας πρόσφερε και κείνη να γευτούμε τις δικές της λιχουδιές (επίδειξη μαγειρικής τέχνης σε στενό κύκλο) και είχαμε συμβουλή να πούμε για όλα «πολύ νόστιμα», ακόμα κι αν τα νομίζαμε άνοστα, κι «ευχαριστώ», βέβαια. Ξαπλώσαμε για λίγο να ξεκουραστούμε και για καλή χώνεψη και τρέξαμε πάλι μετά στο χαμάμι-λουτρό—στις ζεστές πλάκες και τα ζεστά νερά. Αργά τ' απόγιομα ήρθε η χαμαμτζού, η επιστάτρια των λουτρών, και μας είπε ώρα να βγούμε, να ντυθούμε και να φύγουμε, γιατί σε λίγο (βράδυ σχεδόν) ήταν πια σειρά για άντρες, και θα έφευγε κι αυτή. Τουρκάλα, βέβαια, ούτε οι χριστιανές (ρωμιές, αρμένισσες, φράγκισσες) ούτε και οι εβραίες καταδεχότανε κείνο τον καιρό να εργαστούν ως «χαμαμτζούδες». Κείνο τον καιρό, πριν το 1922, και οι σκουπιδιάρες των δρόμων Τούρκισσες, χήρες των πολέμων σχεδόν όλες—όχι σχεδόν! 'Ολες!

Οι πρώτες γυναίκες που είδαμε με κάποιο είδος παντελόνια, όχι στενά, μα όχι και φαρδιά, σαν τα σαλβάρια που φορούσανε δικοί μας κάποιοι γέροι και κάποιες γριές χωριάτισσες, μικρασιάτισσες, κι απ' τα Μαρμαρονήσια (απ' τα Μαρμαρονήσια η μισή καταγωγή μου...) δεν απόμεινε σε κείνα τα καρπερά ομορφότατα νησιά ψυχή απ' εκείνο το λαό, που γεννιότανε και πέθαινε εκεί από τα παμπάλαια χρόνια και μιλούσε αυτή τη γλώσσα που γράφονται αυτές οι γραμμές—που είναι η μητρική μου γλώσσα και την κράτησα σα φυλαχτό κι εδώ, πέρα απ' τον Ατλαντικό, αφού πια εκεί, στη γη των πατέρων μου, ούτε μιλιέται ούτε κι ακούγεται μετά εκείνο το φοβερό έτος 1922.

Μα πώς ήρθανε αναπάντεχα όλ' αυτά τα παμπάλαια στο νου μου κι έφυγε και χάθηκε κάτι τόσο επίκαιρο και ζουμερό, που είχα στην αποθήκη του μυαλού μου για τα σημερινά Γράμματα από το Σικάγο!...

Ήθελα να εξηγήσω και πως αυτό το Τόρκις Μπαθ που λένε στ' αγγλικά (ή στ' αμερικάνικα—γιατί στις άλλες αγγλόγλωσσες χώρες δε γνωρίζω πώς λέγεται), έχει βυζαντινή καταγωγή. Έχω διαβάσει κάπου, κάποτε, γιατί στα βυζαντινά χρόνια δε ζούσα—δεν έζησα—να ξέρω θετικά, μα το πιστεύω. Ο Μπέρναρντ Σω έγραψε κάποτε και πως η τούρκικη κουζίνα (σπουδαίες λιχουδιές) είχε βυζαντινή καταγωγή.

Κι έγραψε μάλιστα και πως εκείνοι οι παμπάλαιοι προπάτορές μας, αν δεν είχαν αναπτύξει τόσο θαυμάσια κουζίνα, ίσως να μην έσβηνε η βυζαντινή αυτοκρατορία, που νομίζω πως σ' αυτό είχε λάθος ο συγχωρεμένος ο Μπέρναρντ Σω... Όλα έχουν μια αρχή κι ένα τέλος και ποια άλλη αυτοκρατορία έζησε πάνω από 1000 χρόνια—κι όχι πως θέλω να δικαιολογήσω αυτούς τους παμπάλαιους προγόνους μου, κι ας ξέρω πως δεν ήταν λίγα τα αμαρτήματα και ανομήματά τους. Άνθρωποι ήταν κι αυτοί, και για τους ανθρώπους είναι τα ανομήματα και τ' αμαρτήματα κι ελπίζω πως δε θα βρεθεί κανείς να πει πως θέλω να τους δικαιολογήσω—σαν βυζαντινής καταγωγής που είμαι: Από εκείνη τη γη, όχι βέβαια κι από κείνα τα χρόνια!... Κι άλλωστε μόνο τα πρώτα 16 χρόνια μου έζησα εκεί σε κείνη τη γη, και πάνω από μισόν αιώνα σε τούτη εδώ, στο Σικάγο, που, τσικάγκο, έχω διαβάσει πως σε κάποια ινδιάνικη διάλεκτο θα πει αγριοκρόμμυδο.

Αλλά με το ταξίδι που πήρε ο νους μου σε περασμένα χρόνια, και σε περασμένους μάλιστα αιώνες, ξέφυγα από το θέμα, που είχα αρχίσει, κι αργά να το ξαναβρώ—και πρέπει να κάμω και οικονομία στην... ταινία της γραφομηχανούλας μου, που τον άλλο χρόνο κλει μισό αιώνα στην κατοχή μου—να μη βασκαθεί! Να μη βασκαθεί που ακόμα... μιλάει, κι ας την πλήρωσα τότες, ολοκαίνουργια,μόνο 39 δολλάρια, αλλά και άλλα δέκα να μετατρέψουν τα λατινικά γράμματα σ' ελληνικά. Η ταινία βέβαια μόλις έκλεισε τα δυο της χρόνια, κι άθλος να βρω άλλη—για παμπάλαια γραφομηχανή! Πήρα μια νέα, αλλά δεν τη γνώριζαν τα δάχτυλά μου.

«Ελληνικός Αστέρας», Σικάγο 1963

# Τα τρίδυμα της Βαγγελιώς

ΣΤΟ ΜΕΓΑΛΟ γειτονικό πολυκατάστημα. Χάζευα με τις ανοιξιάτικες μόδες. Όπου ξάφνου βλέπω κάτι πρωτόφαντο για μένα:

Ένας νέος άντρας, καλοκαμωμένος και καλοντυμένος, έσπρωχνε ένα παράξενο παιδικό καρότσι, σαν αμαξοστοιχία μικροσκοπική: Τέσσερα καροτσάκια, γατζωμένα το ένα πίσω από το άλλο, και σε κάθε καροτσάκι ένα ξανθό κοριτσάκι ως δύο χρονών, με ίδιο φορεματάκι και φανελλίτσα, και ίδιο φιόγκο στα μαλλάκια. Και δίπλα στο νέο άντρα, μια νέα γυναίκα, με τα μάτια της σαν τα κοριτσόπουλα: «Η μάνα τους, τετράδυμα, και ο πατέρας τους», ψιθύρισα, κι ο νους μου στο δευτερόλεπτο δρασκέλισε χρόνο και απόσταση.

Ο τελευταίος χρόνος του πρώτου παγκόσμιου πολέμου. Η Τουρκία είχε στρατολογήσει ως τα 55. Δεν είχαν μείνει πια άντρες—ούτε γέροι! Αυτοί και οι γριές δεν άντεξαν—είχε πέσει και μια ινφλουέτζα. Και τα φαγώσιμα της Ανατολής—της γης των πατέρων μας, της Μικρασιατικής και Θρακικής—τα πήρε η Γερμανία, η σύμμαχος της Τουρκίας. Η Πόλη γεμάτη ορφανά του πολέμου. Εμένα και τ' αδερφάκια μας πήρε μια θεία μας, νέα κοπέλλα, με δυο παιδάκια. Ο άντρας της σκοτώθηκε στο Τσανάκαλε από τους Αγγλογάλλους τότε που βομβάρδισαν και την Καλλίπολη, τη Μάδυτο κτλ.

Μέναμε σε μια κάμαρη (δωμάτιο) με δυο παράθυρα, και το βράδυ κοιμόμαστε αράδα στο πάτωμα, 5 παιδιά και κείνη. Στο χάνι αυτό—κάτι σαν φτωχικό απάρτμεντ χάους—έτσι και οι άλλες οικογένειες. Και να ήθελες, δεν εύρισκες σπίτι, απάρτμεντ—είχε πέσει μεγάλη πολυκοσμία κι από τα βομβαρδισμένα και τα διωγμένα μέρη, πρόσφυγες.

Μόνο η Βαγγελιώ είχε δυο κάμαρες στο χάνι. Καλότυχη αυτή. Ο άντρας της Κεφαλονίτης, ελληνική η ιθαγένειά του, δεν τον στρατολόγησε η Τουρκία. Ήτανε σαν θείος σ' όλα τα παιδιά στο χάνι—κάπου 30 με τα 4 δικά του—σερνικά και τα τέσσερα. Φουσκωμένη η κοιλιά της Βαγγελιώς, και προσευχόμαστε να φέρει κορίτσι. Να χαρεί η οικογένεια. Και μεις, τα παιδιά στο χάνι, ορφανά από πατέρα όλα. Κάποια κι από μητέρα, όπως εγώ και τ' αδελφάκια μου, που το ένα είχε γεννηθεί το μήνα που άρχισε ο μεγάλος πόλεμος.

Ένα πρωί μου λέει η θεια μου:

—Δεν θα πας σήμερα στο σκολειό (στο σκολειό έδιναν στα ορφανά του πολέμου και συσσίτιο-μπουλγούρι σούπα, φασόλια ή κουκιά), ήρθε τη νύχτα η μαμμή, κι αν κάνει κορίτσι η Βαγγελιώ, θα δώσει μπαξίσι (δώρο) ίσως και μια λίρα ο Γεράσιμος, όποιος του πάει πρώτος το μαντάτο—εσύ τρέχεις σαν άλογο...

Μα φαίνεται πως εκείνο το πρωί και τ' άλλα παιδιά, κι από το διπλανό χάνι, δεν πήγαν σκολειό, και τσαμπί σταφύλι οι σκάλες από παιδιά, περιμέναμε με αγωνία πότε θα βγει η μαμμή από την κάμαρη της Βαγγελιώς, και προσευχόμασταν σιγανά να 'ναι κορίτσι να χαρεί ο Γεράσιμος (πατέρας, θείος, στα κάπου 40 ορφανά στα δύο χάνια). Αντίς τη μαμμή βγήκε η αδερφή της Βαγγελιώς, με δάκρυα! Κάτι είπε στις μάνες, στις θείες—απελπισία στα πρόσωπά τους, «γέννησε τρίδυμα». Τι θα πει τρίδυμα;...

—Πηγαίνετε στο σκολειό, μη χάσετε το συσσίτιο, λεν πικραμένες, τρομαγμένες, οι γυναίκες στα παιδιά.

Σούσουρο και στον παραπάνω μαχαλά (γειτονιά):

—Τρίδυμα... μεγάλο κακό στο σπίτι... Θα το χωρίσει από κοίτη το αντρόγυνο ο δεσπότης, όταν θα πάει να σαραντίσει η Βαγγελιώ...

Και περίμενε όλος ο μαχαλάς (συνοικία) τη μέρα που θα πήγαινε για σαράντισμα στην εκκλησία η Βαγγελιώ, που χάθηκε στο μεταξύ όλη η οικογένεια! Τι έγινε ο Γεράσιμος;... Τα παιδιά τους;... Δεν πηγαίνουν στο σκολειό;... Ξεχάστηκε ο πόλεμος στο μαχαλά μας! Λογάριαζαν τη μέρα που θα πήγαινε για σαράντισμα η

Βαγγελιώ. Θα 'ταν Σάββατο, το σοκάκι (ο δρόμος) τίγκα από παιδιά, σκολειαρούδια! Τα παράθυρα γιομάτα από γυναικεία κεφάλια να δουν τη Βαγγελιώ που γέννησε τρίδυμα. Θεός φυλάξοι! Και να μια Βαγγελιώ αγνώριστη, στηριγμένη από την αδερφή της, μα βρέφος ούτε ένα!... Τι έγιναν!... Πέθαναν και τα τρία;... Και τα έθαψαν κρυφά;... Νύχτα;... Δεν τα διάβασε παπάς!... Μα πέθαναν, φαίνεται, αμέσως, αβάφτιστα! Και τώρα;... Θα πει ο Δεσπότης να χωρίσει από κλίνη το αντρόγυνο;... Μα ο Γεράσιμος χάθηκε μόλις έμαθε το μεγάλο κακό—την κατάρα Θεού στο σπίτι του και ήταν τόσο καλός, άγγελος και η Βαγγελιώ—πώς τους το 'καμε ο Θεός τέτοιο κακό;... Τρίδυμα, Θεός φυλάξοι!...

Σαν γύρισε από την εκκλησία η Βαγγελιώ, στηριγμένη στην αδερφή της, χειρότερη από πτώμα! Δε φαινότανε και τα παιδιά τους! «Τα πήρε κι έφυγε ο Γεράσιμος;...».

Κείνες τις μέρες, Νοέμβρης 1918, υπόγραψαν ανακωχή οι Αγγλογάλλοι με τους Τουρκογερμανούς! 'Ολος ο κόσμος στους δρόμους γιόρταζε! Φιλιότανε, «δόξα σοι ο Θεός!...» Χορεύανε μέσα στους δρόμους μεγάλοι και παιδιά! Τι έγιναν;... 'Εφυγαν όλοι τους νύχτα—και τόσο καλό αντρόγυνο... Πώς έπεσε τέτοια κατάρα στη φαμιλιά;...

Τους ξέχασα κι εγώ αμέσως, κι ας αγαπούσα ξεχωριστά το Αλεκάκι—δυο χρονών, το μικρότερο τ' αντρόγυνου, ήταν η κούκλα μου—ήρθανε δα τότε και πολλά μαζί: Το «Κιλκίς» και το «Αβέρωφ» στο Βόσπορο, Μικρασιατική εκστρατεία, μετά Μικρασιατική καταστροφή και βρέθηκα μια μέρα στη χώρα του Κολόμβου...

Και κάποια άλλη, χρόνια μετά, μεγάλος ντόρος, για τα πεντάδυμα του Καναδά! Κάποια Γαλλοκαναδέζα γέννησε 5 κοριτσάκια με μια εγκυμοσύνη... πέντε! Μεγάλος ντόρος στις εφημερίδες. Μεγάλα δώρα για τα πεντάδυμα από το κράτος του Καναδά... Και θυμήθηκα τα τρίδυμα της Βαγγελιώς...

Σίγουρη πως η Ορθόδοξη Εκκλησία πιο φιλελεύθερη, πιο προοδευτική, απ' την Καθολική! Αλλά τότε γιατί ο «χωρισμός από κοίτη» στ' αντρόγυνα με τρίδυμα;... Γιατί;... Και καταστράφηκε η οικογένεια της Βαγγελιώς, γιατί;...

Κι έλυσα το γρίφο—έτσι νομίζω—όταν μια μέρα οι ελλαδικές εφημερίδες διαλαλούν χαρούμενα κάποια στην Ελλάδα που με μια γέννα έφερε στον κόσμο τριάρι από βρέφη...

'Αλλοι καιροί!... Και τι τρομερό στα παλιά εκείνα χρόνια, να έχεις ετοιμασία για ένα, και να σου' ρθουν τρία, ή τέσσερα μαζί! Κατάρα μεγάλη, ακόμα κι αν άντεχε το βαλάντιό σου! Είχες ετοιμασία για ένα! Πού να βρείς φασκιές (τα φάσκιωναν τότε τα μωρά σαν Αιγυπτιακές μούμιες) και τ' άλλα μωρουδιακά, ακόμα κι αν είχες οικονομική ανεξαρτησία! Και τα θήλαζαν οι μάνες τα μωρά!

«Εθνικός Κήρυξ», Νέα Υόρκη 1989

# Η Πηνελόπη και ο Οδυσσέας

ΤΗ ΒΑΦΤΙΣΑΝΕ Πηνελόπη γιατί καταγότανε από κείνα τα χωριά τότε της Μικρασίας, όπου είχανε μανία με τ' αρχαία ονόματα—Σόλων, Σωκράτης, Σοφοκλής, Σαπφώ, Ασπασία...

Πηνελόπη έλεγαν μια γιαγιά της. Μα δε γεννήθηκε στο χωριό της η Πηνελόπη. Γεννήθηκε στο πέλαγος. Ανάμεσα Μικρασία και Χίο. Σε μια μαούνα φορτωμένη πρόσφυγες που έφευγαν για τα ελληνικά νησιά τότες στον πρώτο μεγάλο πόλεμο. Ούτε μαμμή, ούτε και τ' άλλα απαραίτητα για την υποδοχή του νέου ανθρώπου που κάνει την πρώτη του εμφάνιση στον παγερό μας κόσμο, που τότε βρισκότανε πάλι σε πολύ μεγάλη τρέλλα. Άλλωστε δεν τήνε περίμενε η μάνα της ακόμα—εφταμηνίτικη, ή οχταμηνίτικη, κάτι τέτοιο.

Έσκισε μέσα στη μαούνα κάποια φούστα της (φαρδιές-πλατιές κείνες οι φούστες τότε) και τύλιξαν το βρέφος που ήρθε άκαιρα και αναπάντεχα στον κόσμο και σε πολύ κακιά ώρα της ανθρωπότητας.

Δεν περίμεναν να ζήσει. Μα έζησε. Κι όταν τέλειωσε πια εκείνος τότε ο πόλεμος, πήγε στο χωριό της. Την πήγανε. Γιατί μόνο κανά δυο χρονών ήτανε. Μα όταν θ' άρχιζε σκολειό η Πηνελόπη, να μάθει γράμματα, του Θεού τα πράματα, διώχτηκαν για πάντα όλοι κι απ' το δικό της χωριό με κείνον τότε τον πόλεμο που ερήμωσε τη Μικρασία. Την κυνηγούσαν οι πόλεμοι την Πηνελόπη.

Στην Ελλάδα μεγάλωσε σε μια προσφυγική παράγκα. Έμαθε καλούτσικα γράμματα—τα 'παιρνε το κεφάλι της. Μα στα 15 της άρχισε να δουλεύει. Σ' ένα ραφτάδικο. Ζούσε με τη δουλίτσα της και τη μανούλα της, που τώρα ήτανε παράλυτη απ' το δεξί της πόδι και γερασμένη απ' τα 30 της.

Άνοιξε η τύχη της Πηνελόπης, είπανε στον προσφυγικό συνοικισμό, όταν παρουσιάστηκε και τη ζήτησε γυναίκα του την Πηνελόπη ο Ελληνοαμερικάνος—ας τον πούμε Οδυσσέα να ταιριάζει καλύτερα με την Πηνελόπη. Τον παντρεύτηκε κι ας ήταν σκωροφαγωμένα τα μαλλιά του και ταίριαζε καλύτερα για πατέρας της, γιατί λίγα τα παλληκάρια, πολλά τα κορίτσια, και φοβότανε τον τίτλο της γεροντοκόρης, που τότε τον έδιναν στις τσούπρες πριν πατήσουν τα 25. Ήταν και γιατί ήθελε να δει και το Νέο Κόσμο, που τόσα πολλά έλεγαν γι' αυτόν και τα θαυμαστά του—ακόμα δεν είχε γίνει παραγειτονιά με τον παλιό. Με υπερωκεάνειο διασχίζανε τον ωκεανό και είχε αίγλη και μυστήριο η Αμερική.

Μα γύρισε μόνος του ο Οδυσσέας. Την Πηνελόπη του την έστειλε στο νησί, στη μάνα του, να την περιποιείται—ήταν παράλυτη, απ' το ζερβί της πόδι αυτή. Πήρε και τη μάνα της μαζί της. Δυο κουτσές περιποιότανε στο νησί η Πηνελόπη.

Γύρισε μόνος του εδώ γιατί είχε μπίζινες, μια τρύπα όπου πουλούσε φρούτα. Θα την έφερνε όταν ο Θεός ανάπαυε τη μάνα του, που ούτε ν' ακούσει δεν ήθελε για τη φαγάνα την Αμερική—της έφαγε τον άντρα της και ξελόγιασε ύστερα και το μοναχογιό της! Αυτή ήθελε να κλείσει τα μάτια της στο σπιτάκι της (προικιό της) και να την θάψουν στο κοιμητήρι του χωριού της, δίπλα στα γονικά της, κι όχι δίπλα σ' αλάδωτους.

Μα είπαμε πως την Πηνελόπη την κυνηγούσανε οι πόλεμοι. Απ' τη φασκιά της. Κι ακόμα πιο πριν!... Βάλθηκε τότες ένας τρελλός να καταχτήσει τον κόσμο αντάμα με τον Ντούτσε, και πότιζαν επί χρόνια τη γη με αίμα.

Εκεί, στο νησί, σε κείνα τότε τα χρόνια έθαψε τη μάνα του, και τη δική της (πόλεμος, πείνα, πόνος, τρομάρα) και το νεογέννητο παιδί της. Που σαν έφυγε ο Οδυσσέας της δε γνώριζε πως άφινε διάδοχο στης Πηνελόπης τη γαστέρα.

Θαύμα πως δεν πέθανε και η ίδια. Η καλή τύχη του

Οδυσσέα! Γιατί σαν έδωσε πια ο Θεός και τέλειωσε και κείνος ο πόλεμος, κατάφερε να 'ρθει κοντά του. Δεν ήτανε πια ο Οδυσσέας εκείνος ο άνθρωπος που παντρεύτηκε και ζήσανε μαζί οχτώ βδομάδες—πριν οχτώ χρόνια. Σαράβαλο τώρα—ήτανε κι από τότε τζελατίνα οι σάρκες του. Τώρα σκιά του εαυτού του!

Δεν έτρωγε. Μόνο έπινε. Κι όχι κρασάκι, που το ευλόγησε ο Θεός (το νερό για τους γαϊδάρους, έλεγε). Είχε κι αυτή τα χάλια της. Τόσα χρόνια πόλεμος, πείνα, πόνος...

Μα έπιασε αμέσως καλή δουλειά—τεχνήτρα στο βελόνι. Και πήρανε με μιας απάνω τους. Μόλις σκολνούσε, ερχότανε αμέσως στο σπίτι φορτωμένη με του πουλιού το γάλα και μαγέρευε κάτι νοστιμιές για σουλτάνους! Πιλάφια, μπογάτσες, μπουρέκια, θαύμα! Κι όλα για τον Οδυσσέα της. Τον τάιζε σα μωρό της. Τον περιποιότανε και τον κανάκευε σαν πρίγκιπα (ποιον άλλον είχε δα απ' αυτόν, στο μεγάλο ξένο κόσμο;) και τόνε φόρτωνε με την αγάπη της καρδιάς της που ξεχείλιζε... Έτρωγε μαζί του και η ίδια κι έσιαξε τώρα, που ήτανε σα σκουράντζος τότες που ήρθε απ' την Ελλάδα, μετά τον πόλεμο.

Ζωντάνεψε ο Οδυσσέας με το καλοφάι και την περιποίηση της Πηνελόπης του. Μόνο που δε μπορούσε να κάνει χωρίς τη μποτίλια δίπλα του.

«Θεέ μου, πάρτονε να σιάξει τη ζωή της η άμοιρη η Πηνελόπη τώρα που δε μπήκε πολύ στα χρόνια ακόμα», προσευχότανε η ξαδέρφη της. Και θαρρώ πως άναβε και το καντήλι να την ακούσει ο Θεός να τόνε πάρει τον μπεκρούλιακα.

Μα δεν άκουσε τότες. Αλλά κανένας δεν είν' αθάνατος. Μ' όλες τις περιποιήσεις και τα κανακέματα της Πηνελόπης του έφυγε για το αγύριστο ταξίδι ο Οδυσσέας...

Απαρηγόρητη αυτή! Κι αντίς με τον καιρό να παρηγορηθεί, χειροτέρεψε ο πόνος της κι αφοσιώθηκε στη μνήμη του.

«Κάποια βίδα της είναι στριμμένη! Τι καλό να θυμηθεί απ' τον μπεκρούλιακα που την έστειλε σκλάβα στη μάνα του, κι όταν ήρθε εδώ δούλευε σα σκλάβα στο σπίτι και το εργοστάσιο γι' αυτόν», λέει και ξαναλέει η ξαδέρφη της, κι απορεί με το μυστήριο της Πηνελόπης. Μια μέρα νόμισε πως έλυσε το αίνιγμα:

«Από πολύ μικρή συνήθισε στις θυσίες, για κάποιον να κοπιάζει, να θυσιάζεται, κάποιος να τη χρειάζεται και ιδεώδης τύπος γι' αυτό ο Οδυσσέας της! Έγινε μάνα του—που κι αυτή τη χαρά τη στερήθηκε! Είχε για κάποιον να ζει, κάποιος να την χρειάζεται, κι αβάσταγος ο πόνος της που τον έχασε», έτσι το εξήγησε, και σωστά, θαρρώ.

Μα τώρα έκλεισε τα μάτια της και η Πηνελόπη. Ίσως γιατί δεν είχε πια κανένα να την χρειάζεται.

«Νέοι Καιροί», Σικάγο 1982

# Μια παράξενη ιστορία

ΤΡΟΜΕΡΗ η μέρα. Κ' έπρεπε να 'μαι στις 10 το πρωί στο ιατρείο. Μα πώς;...

Δεν έδωσαν άδικα το παρατσούκλι Γουίντυ Σίτυ—Πόλη των Ανέμων—σε τούτη την πόλη. Χτισμένη στην απέραντη άπλα του Μίντγουεστ, μίλια και μίλια χωρίς ένα βουναλάκι να κόβει λίγο τους ανέμους, που συχνά τη δέρνουν όλοι μαζί θαρρείς απ' όλες τις μεριές, όπως σήμερα.

Και φοβερή μαυρίλα στον ουρανό. Τα σύννεφα κυλούν απειλητικά σαν πελώρια βουτσιά πάνω από τις στέγες. Νεροποντή μεγάλη έρχεται! Πώς θα περιμένω λεωφορείο σε δυο στάσεις;... Πρέπει να τηλεφωνήσω για ταξί. Θα κοστίσει, μα ανάγκη!

'Αργησε, μα ήρθε.

Γνωστό το πρόσωπο του ταξιτζή. Πού το 'χω ξαναδεί; Πού;

Σκύβω και διαβάζω το όνομά του.

—Μπα; Ελληνόπαιδο είσαι (πολύ νέος), γνωρίζω δυο οικογένειες με το ίδιο επώνυμο, λέω χαρούμενα.

Σταματάει απότομα τ' αμάξι:

— 'Εβγα, λέει στ' αγγλικά, με θυμό συγκρατημένο.

Απόρησα.

— 'Εβγα, φωνάζει δυνατά.

—Παλάβωσες, νεαρέ; Πώς να βγω μες στη βροχή; Και για ποιο λόγο; Σου είπα πως στις δέκα πρέπει να 'μαι στο ιατρείο του νοσοκομείου Αυγουστάνα, πέρα κοντά στη Λίμνη.

— 'Εβγα, φωνάζει τώρα πολύ θυμωμένα, και πετιέται έξω απ' το αμάξι να με κατεβάσει. «Ανθρώπους της φυλής του αναθεματισμένου του πατέρα μου δε θέλω στο αμάξι μου», λέει σ' ωραία αγγλικά, όχι γλώσσα ταξιτζή, και η φωνή του ξεχειλίζει πόνο και οργή.

— Νεαρέ, στις δέκα πρέπει να 'μαι στο νοσοκομείο Αυγουστάνα! Τ' αμάξι δεν είναι δικό σου. Και ξέρεις τι σε περιμένει αν τηλεφωνήσω στην εταιρία για τον τρόπο σου... μπορεί και να σε καταγγείλω μάλιστα για αποζημίωση, του λέω κοφτά.

Γύρισε στο τιμόνι δίχως άλλη λέξη. Διευθύνει τρελλά, οργισμένα, μέσα στη βροχή που πέφτει με το τουλούμι.

Φτάσαμε. Πλήρωσα όσα έλεγε το ταξίμετρο, του 'δωσα και δυο δολλάρια τιπ, που κανονικά δε θα 'δινα πάνω από ένα, μπορεί και μόνο μισό, ή και τίποτα. Τα πήρε κι αυτά, μα τον βλέπω αμέσως να τα κάνει κομματάκια με θυμό και να τα πετάει στον άνεμο και τη βροχή, και να φεύγει μ' απότομη στροφή και ταχύτητα που δεν επιτρέπεται εκεί, μπρος στο νοσοκομείο.

* * *

Μου μιλάει ο γιατρός, με ρωτάει τούτο, εκείνο, εγώ να μη μπορώ να μαζέψω το μυαλό μου από το παράξενο φέρσιμο του ταξιτζή, που το όνομά του ήταν πολύ γνωστό, γνωστή και η φυσιογνωμία του—πού τον είχα ξαναδεί; Πού και πότε;...

Μόλις γύρισα σπίτι, πρώτη δουλειά μου ν' ανοίξω το τηλέφωνο κάποιας γνωστής μου με το ίδιο επώνυμο. Είχε δυο κορίτσια κι ένα αγόρι μικρότερό τους, έξι ή εφτά χρονώ, μα γιόρτασαν τα γενέθλιά του κάπου 30, συγγενολόι του πατέρα του. Μου φάνηκε παράξενο, γιατί λίγες βδομάδες πριν ήταν τα γενέθλια της μεγάλης θυγατέρας της χωρίς καθόλου ντόρο! Το δώρο της ένα φτηνό τσαντάκι. Ρώτησα:

— Μα ο Κώστας μου θα κρατήσει το όνομα της οικογένειας, είπε υπερήφανα.

Και φαίνεται δεν κατάλαβα και μου εξήγησε:

— Ο κουνιάδος μου έχει μόνο τσούπρες. Τρία θηλυκά! Οι κουνιάδες μου έχουν μια ντουζίνα σερνικά, ζωή να 'χουν, μα τα επώνυμά τους είναι των πατεράδων τους. Μόνο από τον Κώστα μου θα σωθεί το οικογενειακό όνομα, είπε κορδωμένη. Και πρόσθεσε σε άλλο τόνο τώρα:

— Έχει σερνικά ο άντρας μου κι από την πρώτη του γυναίκα—δυο. Αμερικάνοι αυτοί, Αμερικάνα η μάνα τους... Σου 'χω πει την ιστορία όταν πρωτογνωριστήκαμε. Δε θυμάσαι;.. Αχ, και πέθανε η άμοιρη... πριν δυο βδομάδες... από το ποτί κι από τον πόνο για το δεύτερο αγόρι της που έπεσε στο πιοτί και τα ναρκωτικά, λέει με θλίψη μεγάλη.

Και προσθέτει τώρα οργισμένα:

— Αυτός, ο πρώτος γιος του άντρα μου από την πρώτη του γυναίκα, την Αμερικάνα, μας φέρθηκε πολύ ανάγωγα στην κηδεία της. Δεν άφησε τον πατέρα του, που τον έθρεφε ως τα δεκάξι του, όπως όρισε το δικαστήριο—εγώ ταχυδρομούσα κάθε μήνα το τσέκι για τη διατροφή του, αυτουνού και του αδερφού του, ώσπου πάτησε και κείνος τα δεκάξι του—και δεν άφισε ο ανάγωγος τον πατέρα του να πάει κοντά στη νεκρή... Μας έβγαλε έξω, λέει με θυμό και λύπη.

— Και ξέρεις χρυσή μου; Εγώ τον παρακίνησα τον πατέρα τους να πάμε στην κηδεία της, και κανόνισα κ' έστειλε το ανθοπωλείο ακριβό για την τσέπη μας στεφάνι από τριαντάφυλλα, που ούτε το είδαμε... Καλή γυναίκα η μακαρίτισσα... Χωρίς αυτή δε θα βρισκόμασταν κάπου τριάντα, με τα παιδιά μας, έξι οικογένειες, στην Αμερική... Και κάναμε παλάτι το καλύβι των πεθερικών μου στο χωριό και το ζηλεύουν όλοι κι απ' τα γειτονικά μας χωριά εκεί... Όχι, όχι! Δεν έχεις δει τα παιδιά της μακαρίτισσας. Μα σου 'δειξα φωτογραφίες τους τότε που πρωτογνωριστήκαμε, θυμάσαι;... Μοιάζουν του πατέρα τους και τα παιδιά της συχωρεμένης, όπως και τα δικά μου, σα να βγήκανε από την ίδια κοιλιά όλα! Δε θυμάσαι τότε που σου 'δειξα τις φωτογραφίες τους κι απόρησες και συ που τόσο μοιάζουν τα δικά της με τα δικά μου;...

Το θυμήθηκα.

Και θυμήθηκα τώρα και που απόρησα τότε, που με αγάπη—και κάποια περηφάνεια—μιλούσε γι' αυτά, τα παιδιά της άλλης, μα και για κείνη. Σα να ήταν αδερφή της η πρώτη γυναίκα του συζύγου της «χωρίς αυτή ποιος ξέρει την τύχη μας...».

Με κάλεσε τότε για καφέ. Μα περισσότερο θαρρώ, γιατί ήταν στενοχωρημένη με τις κουνιάδες της, τις αδερφές του άντρα της, και με τον κουνιάδο της, που δεν ήθελαν να βοηθήσουν τον άντρα της τώρα στην ανάγκη του, που χάρη σ' αυτόν βρίσκονταν όλοι τους εδώ κ' έκαμαν περιουσίες «και μας κακολογούν κι όλας οι αχάριστες». Ήθελε κάποιο αυτί να άκουγε όσα τη στενοχωρούσαν. Από το δικό της σόι δεν ήταν κανένας στην Αμερική—ο καημός της! Ο άντρας της δέκα χρόνια μεγαλύτερός της—το ίδιο κι από την πρώτη του γυναίκα, με πληροφόρησε:

—Εγώ γεννήθηκα στην Κατοχή. Εκείνος τότες ήταν παλληκαράκι, στα δέκα, τον έβγαλε ο πατέρας του απ' το σκολειό να πηγαίνει για βοσκή τις γίδες τους... Φτώχεια και πείνα μεγάλη τότε. Δεν είχε μάθει γράμματα κι ο ίδιος. Τα νόμιζε χαμένο χρόνο. Ήταν ο δεύτερος γιος του πεθερού μου, που δεν ήταν τότε πεθερός μου... Είχε κ' ένα μεγαλύτερο, σκοτώθηκε στον εμφύλιο. Είχε και πέντε θυγατέρες—τη μια σπλαχνίστηκε ο Θεός και την πήρε. Κ' έπρεπε ο Τζίμης μου, που τον έλεγαν Δήμο στο χωριό, να φροντίσει για την αποκατάστασή τους. Ο αδερφός του, που ξέρεις, ο κουνιάδος μου, το στερνοπαίδι της φαμιλιάς! Αυτός που έχει τώρα τρεις τσούπρες.

Σηκώθηκε να φέρει κι άλλον καφέ, κι εξακολούθησε:

—Το, λοιπόν, ο Τζίμης μου έπρεπε να φροντίσει για τις αδερφές του—έτσι το 'χαμε τότες! Και μόλις μπόρεσε να ναυτολογηθεί κι έφτασε το καράβι στη Νέα Υόρκη, το 'σκασε. Βγήκε πηδηχτός που λεν, σκαστός, λαθραίος, χωρίς να πάρει μισθό ή τη βαλίτσα του—να στα λέει και να κλαις.

Σταμάτησε συλλογισμένη μια στιγμή, με κύτταξε, την πρόσεχα;...

—Στη Νέα Υόρκη είχε τη διεύθυνση κάποιου συχωριανού μας με δικό του μεγάλο ρέστωραν, βρισκόταν χρόνια στην Αμερική, πρόθυμος να τον προστατέψει, να του δώσει δουλειά, αλλά του λέει: «Εδώ, η Νέα Υόρκη, πόρτο! Χιλιάδες οι πηδηχτοί, οι λαθραίοι, και τους κυνηγούν ανελέητα! Δεκαοχτώ δικούς μας έπιασαν προχτές μ' ένα γιουρούσι τους στα καφενεία... Καλύτερα να σου δώσω το εισιτήριο και χαρτζιλίκι να πας στο Σικάγο», και του 'δωσε και τη διεύθυνση κάποιου από γειτονικό χωριό μας, που είχε τώρα μεγάλο ρέστωραν στο Σικάγο—να στα λέει ο ίδιος και να κλαις, χρυσή μου!

Και μου διηγήθηκε την ιστορία του συζύγου της—ιστορία πολλών εκείνη την εποχή—που, θαρρείς, η μισή Ελλάδα όνειρό της είχε να περάσει στην Αμερική.

— Ήθελε ο άνθρωπος να βοηθήσει το νεοφερμένο συμπατριωτάκι, που θα δούλευε και καλύτερα στην κουζίνα του από τους Μαύρους, τους Μεξικάνους, μα μπορούσε να βρεθεί σε μπελάδες με τις Μεταναστευτικές Αρχές, που έδωσε δουλειά σε λαθρομετανάστη. Κάθε τόσο έκαναν και δω γιουρούσι για λαθρομετανάστες! «Ο μόνος τρόπος για να μείνεις είναι να παντρευτείς και τότε θα πάρεις αμέσως την Πράσινη Κάρτα, και πια φόβος να σε διώξουν δεν υπάρχει—γίνεσαι μετά και Αμερικανός πολίτης! Έχουμε πολλές Ελληνοπούλες γεννημένες εδώ, μα δε θέλουν λαθραίους, εξόν πια και τον ερωτευτούν. Το λοιπόν για να μείνεις θα πρέπει να κάνεις ψεύτικο γάμο, στο Σίτυ Χωλλ, πολιτικό, που λέτε εσείς οι νιοφερμένοι, μα θα πρέπει να πληρώσεις τη... νύφη, το λιγότερο ως χίλια δολλάρια, παίρνουν αυτές, κάτι φτωχές Πορτορικάνες κι άλλες. Το βράδυ αυτές στο σπιτάκι τους και συ στο δικό σου! Ύστερα παίρνεις διαζύγιο και παντρεύεσαι μια καλή Ελληνοαμερικάνα, του λέει. Μα πού να βρει χίλια δολλάρια!... Δούλευε στην κουζίνα—έχει πλύνει πιάτα που, αν τα 'βαζες σειρά, φτάναν ως την Ελλάδα, λέει ο ίδιος. Και κοιμότανε στο υπόγειο, όχι μόνο από φόβο να κυκλοφορεί μα και για να στέλνει όσα έπαιρνε στον πατέρα του—φτώχεια μεγάλη, χρυσή μου... Δεν τα 'ζησες και δεν τα καταλαβαίνεις. Και τσούρμο μεγάλο η οικογένεια του πεθερού μου—Θεός σχωρές τον, πέθανε πέρσι...

Γέμισε για τρίτη φορά τα φλυτζάνια καφέ, κ' εξακολούθησε τώρα με χαρούμενη όψη:

— Πήρανε στο ρέστωραν κασιέρα για τα Σαββατοκύριακα μια κοπέλλα που πήγαινε ακόμα στο σκολειό, δεκαεφτά χρονώ τότε—εγώ ήμουνα δεκαοχτώ εκείνο τον καιρό, ένα χρόνο κάπου μικρότερή μου! Βάλθηκε να του μάθει αγγλικά και ήθελε να μάθει η ίδια ελληνικά, θα πήγαινε τον άλλο χρόνο στο Κολλέγιο... Μα τον ερωτεύτηκε και τον παντρεύτηκε πριν τον τσακώσουν τα λαγωνικά—αληθινό γάμο! 'Οχι για να πάρει την Πράσινη Κάρτα! Τα γονικά της, δεύτερη γενιά εδώ, Πολωνέζοι, καθολικοί, ούτε να τ' ακούσουν—πιατάς, λαθραίος, απένταρος, και να μη μπορούν να πουν ούτε μια λέξη μαζί του! Μα εκείνη πού ν' ακούσει γονιό— έρωτας, πρώτος της έρωτας!... Αλλά μη νομίσεις πως εκείνος την νυμφεύτηκε μόνο για την Πράσινη Κάρτα, να μείνει εδώ! Την ερωτεύτηκε και κείνος πολύ, να στα λέει και να κλαις και να γελάς! Νόμιζε πως έβλεπε όνειρο! Δεν πίστευε στην τύχη του—είναι και όμορφη, δε συναντηθήκαμε, μα να φωτογραφίες της.

Και μου 'δειξε 3 - 4, με κάποια περηφάνεια, θαρρείς, και με κυττούσε να δει αν συμφωνώ.

— Ναι. 'Ομορφη κοπέλλα, είπα, και χάρηκε!

— Μόλις παντρεύτηκαν και σιγουρεύτηκε εδώ με κείνη την Πράσινη Κάρτα πια, άρχισε αμέσως έρευνα για γαμπρούς, ν' αποκαταστήσει τις αδερφές του. Τούρκος ο ένας γαμπρός, πέρα απ' την Κωνσταντινούπολη, μα καλός άνθρωπος και χριστιανός, σύμβουλος στην κοινότητα, βγάζει τις Κυριακές το δίσκο—θα τον έχεις δει, και μου είπε το όνομά του.

Τον γνώριζα.

'Ηθελε να γεμίσει πάλι τα φλυτζάνια, δε δέχτηκα. Εξακολούθησε να λέει:

— Οι άλλοι τρεις γαμπροί, βέροι Ελληνοαμερικάνοι, πήγανε ένας-ένας και οι τρεις και τις νυμφεύτηκαν εκεί. 'Ολο το χωριό στους γάμους—κ' εγώ! Το σπίτι μας δυο βήματα από το δικό τους! 'Ηρθανε κι απ' τα γειτονικά χωριά! Τον αδερφό μου τον προκομμένο τον έφερε δω σαν επισκέπτη ο Τζίμης μου, τον σύστησαν σ' Ελληνοαμερικάνες και καλονυμφεύτηκε, με περιουσία απ' τον πατέρα της, που ήταν απ' τους πρωτοπόρους, με περιουσία!... Σώθηκαν όλοι απ' τον Τζίμη μου και την πρώτη του, την Αμερικάνα, πολωνέζικης καταγωγής, έκαμαν περιουσίες, του το αναγνωρίζουν; 'Οχι, όχι!

Κι είχε τώρα θλίψη κι αγανάχτηση η φωνή της:

—Η μια από τις αδερφάδες του έφυγε οικογενειακώς γιά την Ελλάδα, όπου έχτισαν παλάτι έξω από την Αθήνα.. Κι ο άμοιρος ο Τζίμης μου παλεύει δώδεκα έως δεκατέσσερες ώρες κάθε μέρα στο ρεστωρανάκι του, και κάποιες μέρες τον τελευταίο καιρό δεν πιάνει το έξοδό του... 'Εκλεισε, βλέπεις, κι άλλο εργοστάσιο—το μεταφέρανε στη Φλώριδα όπου τα μεροκάματα είναι φτηνά... Δυσπραγία, που λεν, αγαπητή μου, «ρεσέσιον», που λεν αμερικάνικα και να 'χει ο Τζίμης μου να θρέφει και τα παιδιά του από την πρώτη του γυναίκα... Τον βοηθώ όσο μπορώ, έγινα και πιατού. Το μεσημέρι στην κουζίνα κι εγώ να τα βγάλουμε πέρα.

'Εμεινε λίγο συλλογισμένη.

'Ηθελα να φύγω. Σηκώθηκα.

—Κάθησε λίγο ακόμα, είπε παρακλητικά:

—Ναι, χρυσή μου! 'Εκαμαν όλοι τους περιουσίες, ελληνικές οικογένειες στην καρδιά της Αμερικής! 'Ανοιξαν ελληνικά σπίτια... Ελληνόπουλα τα παιδιά τους... Πηγαίνουν στο ελληνικό σκολειό. Και μόνο ο αδερφός τους, που του χρεωστούν τα πάντα, δεν είχε σπίτι ελληνικό, τα παιδιά του ούτε λέξη ελληνική, και να 'χει και τις αδερφές του να τρώγουνται οι διαστρεμμένες, που δεν παρατούσε την Αμερικάνα, να πάρει παπούτσι απ' τον τόπο του, ν' ανοίξει ελληνικό σπίτι, να μη σβήσει το όνομα με τους Αμερικάνους γιους του, που η Ελληνοαμερικάνα του μικρού αδερφού τους αράδιασε τρεις τσούπρες, και για τέταρτο παιδί ούτε ν' ακούσει ακόμα κι αν της το εγγυότανε σερνικό ο ίδιος ο Θεός. Και λέγελέγε τον χώρισαν. Γιατί η γυναίκα του καταλάβαινε, το 'βλεπε πως δεν τήνε χώνευαν, γκρίνιαζε, άρχισε να πίνει, χώρισαν! Για καλή δική μου τύχη, αλήθεια!... 'Εδειξε το διαζύγιο στον πατέρα μου πριν με δώσει ο συχωρεμένος. Βασιλικός ο γάμος μας. Γιόρτασε όλο το χωριό! Έκοβε μονέδα τότες εδώ το ρεστωράντι μας... Του άνοιξα ελληνικό σπίτι... Έρχεται το βράδυ κουρασμένος, του 'χω ένα πιατάκι ελληνικό φαγάκι, που στο ρέστωράν μας όλο αμερικάνικα... Ελληνόπουλα τα παιδιά του—τα δικά μου—καλύτερος σύζυγος και πατέρας δε μπορεί να γίνει, χρυσή μου!

Μου 'ριξε μια εξεταστική ματιά. Φαίνεται δεν είχα την έκφραση που περίμενε.

— Κ' εγώ, αγαπητή μου, δε συμφωνώ... Είχε παιδιά... Η γυναίκα αυτή τον έσωσε—έσωσε όλη του την οικογένεια, τις αδερφές του, και μένα!... Το παραδέχομαι!... Χωρίς εκείνη μπορεί να τον έδιωχναν, αφού ήρθε πηδηχτός, λαθραίος μετανάστης!... Πού θα τα 'βρισκε τα χίλια δολλάρια να πλερώσει για ψεύτικο γάμο να πάρει την κάρτα να μείνει;...

Με κύτταξε στα μάτια καλά:

— Μα έλα στη θέση του, χρυσή μου: Να 'χει τις στρίγγλες τις αδερφές του—δεν τις ξέρεις εσύ!—να γαυγίζουν ολοένα για την Αμερικάνα, την Πολωνέζα, που τη ζήλευαν, εκείνη να τα καταλαβαίνει, να τις θεωρεί κατώτερες κι αχάριστες, κι αυτός στη μέση, και ξένος μέσα στο σπίτι του, χωρίς κάτι δικό του, ένα εικόνισμα δικό μας, μια λέξη ελληνική, κι όλη τη μέρα στη δουλειά του εγγλέζικα, έλα στη θέση του!... Και τι άλλο έχει κανείς στα ξένα χώματα από το ελληνικό του σπίτι, την ελληνική του φαμελιά, να νιώθει πως δεν αποκόπηκε ολότελα απ' τον παλιό του εαυτό—και να 'χει και τη γκρίνια των αδερφάδων του για την «ξένη», που έπινε τώρα. Και ξένα και τα παιδιά του!... Εγώ, στο ξαναλέω, αμαρτία εξομολογημένη! Τις ευγνωμονώ, κι ας τις ξέρω στρίγγλες, κι ας λυπάμαι την Αμερικάνα... Ποια θα 'ταν η τύχη μου αν δε χώριζε; Στο ράφι θα 'μενα, όπως και τόσες άλλες της γενιάς μου!... Άλλωστε αυτή είναι στον τόπο της, τον πλούσιο... Και να ξέρεις πως μόλις ήρθα, ζήτησα να γνωρίσω τα παιδιά του... Τα περιποιήθηκα σαν πριγκιπόπουλα... Τι παστίτσια, τι κρεατόπιττες, τι σαραγλιά, τι γαλατόπιττες—έδωσα να παν και στη μάνα τους, και λέξη να μη μπορώ να πω μαζί τους εγγλέζικα, και κείνα ούτε μια λέξη ελληνική—ήταν βέβαια εδώ κι ο πατέρας τους...

Έβαλε κι άλλο καφέ, πολύ συλλογισμένη, θλιμμένη η όψη της:

—Δεν ξανάρθαν, αγαπητή μου!... Μόνο σα γεννήθηκε η μεγάλη μου τα 'φερε ο πατέρας τους να δουν την αδερφούλα τους—αδέρφια! Τη χάιδεψαν, τη φίλησαν μα δεν ξαναπάτησαν στο σπίτι του πατέρα τους, κι ας τα προσκαλούσαμε σε κάθε μας γιορτή, σε κάθε μας χαρά—στη γιορτή του πατέρα τους, που έχω σπίτι ανοιχτό για όλους—μα το τσέκι κάθε μήνα για τη διατροφή τους πηγαίνει ταχτικά. Και θα πηγαίνει ώσπου να πατήσουν τα δεκαέξι τους και τα δυο.

Μου 'δειξε και φωτογραφίες τους με την πρώτη κόρη της μωρό στην αγκαλιά τους, με θλίψη και χαρά στο πρόσωπό της.

Δεν έτυχε ν' αναφέρει άλλη φορά τα παιδιά του άντρα της από την πρώτη του γυναίκα. Τα ξέχασα. Ήθελα, θαρρώ, να τα ξεχάσω. Να ξεχάσω αυτή την ιστορία. Που αν δεν ήταν οι φωτογραφίες, θαρρώ, δε θα την πίστευα—κι ας είναι πολλές οι τέτοιες ιστορίες μέσα στους πολυεθνικούς λαβύρινθους, όπως είναι τούτη η μεγάλη πόλη.

Εκείνος ποτέ δεν ανάφερε την πρώτη του γυναίκα ή τα παιδιά του απ' αυτήν. Μόνο μια φορά, με θλίψη μεγάλη στη μορφή του «εσείς δεν ξέρετε τη ζωή μου», τίποτα άλλο.

Εξαίσιος άνθρωπος ο κυρ Τζίμης, κι εξαίσιος πατέρας—η αδυναμία του ο Κωστάκης, ο γιος του. Και η αγάπη και των θειάδων του. Εξαίσιος οικογενειάρχης, κι εξαίσιος και μάγειρας! Πηγαίναμε κάπου-κάπου για τις σούπες του. Δεν καταλάβαινες απ' την κουβέντα του πως μόνο την πρώτη τάξη του Δημοτικού είχε βγάλει—και το 'λεγε με μεγάλο παράπονο για τον πατέρα του:

—Μ' έστελνε να πηγαίνω στη βοσκή τις κατσίκες του...

Τ' αγγλικά τα μιλούσε χωρίς βαριά προφορά, και τον βλέπαμε συχνά μ' αμερικανική εφημερίδα μπροστά του, τα συλλάβιζε, θαρρώ. Μα είχε γνώσεις περισσότερες από πολλούς που πήγανε στο σκολειό, και μεγάλο το ενδιαφέρον του για τα πολιτικά εδώ και στην Ελλάδα, και πρώτος να προσφέρει τον οβολό του για κάθε καλό σκοπό, και τώρα που είχε κεσάτια—να δώσει για την Κύπρο, για τον Ερυθρό Σταυρό, για το ελληνικό σκολειό κ.τ.λ.

Είχα ξεχάσει ολότελα την ιστορία του που μου διηγήθηκε εκείνο το απόγευμα η γυναίκα του, η δεύτερη, με ντοκουμέντα—τις φωτογραφίες. Αλλιώς δε θα δυσκολευόμουνα να γνωρίσω στο πρόσωπο του ταξιτζή ένα από τα παιδιά του από την πρώτη του γυναίκα, που πολύ λυπήθηκα τώρα για το θάνατό της, κι ας μην τη γνώρισα ποτέ. Όπως δεν την είδε ζωντανή ούτε και η δεύτερή του—ούτε και πεθαμένη, αφού δεν άφισε ο γιος του να πάει κοντά στη νεκρή, μα έκλαιγε στο τηλέφωνο γι' αυτή σα να ήταν αδερφή της.

«Νέα Εστία», Αθήνα

# Νύμφη ανύμφευτη

ΤΗΝ ΚΑΙΤΗ τη βαφτίσανε Αικατερίνη—το όνομα της γιαγιάς της, που, βέβαια, δεν την γνώρισε ποτέ. Μα η μάνα της και ο πατέρας της την έλεγαν Κατίνα. Οι άλλοι, στο σχολείο, στη γειτονιά, και στη δουλειά μετά, την έλεγαν Καίτη.

Μοναχοκόρη-μοναχοπαίδι. Στα 45 του ο πατέρας της, όταν αξιώθηκε να βάλει στεφάνι. Βαστούσε ακόμα εκείνη η οικονομική κρίση που τράνταξε όλη την Αμερική, με γερή δόνηση και σ' όλο τον άλλο κόσμο, μα είχανε κάπως πάρει πια την επάνω βόλτα τα πράγματα με κείνο τον εμφύλιο πόλεμο στην Ισπανία, που προμήνυσε το Δεύτερο Παγκόσμιο Πόλεμο και βάλανε μπρος τα εργοστάσια. Κι άμα δουλεύουν το εργοστάσια, έχει ο κόσμος ν' αγοράζει τούτο και κείνο και πήγαιναν καλούτσικα οι δουλειές του πατέρα της—που δεν ήταν ακόμα πατέρας της—στο στιλβωτήριό του (γυάλιζε παπούτσια—δουλειά που κάνανε τότε αμέτρητοι ομογενείς μας) κι έστειλε στο χωριό του τ' απαιτούμενα και του στείλαν οι δικοί του μια καλή κοπέλλα (τη μάνα της Κατίνας, που δεν ήταν ακόμα μάνα της), πολύ καλή, στο Μεξικό, και πήγε εκεί και την νυμφεύτηκε, και μπόρεσε έτσι να περάσει στην Αμερική. Αν είχε πολλά λεφτά θα πήγαινε να τη νυμφευτεί στο χωριό του, στην Ελλάδα—που θα έπρεπε τότε να κλείσει το λουστρατζίδικό του για μήνες. Γιατί τότε ακόμα δεν μπορούσες να φας βραδινό στο Σικάγο, και πρωινό στην Αθήνα. Τότε δύο μέρες να πας με το τραίνο στη Νέα Υόρκη, κι από κει βδομάδες ανάμεσα ουρανό και θάλασσα το ταξίδι.

Λοιπόν, έφερε τη μάνα της Κατίνας στο Μεξικό, την

νυμφεύτηκε, και την άλλη μέρα στο Σικάγο—πολλοί ομογενείς έτσι νυμφεύονταν: «Παπούτσι από τον τόπο σου», κείνα τα χρόνια.

Είχε τα χρονάκια της και η μάνα της Κατίνας. Τον άλλο χρόνο θα πατούσε τα 40. Στα 39 της (έτσι λέγαν τα χαρτιά της) στα 40 της ήτανε η μάνα της Κατίνας. Χαρά μεγάλη το νέο ζευγάρι. Θέλανε ακόμα ένα. Οι δουλειές πήγαιναν καλά. Είχε αρχίσει ο Δεύτερος Παγκόσμιος πια εκεί, πέρα απ' τον ωκεανό. Δύο άρρωστοι βαριά είχανε βαλθεί να καταχτήσουνε τον κόσμο, κι ανάγκη για πυρομαχικά για τον αλληλοσκοτωμό.

Θέλανε πολύ τα γονικά της Κατίνας να της δώσουν ένα αδερφάκι μα η γαστέρα της μάνας της δεν ήθελε. Σφιχτά δεμένη με τα υπερώριμα γονικά της η Κατίνα. Κι όταν ο πατέρας της μια μέρα σφάλισε τα μάτια του, δέθηκε πιο σφιχτά με τη μανούλα της, που ήταν μικροκαμωμένη. Κι έχουν μια παράξενη δύναμη πάνω στά παιδιά τους οι μικροκαμωμένες μάνες, φαίνεται. Θέλεις να τις προστατέψεις και χωρίς να τ' απαιτούν.

Αφοσιώθηκε στη μαυροφορεμένη χήρα μανούλα της. Είχε δύο χρόνια κολλέγιο, και μια καλή δουλίτσα τώρα, ήταν και νόστιμη, τη ζήτησαν δύο-τρεις δικοί, παιδιά ομογενών, και καναδυό από τους άλλους, μα όταν άκουγαν πως θα έπρεπε να είχανε την πεθερά μαζί τους, γάμο δε δεχότανε! Αλλά πώς να ζούσε ολομόναχη η μανούλα της, που αφού ήρθε μεγάλη, και ούτε βγήκε να ξενοδουλέψει, τα έρμα τ' αγγλικά δεν τα έμαθε!...

Περίμενε η Καίτη—ή Αικατερίνη όπως την έλεγε η μάνα της (Κατίνα εμείς), πως θα παρουσιαζότανε μια μέρα το καλό το παλληκάρι. Είχε και ξεπληρωμένο πατρικό σπιτάκι! Περίμενε, περίμενε. Δεν παρουσιάστηκε κανένας που να θέλει και πεθερά. 'Αλλωστε, τούτα τα χρόνια πολλά τα θηλυκά για γάμο, λίγα τα σερνικά. Γύρω στα 50 της, όταν μια μέρα η μητέρα της, που πλησίαζε πια τα 90, έφυγε απ' τη ζωή!...

Κόντευε να τρελλαθεί η Καίτη. Είχε συνηθίσει τόσα χρόνια τη ζωή με τη μανούλα της. Πώς τώρα ολομόναχη στο έρμο σπίτι;... Δε δυσκολευτήκαμε να την πείσουμε να πάει ένα ταξιδάκι στην ωραία Ελλάδα. 'Ονειρό της, άλλωστε, μα πώς να άφινε εδώ τη μανούλα της, που δεν ήταν για ταξίδια και ας λαχταρούσε να δει άλλη μια φορά τη βρύση του χωριού της και τόσα άλλα.

Και μια μέρα, μαυροφορεμένη πια η Κατίνα, μας αποχαιρέτησε, αφού πήρε απ' τη δουλειά δύο ολόκληρους μήνες άδεια, και το πρωί ήταν εκεί. Μας έστειλε αμέσως κάρτες με την Ακρόπολη, το Σούνιο, και ύστερα τη χάσαμε. Και στους δύο μήνες να 'τη, μια άλλη Κατίνα τώρα. Σκούρο κλαδωτό φόρεμα, ηλιοκαμένη, και δέκα χρόνια νεώτερη! Και με μια βέρα στο δάχτυλό της.

Πέρασε εξαίσια, μας είπε. 'Ηρθε να δώσει παραίτηση στην εταιρεία που εργαζόταν 30 χρόνια (κόντευε να κλείσει 30 χρόνια στην ίδια εταιρεία), να πουλήσει και το πατρικό της, να ψωνίσει το νυφικό της από το Μάρσαλφιλντ, που έχουν τα καλύτερα νυφικά—έρχονται κι από άλλες πολιτείες κοπέλλες της καλής κοινωνίας για νυφικά από το Μάρσαλφιλντ—και θα γυρνούσε στην Αθήνα ν' αγοράσει εκεί ένα σπιτάκι σε προάστιο παραθαλάσσιο. Εξαίρετος ο αρραβωνιαστικός της! Οχτώ χρόνια νεώτερός της και δεν τον ήθελε—πίστευε πως ο άντρας πρέπει να είναι μεγαλύτερος απ' τη γυναίκα του. Αν όχι όσα ήταν ο πατέρας της απ' τη μητέρα της, αλλά τουλάχιστο ένα ή δύο. 'Η και συνομήλικοι. Αλλά εκείνος την έπεισε! Ανάφερε και το ζήτημα που οι γυναίκες ζούνε τώρα πεντέξι χρόνια περισσότερα από τον άνδρα. Και πως θα την αγαπούσε ακόμα κι αν ήταν 20 χρόνια μεγαλύτερή του.

Μας έδειξε το νυφικό της—τρέλλα! Κι έκλαιγε που ούτε η μάνα της, ούτε ο πατέρας της θα την καμάρωναν νύφη. Αφού πούλησε το πατρικό, μοίρασε τα έπιπλά της, πήρε τρία μπαούλα γιομάτα, και μ' ένα ωραίο ταγεράκι μπλε, μας έφυγε με τις πιο θερμές ευχές μας... Θα την ξαναβλέπαμε;... Πότε;... Αλλά σ' ένα μήνα, να τη η Κατίνα με μαύρα από την κορφή ως τα νύχια, και κατά δέκα χρόνια πιο γερασμένη τώρα!...

Νομίσαμε παντρεύτηκε και χήρεψε αμέσως!

— Είμαι νύμφη ανύμφευτη, μας είπε πικρά με κείνα τα ωραία της ελληνοαμερικάνικα.

Και μας εξήγησε πως ο αρραβωνιαστικός της είχε βρεί σπιτάκι ν' αγοράσουν (με τα δικά της βέβαια τα λεφτά) σ' ωραίο προάστιο, αλλά ήθελε να είναι στο όνομα της αδελφής του το σπίτι, κι επέμενε!...

— Έτσι αν έχει δικό της σπίτι, κάποιος θα την παντρευτεί και δε θα την έχουμε στο κεφάλι μας, της εξήγησε.

Μα η Κατίνα, ή Καίτη, ή Αικατερίνη, άρπαξε το αεροπλάνο και ξαναγύρισε στο Σικάγο, μαυροφορεμένη απ' την κορφή ως τα νύχια, «νύμφη ανύμφευτη», όπως λέει.

«Εθνικός Κήρυξ», Νέα Υόρκη 1987

# Οι δυο τους

—ΘΑ ΤΡΕΛΛΑΘΩ πια! Ολοένα μέσα στα πόδια μου σ' έχω απ' την αναθεματισμένη εκείνη τη μέρα που πήρες τη σύνταξή σου και θρονιάστηκες στο σπίτι, έβγαλε φωνή σα να την έπνιγαν.

Έρριξε βαρύ το κεφάλι του μπροστά σαν ένοχος, με όψη θλιμμένη και συλλογισμένη.

— Δε θέλω, Γιώργη, να σου μιλάω έτσι... Μα προσπάθησε να το καταλάβεις, έλα στη θέση μου, είπε καλμαρισμένη λίγο, και τον κύτταξε στα μάτια:

— Τόσα χρόνια παντρεμένοι, συνήθισα να φεύγεις το πρωί και να 'ρχεσαι το βράδυ. Το ίδιο μετά και τα παιδιά. Πρώτα για να πάνε στο σκολειό, μετά, σα μεγάλωσαν, για τις δουλειές τους, ώσπου πια ένα-ένα έκαμαν δικά τους σπίτια... Όλ' αυτά τα χρόνια μόνη μου στο σπίτι την ημέρα. Είχα τη ρουτίνα μου, τις συνήθειές μου: Ένα ζεστό ρούφημα το πρωί με κανένα παξιμαδάκι, το μεσημέρι λίγο ψωμί με τυρί, σαλάμι, δυο ελιές. Τέλειωνα τις δουλειές μου κ' έπαιρνα ανασασμό, μόνη στο σπίτι. Που είναι το βασίλειο της γυναίκας που δεν ξενοδουλεύει. Ώσπου γυρίζατε το βράδυ, να φάμε όλοι μαζί και να σας καμαρώνω... Η φαμιλιά μου... Τώρα έχασα τα πασχάλια μου η δύστυχη... Με σένα μέρα και νύχτα ολοένα στο σπίτι... να στρώνω να ξεστρώνω τρεις φορές τη μέρα τραπέζι. Και να κατεβάζεις και μούτρα σαν περιφρονημένος, αν δεν καθήσω να φάμε μαζί, κι έγινα μπόμπα, βουτσί του ταβερνιάρη απ' το πολύ φαΐ, και το χειρότερο που έπαθαν τα νεύρα μου να σ' έχω ολοένα μέσα στα πόδια μου και να μην προφταίνω τις δουλειές μου, κι ας είναι μηδαμινές τώρα. Και τον κύτταξε ικετευτικά να καταλάβει.

Δε μιλούσε αυτός. Κάρφωσε τη ματιά του στις μύτες των παπουτσιών του θλιμμένος και συλλογισμένος.

—Γιατί δε βγαίνεις λίγο έξω, Γιώργη; Πήγαινε ν' ανασάνω κι εγώ μόνη μια στιγμή! Πήγαινε πέρα στα «ελληνικά», στο καφενείο...

Σήκωσε τα χέρια του και τη μούτζωσε μεγαλόπρεπα:

—Να... κακοχρονονάχεις, καρακάξα. Πού να πάω, μωρή κουρούνα;... Και ξέχασες, πανάθεμά σε, που στρίγγλιζες πρώτα, όταν πήγαινα στο καφενείο και καταριόσουνα να πέσει φωτιά να τα κάψει που κλέβουν τους νοικοκύρηδες από τα σπίτια τους, από τις οικογένειές τους!... Και τι να κάνω τώρα στο καφενείο; Ποιον να συναντήσω της ηλικίας μου, της γενιάς μου, να πούμε μια κουβέντα δική μας;... 'Αλλοι πεθαμένοι, άλλοι πιασμένοι από αρθριτικά, κι από χειρότερα— αν δεν έφυγαν να ζήσουν τα στερνά τους στα πατρικά τους χώματα, ή σε ζεστά κλίματα. Κι αυτοί που χάσανε τις γυναίκες τους και τους πήρανε τα παιδιά τους στα ωραία τους σπίτια, στο προάστια, πεθαίνουν από μοναξιά και σιωπή—τι να πουν με τα παιδιά και τα εγγόνια τους; 'Αλλης φυλής, άνθρωποι.

Και την κύτταξε στα μάτια, να δει αν καταλάβαινε, κι εξακολούθησε με υψωμένη τώρα τη φωνή:

— 'Αλλης φυλής άνθρωποι κι αυτοί και τα ελληνικά καφενεία τώρα, κι ας γεννήθηκαν και μεγάλωσαν στην Ελλάδα—σ' άλλη Ελλάδα γεννήθηκαν και μεγάλωσαν αυτοί, θαρρείς και πως μιλούν άλλα ελληνικά. Πλακώνεται η ψυχή μου στο καφενείο τώρα... Είναι και που έρχονται στο νου μου κείνοι τότε οι παλιοί... Σε παρακάλεσα ο κακομοίρης να μ' αφίνεις να κάνω εγώ δουλειές του σπιτιού, αφού λες δεν τις προφταίνεις με μένα μέσα στα πόδια σου. Μα συ ούτε τα πιάτα δε μ' αφίνεις να πλύνω, να σκοτώνω λίγο την ώρα μου... Τα σπάζω, λές, τα ραγίζω τα πιάτα, τα ποτήρια σου, και την κύτταξε να δει αν πρόσεχε την κουβέντα του.

Τον πρόσεχε με το νου της να τρέχει σε χίλια-δυο στα περασμένα χρόνια.

—Τι τα προσέχεις όλα σαν τα μάτια σου; Με θυσίες τ' αποχτήσαμε, μα τίποτα δε θα πάρουμε μαζί μας. Και καμιά από τις κόρες και τις νύφες σου δε θα τα θελήσει. Έχουν το δικό τους νοικοκυριό, κι άλλων καιρών τα γούστα τους. Και δεν είναι φτωχοί.

Και την κύτταξε να δει αν τον παρακολουθούσε. Κι εξακολούθησε στη διαπασών:

—Δε θυμάσαι τότε που πέθανε η συχωρεμένη η Λάμπραινα, που οι κόρες της πέταξαν στα σκουπίδια κ' εκείνο το περίφημο τραπεζομάντηλο που ο μακαρίτης ο Λάμπρος το πλήρωσε διακόσια πενήντα δολλάρια τότε που ήρθε στο Σικάγο ο διάδοχος, ο Παύλος, στο '24, που μετά έγινε και βασιλιάς, και τον φιλοξένησαν στο σπίτι τους... δεν το ξαναμεταχειρίστηκαν! Τραπεζομάντηλο για πρίγκιπες! Διακόσια πενήντα δολλάρια ήταν τότες ολόκληρη περιουσία—βούιξε το Σικάγο κι ολόκληρο το Μίντγουεστ, η γρεκουριά! Μα το πέταξαν οι κόρες της όταν πέθανε η συχωρεμένη, το καύχημά της, που φιλοξένησε μ' αυτό πρίγκιπα, διάδοχο του ελληνικού θρόνου, που έγινε και βασιλιάς... Δεν ταίριαζε με το μοντέρνο νοικοκυριό τους—δεν είχαν αυτές και τις ιδέες των γονικών τους για θρόνους και βασιλιάδες να νιώθουν περηφάνεια για το τραπεζομάντηλο, κειμήλιο της Λάμπραινας...

Δε μιλούσε αυτή. Συλλογιότανε πως είχε δίκιο ο άντρας της και πως όλο το νοικοκυριό της στα σκουπίδια θα πήγαινε.

—Κι όλο τον εαυτούλη σου συλλογιέσαι, εξακολούθησε εκείνος. Βγήκες από τη ρουτίνα σου με μένα στο σπίτι... Με ρώτησες και μένα, που από έντεκα χρονών παιδάκι άλλο από δουλειά δεν γνώρισα, απ' τα ξημερώματα ως τα μεσάνυχτα. Και τώρα πάω να τρελλαθώ απ' το πολύ καθησιό, και νιώθω και στυμμένη πια λεμονόκουπα!... Κι έχω και σένα να γκρινιάζεις που είμαι μέρα-νύχτα στο σπίτι σου, σα να μην είναι και δικό μου, απ' τον ιδρώτα μου, είπε με πιο υψωμένη φωνή τώρα. Τη μούτζωσε και με τα δυο του χέρια, άρπαξε το καπέλο του και βγήκε κλείνοντας με ορμή την πόρτα.

Κάθησε σαν ανακουφισμένη στην καρέκλα.

— Αχ, μόνη μου στο σπιτάκι μου...

Μα την πλημμύρισε τώρα ένα κύμα ενοχής.

— Τι τον γκρινιάζω;... Γιατί τον νιώθω πάνω στο στήθος μου;... Το θέλει να μη δουλεύει;... Από έντεκα χρονών παιδάκι τον στρώσαν στη δουλειά... Στα εβδομήντα του τώρα, Θεέ μου, κι έκανε το σταυρό της συλλογισμένη. Μη ζωντάνεψε η αντιπάθειά μου γι αυτόν τότε που τον παντρεύτηκα από ανάγκη... Εγώ από καλή οικογένεια και από πόλη, εκείνος χωριάτης, κολυβογράμματα, και «Μπρούκλης», όπως λέγαμε τότε τους «Αμερικάνους γαμπρούς».

Έπιασε το κεφάλι της:

— Όχι, όχι... Δεν είν' αυτό... Τόσα παιδιά κάναμε και αναστήσαμε... Καλός σύζυγος, καλός πατέρας...

Και ήρθε στο νου της μια ιστορία που διάβασε για κάποιον δούκα. Τσάκωσε τη γυναίκα του με τον ανιψιό του. Για τιμωρία τους έκλεισε σ' ένα δωμάτιο του πύργου του να 'ναι μέρα-νύχτα μαζί. Η υπηρεσία τους πήγαινε κατά διαταγή του και του πουλιού το γάλα! Μα στους τρεις μήνες όχι έρωτας δεν απόμεινε απ' το πολύ μαζί, αλλά και σιχάθηκε ο ένας τον άλλο...

— Αυτό είναι, αυτό! Δέκα μήνες τώρα μέρα-νύχτα μαζί, μέσα στα πόδια μου, κι έκλεισε τα μάτια της.

— Μα σε λίγο ίσως να τον συνηθίσω.

Και θυμήθηκε μια κουμπάρα της. Που λίγο έλειψε να τρελλαθεί απ' το πολύ μαζί, όταν ο άντρας της πήρε σύνταξη. Αλλά μετά συνήθισε. Και δεν έκανε βήμα χωρίς αυτόν—όπως συνηθίσεις.

Και ήρθε στο νου της, πόσο απαρηγόρητη ήταν η κουμπάρα της όταν εκείνος πέθανε. «Ποιος με χρειάζεται πια». Και στα σαράντα του μετά το μνημόσυνο, τραπέζι γιά σουλτάνους στο καλύτερο ξενοδοχείο. «Θεός σχωρέστον» κι ένας που τα έτσουξε λίγο «στην υγειά του μακαρίτη», τρικούβερτο φαγοπότι, και την άλλη μέρα βρήκανε νεκρή τη χήρα, που δεν είχε βάλει μπουκιά στο στόμα της—δεν είχε λόγους πια να ζει, αφού κανείς πια δεν τη χρειαζότανε, είπανε όλοι.

Έκαμε το σταυρό της.

«Πώς να ζούσε;... Ο άντρας σου εδώ, σα μεγαλώσουν και φύγουν τα παιδιά σου, που καμιά φορά ούτε τη γλώσσα σου μιλούν, ο άντρας σου είναι κι ο συμπατριώτης σου, μιλάει τη γλώσσα σου, από το ίδιο στρατί της ξενιτειάς εκείνων των χρόνων, που τα σημερινά ταξίδια ήταν αδιανόητα, περάσανε».

Κ' έπεσε το μάτι της στο ρολόι, κρύο νερό στην πλάτη της:

«Πώς και δε γύρισε ακόμα;... Μην έπαθε τίποτα; Κάνα δυστύχημα, με τόσους τρελλούς στο δρόμο μ' αυτοκίνητα».

Και τρέχει ανήσυχη στο παραθύρι.

«Θα τρελλαθώ, αν πάθει τίποτα... Αν του συμβεί κακό... Ποιον άλλον έχω σε τούτο το μεγάλο κόσμο... τον ξένο... ξένα και τα παιδιά σου... 'Αλλοι άνθρωποι, κι αλλόγλωσσα, άλλοι άνθρωποι, άλλοι...».

Και συλλογιέται πού να τρέξει να τον βρει:

«Αχ, και τον έδιωξα από το σπίτι».

Μα, να, το κουδούνι της πόρτας—εκείνος έχει κλειδί! Κάτι θα έπαθε και τρέχει έξαλλη στην πόρτα.

'Ενας αστυνομικός κρατάει τον άντρα από το μπράτσο. 'Επιασε την καρδιά της.

—Τι σου συμβαίνει, Γιώργη, τι έπαθες; λέει με φωνή μισοσβησμένη.

—Τίποτα, ψυχούλα μου, τίποτα, και τη σπρώχνει άγρια από κοντά του.

—Δεν είναι τίποτα σοβαρό, μη στενοχωριέστε, της λέει και ο αστυνομικός.

Κι ο γέρος στράφηκε και τον ευχαρίστησε θερμά:

—Θα τα τσουγκρίσουμε και μαζί μια μέρα, καπετάνιο μου, στην ταβερνίτσα του Μακάρθυ, είπε χαμογελαστός στον αστυνόμο.

—Ναι, ναι, του απαντάει εκείνος και τον χτυπάει στην πλάτη φιλικά και φεύγει.

Εκείνη έτρεξε στα εικονίσματα:

«Συχώρεσέ με, Θε μου... έχε γερό το γέρο μου... Μη μου τον στερήσεις... Μη μ' αφίσεις μόνη μέσα σε τούτον το μεγάλο ξένο κόσμο... 'Εχω παιδιά... Μα τα παιδιά μας ξένα, άλλης φυλής, άλλης ράτσας». Και ήθελε να κλάψει. Μα, να, στο νου της, η αδερφή της:

«Δεν ξενιτεύτηκε εκείνη», συλλογιέται. «Πέντε τα παιδιά της, αγόρια και κορίτσια, αναστημένα στην πατρίδα, γλώσσα τους τα ελληνικά. Μα φευγάτα όλα σήμερα από κοντά της, σκορπισμένα σ' Αυστραλίες, Καναδάδες...». Ολομόναχη από τότε που έχασε τον άντρα της. Και κάνει το σταυρό της. «'Αλλαξε σήμερα η ζωή, άλλαξαν και οι άνθρωποι... Αρπάζουν και τα κορίτσια μια βαλίτσα και πετούν σ' άλλες πατρίδες, κι ο γονιός δύσκολο στην ηλικία του να μεταφυτευθεί σ' άλλη γη, που δεν μπορεί να 'ναι καλύτερη από τούτη εδώ—τα πέρασα» κι ένιωσε μια ζεστασιά. «'Αγια χώματα, η πατρίδα των παιδιών και των εγγονιών μου» και ξανακάνει το σταυρό της: «Θεέ μου, φύλαξε τον άντρα μου... Αν είναι να πάρεις μια ψυχή, πάρε τη δική μου πρώτα... Εκείνος είναι πιο δυνατός». Και πήγε κοντά του:

—Τι θέλεις, Γιώργη, να ετοιμάσω για φαΐ; ρωτάει τρυφερά.

—Τίποτα... έφαγα ένα σάντουιτς στην ταβερνίτσα του Μακάρθυ με συντροφιά εκείνον τον μπεκρούλιακα το Σουηδέζο, το γείτονα, από απέναντι... Φάε μόνη σου... στο πόδι... που όλο γκρινιάζεις που στρώνεις τρεις φορές τη μέρα τραπέζι με μένα μέσα στα πόδια σου, και τη βλέπει λίγο θυμωμένα και λίγο λυπημένα με την άκρη του ματιού του.

—Γιατί μαλώνουμε, Γιώργη;

Και κάθησε δίπλα του.

—Γιατί κακομιλάμε ο ένας στον άλλο;... Ποιος σε τούτο τον κόσμο το μεγάλο είναι τόσο κοντά μου όσο εσύ, κι όσο εγώ σε σένα... Χωρίς εσένα θα χάσω και τη λαλιά της μάνας μου... Και τι άλλο απόμεινε απ' τον παλιό μου εαυτό;... Θαρρώ, Γιώργη, πως η γκρίνια μου αιτία έχει και που δε μου λες πια μια γλυκειά κουβέντα... Καταλαβαίνω. Νιώθεις βαριά την καρδιά σου, που πετάχτηκες πια στην άκρη σαν άχρηστος, μα σε χρειάζομαι εγώ... έστω και για να μαλώνω μαζί σου λίγο, να μιλώ μαζί σου τη γλώσσα μου... Πάρε το χέρι μου μέσα στο δικό σου. 'Ετσι...

Σφίξτο γερά... Συ δεν είσαι μόνο ο άντρας μου... Είσαι κι ο συμπατριώτης μου. Είσαι ο σύντροφός μου στη ζωή. Από το ίδιο στρατί περάσαμε. Αναστήσαμε παιδιά επιστήμονες, που εσύ δε μπόρεσες ούτε το δημοτικό να βγάλεις, κι ας έχεις μυαλό για επιστήμονας.

Και τον βλέπει στα μάτια τρυφερά. Δε μιλάει εκείνος. Βλέπει τα χέρια του πάνω στα γόνατά του.

— Θυμάσαι, Γιώργη, που πρώτα, όταν σε πλημμύριζε τρυφεράδα δάγκωνες την ακρίτσα του αυτιού μου, θυμάσαι;...

— Ναι, λέει εκείνος και την κυττάζει στα μάτια λίγο θλιμμένα, λίγο ειρωνικά:

— Και άφισα τη μασέλα μου στην κουζίνα.

«Νέα Εστία», Αθήνα 1985

# Με ένα ποτήρι στο χέρι

ΚΑΘΙΣΜΕΝΗ δίπλα μου αναπαυτικά, με το ένα πόδι της πάνω στο άλλο κι ένα ποτήρι στο χέρι της, που, κάπου-κάπου, το φέρνει στο στόμα της, μιλούσε, μιλούσε!...

Σε μένα μιλούσε, κι ας μου τη σύστησαν πρώτη φορά πριν από λίγα λεπτά—κι ούτε πήρε τ' αυτί μου καλά το όνομά της. Να μιλούσε άραγε το πιοτί; Κάθε τόσο το ποτήρι στο στόμα της, αλλά δεν άδειαζε, φαίνεται, εύκολα! Ή μιλούσε ο πόνος της;...

Δικαιολογημένος ο πόνος της ή αδικαιολόγητος;... Όπως το πάρεις! Και είναι μόνη της ή κι άλλες με τον ίδιο πόνο; Να η απορία μου!...

Έβαλε πάλι τώρα μιά γουλιά στο στόμα της μ' έναν τρόπο σα να ήτανε φάρμακο ή φαρμάκι, και με κύτταξε στα μάτια—να δει, θαρρώ, αν την παρακολουθούσα, κι άρχισε πάλι:

—Μόνη μου ήρθα να χαιρετίσω και να ευχηθώ χρόνια πολλά στη γιορτή του συζύγου της φίλης μου, που μαζί πήγαμε στο σκολειό του χωριού μας, μαζί το τελειώσαμε.

Και πάλι το ποτήρι στο στόμα της!

—Ο σύζυγός μου, κυρία μου, είναι σκλάβος και πηγαίνω μόνη, ολομόναχη, όπου κι αν πάω... Κρατάει δυο δουλειές αυτός, ο άντρας μου... Γιατί θέλουν χρήματα, δολλάρια, οι δουλοχτήτες του... Νυχτερινός μάγειρας σε καλό ρέστωραν, και πρωινός σ' ένα μικρό λοντσάκι—ετοιμάζει μια σούπα, μια εντράδα κι ένα ψητό, κι έρχεται στο σπίτι για ύπνο ψόφιος από την κούραση... Ξυπνάει νωρίς το βράδυ και πάει στη νυχτερινή δουλειά του... Εγώ την ώρα που κοιμάται είμαι στο εργοστάσιο, είπε μονότονα.

Έβαλε πάλι στο στόμα της το ποτήρι, μου 'ριξε και μια ματιά, να δει αν παρακολουθούσα τον μονόλογό της, και ξανάρχισε την κουβέντα, με τον εαυτό της, θαρρείς, ενώ οι άλλοι και οι άλλες τώρα τραγουδούσανε με κέφι τον «μπάρμπα Γιάννη κανατά» και τσίτωνα τ' αυτί μου να την παρακολουθώ. Γιατί κάθε τόσο μου 'ριχνε ερευνητική ματιά—αν την παρακολουθούσα.

— Ο άντρας μου, κυρία μου, ήρθε πριν από μένα στην Αμερική. Δούλεψε σκληρά και προίκισαν την αδερφή του με σπίτι στην Πάτρα, γιατί εκεί το ήθελε ο γαμπρός—ποιος θέλει σπίτι στο χωριό μας που άδειασε! Έφυγαν οι νέοι και οι νέες για τις πολιτείες—Αθήνα, Σαλονίκη, και πέρα σ' Αυστραλίες, Αφρικές, Αμερικές, για χρυσάφι... Στην Πάτρα το σπίτι, αλλιώς ο γάμος δεν γινότανε—καλά που δεν το ζήτησε στην Αμερική—κι ας λεν πως καταργήθηκαν οι προίκες!...

»Καλό παιδί, έλεγαν για τον άντρα μου, που δεν ήταν ακόμα άντρας μου, και στα γειτονικά μας χωριά. Μιλούσαν για την προκοπή του στην Αμερική. Σε τρία χρόνια έχτισε σπίτι στην Πάτρα για την αδελφή του και ήρθε στο γάμο της—δεν υποπτεύθηκαν πως είχε καταχρεωθεί. Τον ερωτεύτηκαν όλα τα κορίτσια κι από το γειτονικό χωριό, απ' όπου ήταν ο γαμπρός, αυτός που ήθελε σπίτι στην Πάτρα, όχι στο χωριό μας, ή στο δικό του. Τον ερωτεύθηκα κι εγώ, που όνειρό μου ήταν να φύγω κι εγώ για κάπου... Θεόσταλτος ο άντρας μου, που δεν ήταν ακόμα άντρας μου».

Και με κύτταξε πάλι ερευνητικά—την παρακολουθούσα και είχα και τ' αυτί μου στο τραγούδι, στο πατιρντί, στα γέλια, στ' αστεία της παρέας.

— Ναι. Τον ερωτεύτηκα. Αμερικάνος απ' τους προκομμένους, όχι σαν κάποιους τζερεμέδες!... Τώρα ξέρω γιατί με προτίμησε απ' άλλες... Έμαθε πως γνώριζα ραφτική που έχει μεγάλη πέραση στην Αμερική.

Και πήγε και γέμισε το ποτήρι της, ρούφηξε μια γουλιά, και κάθισε πάλι με το ένα πόδι της πάνω στο άλλο.

— Έπιασα, κυρία μου, δουλειά την τρίτη βδομάδα μου στην Αμερική... Κι άλλωστε τι να 'κανα στο σπίτι ολομόναχη;... Να τον ακούω να ροχαλίζει;... Ερχότανε πτώμα από την κούραση κι έπεφτε στο κρεβάτι ξερός από την κούραση... Γερό παλληκάρι, μα δεν είναι εύκολο να κρατάς δυο δουλειές... Αλλ' ανάγκη, αφού είχε καταχρεωθεί για το γάμο της αδελφής του και ήρθε σαν λόρδος στο χωριό να κάνει εντύπωση κι αυτός... Βλέπεις, ο ξάδερφός του κατάφερε να τον ψηφίσουν εδώ πρόεδρο στο σύλλογο κι έστειλε τις ελληνοαμερικανικές εφημερίδες στο χωριό και κορδώθηκαν οι δικοί του σαν να ψηφίστηκε πρόεδρος της Αμερικής και Καναδά... Και είχε ο σύζυγός μου κι άλλη λεύτερη αδερφή, κι ας λέν', κυρία μου, πως καταργήθηκαν οι προίκες—ποιος να την πάρει χωρίς σπίτι, αφού μάλιστα έχει κι αδερφό στην Αμερική!... Δουλέψαμε, και οι δυο, αποκαταστάθηκε κι αυτή, και λέγαμε τώρα πια θα φροντίζαμε και για τον εαυτό μας... Μα ο άντρας μου, κυρία μου, εξελίχτηκε σ' εθελοντή σκλάβο... Δεν κάναμε και κάνα παιδί—σαν να είχαμε καιρό και κέφι;—που ίσως να τον λευτέρωνε από τον αδερφό του, που βρήκε το σφυγμό του με τη μάνα τους, την πεθερά μου... «Είναι άρρωστη, στείλε, στείλε, θα την πάω στην Αθήνα για εγχείρηση, ίσως χρειαστεί να πάμε στο Λονδίνο, καλύτεροι οι γιατροί εκεί». Όπου μια μέρα του γράφει η αδερφή του πως ούτε πονοκέφαλο δεν έχει η μάνα τους.

Και γίνεται Δημητσανίτικο μπαρούτι ο σύζυγός μου.

—Α, τον άτιμο, θα τον σπάσω στο ξύλο σαν θα πάω εκεί, φώναζε τότε ο άντρας μου.

—Μα όταν, αγαπητή μου, ζήσεις πολλά χρόνια σκλάβος δεν μπορείς πια να ζήσεις λεύτερος, φαίνεται... Τώρα έγινε σκλάβος του μικρού του αδερφού ο προκομμένος μου—θέλει δέκα χιλιάδες δολλάρια για μια επιχείρηση, που πρόεδρος θα είναι ο άντρας μου, και θα ζήσουμε βασιλικά εκεί όλοι μας... Τον κατάφερα τον προκομμένο μου, τον άντρα μου, κι έγραψε την αλήθεια—πως είμαστε και χρεωμένοι ακόμα. Και του γράφει εκείνος να τους στείλουμε τότε μόνο χίλια δολλάρια, να μπει συνέταιρος, και θα μας τα δώσει διπλά πριν περάσει χρόνος... Και τώρα, αγαπητή μου, θέλει ο προκομμένος μου να δανειστώ απ' την ασφάλειά μου και να του δώσω τα χίλια δολλάρια να τα στείλει στο μικρό του αδερφό... Του το 'κοψα με το μαχαίρι!... Ούτε ένα σέντσι... Μη γένοιτο, πέθανα αύριο, κυρία μου—κούφια η ώρα που τ' ακούει!... 'Ανθρωποι είμαστε!... Δεν θέλω εγώ πολυτέλειες, να με θάψει στο κοιμητήρι του χωριού μου. Μα όχι και να μην έχει να με θάψει στο ελληνικό μας κοιμητήρι εδώ, και να με ρίξουν σε λάκκο εκεί που θάβουν τους άπορους.

Και φωνάζει τώρα δυνατά. Παράτησαν όλοι το τραγούδι και τα χωρατά, και την κυττούν, μα κείνη δεν βλέπει, φαίνεται, και ξεφωνίζει άγρια:

—Και μη νομίσεις, κυρία μου, πως ο άντρας μου είναι κανένας βλάκας, τρελλός, χαζός... Μόνο συνήθισε να κάνει τον σπουδαίο, τον προκομμένο στην Αμερική, να μιλούν γι' αυτόν και την προκοπή του στο χωριό μας και ρίχνει όλο το πιοτί μέσα στο στόμα της.

Και κάποια λέει στ' αυτί μου:

—Θα ήπιε πολύ.

Και μια άλλη ψιθυρίζει:

—Ξέρω τα βάσανά της, τα ίδια είχα κι εγώ με τον δικό μου μια φορά, πριν γεννηθεί η κορούλα μας.

Παράξενοι κάποιοι άνθρωποι...

«Εθνικός Κήρυξ», Νέα Υόρκη 1987

# Πώς έχασα τον παράδεισο

ΕΠΕΣΑ να κοιμηθώ με δύο ασπιρίνες για το δόντι μου και ήρθε και με πήρε άγγελος Κυρίου και με πήγε— πού νομίζετε; Στον παράδεισο!...

Και εκεί που με καλωσόριζαν οι δικοί μου, βλέπω μπροστά μου την Πανδώρα μας—όπως λέγαμε τη γελαδίτσα μας εκεί στο Μικρασιάτικο χωριό μου (αχ, αχ!... Νεκρό τώρα από κείνο το '22).

Χάρηκα που την είδα. Χωρίς αυτή ίσως και να μη μεγάλωνα (και ποιος θα 'γραφε τότες αυτή τη στήλη;). Γιατί στο χωριό μου δεν έπαιρνες το γάλα απ' το μπακάλη, το άρμεγες από την αγελάδα σου.

—Μπα; Στον παράδεισο κι αυτή, λέω με απορία.

Και πετιέται ο συχωρεμένος ο πατέρας μου και λέει:

—Αφού ήρθες και συ, γιατί να μην έρθει κι αυτή που ποτέ δεν πείραξε κανέναν και μας έδινε δωρεάν το γάλα της.

Και πριν σκεφτώ να του απαντήσω βλέπω μπροστά μου και τη σκυλίτσα μας και τη γατούλα μας!...

Τα ζώα αγαπιούνται καμιά φορά περισσότερο από τους ανθρώπους, μα όχι και να τα δεις στον παράδεισο! Και είπα, λίγο πειραγμένη:

—Κι αυτά εδώ;...

Και απαντάει ο πατέρας μου:

—Και πού αλλού; Στην κόλαση αυτά, που και το χειρότερο είναι πιο άκακο από τον καλύτερο άνθρωπο, και πειράχτηκα.

—Μα, πατέρα μου, τα ζώα δεν έχουν ψυχή, του λέω με ύφος ταπεινό μην πειραχτεί.

Και βάζει αυτός φωνή:

Και σε τι διαφέρει η ζωή τους από τη δική μας; Γεννιούνται, τρώνε, κοιμούνται, ερωτεύονται, γεννούν και πεθαίνουν όπως και μεις.

Και πειράχτηκα πολύ τώρα.

—Μα, πατέρα, ο άνθρωπος είναι ζώο λογικό, του είπα, πολύ σωστά, θαρρώ, με ύφος ταπεινό, μην πειραχτεί, κι αυτός:

—Και πώς το ξέρεις πως τα ζώα δεν έχουν λογική; Δε θυμάσαι τη γατίτσα μας και τη σκυλίτσα μας, που είχανε καλύτερη νοημοσύνη από σένα, που χανόσουν σαν ξεμάκρυνες από το σπίτι! Ενώ αυτά ξέραν να γυρίσουνε στο σπίτι και με μάτια κλειστά, λέει και με βλέπει επιτιμητικά.

Δε θέλω να του δείξω ασέβεια:

—Μα, πατέρα μου, μην ξεχνάς πως ο άνθρωπος έχει και το χάρισμα της λαλιάς, του απαντώ ευγενικά.

—Και τα ζώα έχουν άλλα χαρίσματα, λέει εκείνος. Ο σκύλος την όσφρηση, που δεν τη μεταχειρίζεται να βλάψει τον αδερφό του, όπως ο άνθρωπος τη γλώσσα του, λέει.

Στενοχωρέθηκα.

—Μα, καλέ μου πατέρα, θα βάλεις τον άνθρωπο, το τελειότερο δημιούργημα του καλού Θεού, ίσο με τα ζώα; ρωτώ.

Και κείνος.

—Θυγατέρα, έχεις λάθος! Το τελειότερο δημιούργημα του Πλάστη είναι το μερμήγκι... Ούτε όσο το μικρό νυχάκι σου και ζει κι αναπαράγει το είδος του κι έχει μυαλό καλύτερο απ' του ανθρώπου—δεν το μεταχειρίζεται να βλάψει το είδος του, τον αδερφό του, όπως τόσο συχνά ο άνθρωπος! Τα ξέρεις δα, τα χάλια σας, αφού μόλις ήρθες από τη Γη, λέει, και θέλω ν' αλλάξω θέμα:

—Ας τα αφίσουμε αυτά, πατέρα, ανυπομονώ να δω τις γιαγιές και τους παππούδες μου. Εδώ είναι; ρωτώ.

—Οι περισσότεροι από τους παππούδες σου βρίσκονται στο πυρ το εξώτερο. Μα οι γιαγιές σου όλες εδώ. Βλέπεις, οι γυναίκες εκείνο τον καιρό παιδεύονταν πολύ στη ζωή—δεν τις θεωρούσανε ούτε σωστούς ανθρώπους. Και δεν έβγαιναν μισόγυμνες στο δρόμο, όπως σήμερα, και συχωρούσε ο Θεός τις άλλες αμαρτίες τους—αφού δεν έπαιρναν μέρος στο εμπόριο και στην πολιτική. Να σε πάρει η μάνα σου να σε πάει αράδα να δεις αυτές τις γιαγιές σου, και μετά σε πηγαίνω να δεις και κείνες από το δικό μου μέρος, λέει.

Και με πήρε η μάνα μου και με πήγε να δω τη μάνα της.

Αυτή τη γιαγιά μου την αγαπούσα περισσότερο από την άλλη. Με μπούκωνε λιχουδιές και σκέπαζε τις ζαβολιές μου—γιατί η μάνα μου πίστευε πως το ξύλο βγήκε από τον παράδεισο, όπως λένε, και πως «όποιος λυπάται το ραβδί του, χάνει το παιδί του»...

Δε χρειάζεται να περιγράψω τη χαρά μου όταν την είδα. Ένιωσα παιδούλα πάλι—ξέχασα τα χρόνια μου τ' «αναθεματισμένα» δίπλα της. Δε χρειάζεται να περιγράψω και τη δική της χαρά.

— Άστηνε την εγγονούλα μου να την πάω να την καμαρώσει η μάνα μου—η προγιαγιά της, λέει, και μ' αρπάζει από το χέρι και με πάει στη μάνα της, στην προγιαγιά μου, που δεν την γνώρισα. Ήτανε στον άλλο κόσμο όταν ήρθα εγώ σ' αυτόν. Μα συλλογίστηκα πως χωρίς αυτή, που γέννησε την αγαπημένη μου γιαγιά, και η γιαγιά μου τη μάνα μου, δε θα υπήρχα στη ζωή, ή δε θα 'χα το καλούπι που έχω (και είμαι αρκετά ευχαριστημένη μ' αυτό που έχω) και δέχθηκα να με πάει στη μάνα της η προγιαγιά μου, χάρηκε κι αυτή.

— Μπα; Της εγγονούλας μου θυγατέρα είσαι, και με φίλησε, και είπε πως μοιάζω της μάνας της, της προπροπροπρογιαγιάς μου. Από σεβασμό στην παμπάλαιη ηλικία της το παραδέχθηκα.

Και για να κάμω το μακρύ κοντό, με πήγε κι αυτή στη δική της μάνα, και πόσα χρόνια περιπλανιόμουνα στον παράδεισο αγκαλιάζοντας τις αμέτρητες προγόνισσές μου, δεν κράτησα λογαριασμό. Απ' τις νεώτερες στις Βυζαντινές, κι από τις Βυζαντινές στις αρχαίες—μα δεν καλοδεχότανε αυτές! Και μία αγρίεψε:

— Δε θέλω να βλέπω την άθεη κλήρα μου, έβγαλε φωνή.

— Μπα; Γιά μένα το λες αυτό πανάρχαιη αγαπημένη και σεβαστή γιαγιά μου, την ερωτώ ευγενικά.

— Ναι!... Επί αιώνες, γενιές-γενιών, πιστεύετε σ' ένα Θεό, ενώ είναι δώδεκα οι θεοί, κραυγάζει.

— Αρχαία μου γιαγιά, έχεις μεγάλο λάθος! Ένας είναι ο Θεός, την έβαλα στη θέση της, κι έγινε μπαρούτι!

— Σκασμός!... που τολμάς εσύ, μια χθεσινή, ν' αντικρούσεις εμένα που έφαγα και ήπια, κι έκαμα έρωτα με τους αρχαίους σοφούς, και ήμουνα μοντέλο του Φειδία, λέει και θαμπώθηκα!

— Πανάρχαια γιαγιά μου σε θαυμάζω όσο δεν φαντάζεσαι (μου φάνηκε και πως της έμοιαζα—στ' ανάστημα, στις γραμμές, στα μάτια, στο μέτωπο) μα ένας είναι ο Θεός, να ξέρεις! Όχι δώδεκα—λάθος μεγάλο είχατε σ' αυτό, και θυμώνει, και σηκώνει το παμπάλαιο χέρι της και μου δίνει ένα χαστούκι που θα 'βλεπα τον ουρανό σφοντύλι—αν δεν βρισκόμουνα στον ουρανό:

— Να, για να μάθεις να μην αντιμιλάς, είπε—και ξύπνησα! Με φοβερό πόνο στο μάγουλό μου. Από το χαλασμένο δόντι μου. Ξεθύμανε η ασπιρίνη, κι έχασα τον παράδεισο.

«Εθνικός Κήρυξ», Νέα Υόρκη 1990

# Μια σκηνή σε ρέστωραν

ΠΗΓΕ στη δουλειά με το μυαλό θολό και τα μάτια βουρκωμένα. Ήταν άρρωστο το παιδί της. Αυτό μόνο είχε δω στον ξένο μεγάλο κόσμο που βρέθηκε πριν καναδυό χρόνια.

Μα κι ο ένας μπόσης της, αυτός που... προστάτευε (του φαινόταν νοστιμούλα), κι αυτός δεν αισθανότανε καλά εκείνη τη μέρα. Είχε τα νεύρα του. Και προτού ακόμα φορέσει την ποδιά της, πήγε και στάθηκε μπροστά της με τα χέρια στους γοφούς του και την κύτταξε απ' την κορφή ως τα νύχια:

—Καλώς τηνε... Έτσι μου 'ρθες πάλι; Μπράβο σου... Βαριέσαι, βρε κοπέλλα μου, να βάλεις λίγη πούντρα, να φτιαχτείς, ν' ανθρωπιστείς λιγάκι;... Το ξέρεις πως μάλλιασε η γλώσσα μου ώσπου να καταφέρω το συνέταιρό μου να σε προσλάβουμε, που τα Εγγλέζικά σου μήτε κι ο Θεός δε μπορεί να τα κάνει Εγγλέζικα... Του παράστησα τη θέση σου, που έμεινες έρημη, χωρίς άντρα, και με μικρό παιδί, και λυπήθηκε, μα ήσουνα κείνη τη μέρα περιποιημένη... Τώρα μας έρχεσαι σαν άπλυτη, και με μια φάτσα που θαρρεί κανείς πως σε βαστάει κοιλόπονος... Η σερβιτόρα, κοπέλλα μου, πρέπει να 'ναι χαμογελαστή, καταλαβαίνεις;

Εκείνη μιλιά. Έκαμε να τραβήξει για το ιδιαίτερο ν' αλλάξει, να βάλει την ποδιά της. Μα τη σταμάτησε αυτός:

—Και τούτο το φουστάνι σου απ' το χωριό σου το έφερες, κορίτσι μου; Να σ' αγοράσω ένα, βρε μανίτσα μου, να δείχνει λίγο τις γραμμές σου να μη φαίνεσαι σανίδα, αφού δεν είσαι κι έχεις το κρεατάκι σου εκεί που χρειάζεται... Ας είναι... Εμένα μ' αρέσουν οι ξερακιανές που έχουν και τις καμπυλίτσες τους, μα ο συνέταιρός μου δε σκαμπάζει από τέτοια και θα σε διώξει αν δεν συμμορφωθείς και πού θα βρείς άλλη δουλειά τόσο κοντά στο σπίτι σου χωρίς καλά Εγγλέζικα... Και να μπορείς να τρως σαν πριγκίπισσα...

Το νόμισε ευτύχημα σαν κατάφερε να ξεφύγει. 'Εβαλε την ποδιά της και κάθησε να κολατσίσει, να ψυχοπιαστεί, αλλά βγήκε από την κουζίνα ο άλλος μπόσης τώρα:

— Κοντεύει μεσημέρι και ψυχή στο μαγαζί... Το γρουσούζικο ποδαρικό της σερβιτόρας που μου κουβάλησες γιατί είναι νεοφερμένη στην Αμερική, σα να έχουμε φιλανθρωπικό ίδρυμα το μαγαζί, είπε στο συνέταιρό του και τράβηξε στο ακρινό τραπέζι που κάθησε η σερβιτόρα:

— Κόπιασε, φίλτατε συνέταιρε, να καμαρώσεις την προστατευόμενή σου... Μπρέκφαστ που δεν το τρώει ούτε η βασίλισσα... Φράουλες με κρήμ η κυρία, και δυο αυγά, δυο φρυγανιές, δυο κομμάτια βούτυρο... Πως δεν πήρες και δυο ποτήρια γάλα, κοπέλλα μου;... Η άλλη σερβιτόρα που είχαμε, η Ιρλανδέζα, μόνο έναν καφέ μαύρο έπινε, κι ένα ντόνατ για πρωινό...

Στάθηκε κόμπος στο λαιμό της:

— Κι εγώ δεν τρώγω πολύ... Μα σήμερα είμαι ξενηστικωμένη, γιατί χθες δε μπόρεσα να βάλω τίποτα στο στόμα μου... 'Αρρωστο το παιδί μου... Σήμερα είναι λίγο καλύτερα και είπα να φάω καλά μην αρρωστήσω κι εγώ...

— Εσείς οι νεοφερμένοι είστε πεινασμένοι ακόμα, και θα έλεγε κι άλλα.

Και ήταν έτοιμη κι αυτή να του φωνάξει: «Και συ νεοφερμένος είσαι, κι ας ήρθες λίγο πριν από μένα στην Αμερική» κι ας γνώριζε πως θα τον ερέθιζε, μα μπήκε κείνη τη στιγμή ένας πελάτης τρικλίζοντας, κι έτρεξε να πάρει την παραγγελία να μην αντιμιλήσει.

Την κύτταξε γλυκά ο πελάτης και ήθελε να πιάσει το χέρι της. Τον απόφυγε απότομα και με σιχασιά, πιωμένος για καλά, βρωμοκοπούσε αλκοόλ.

Μα σαν πήγε στην κουζίνα την παραγγελία, αναμμένοι οι μποσάδες:

—Τι φέρνεσαι βάρβαρα στην πελατεία, φώναξε ο ένας.

Κι ο άλλος, που την... προστάτευε:

—Τι χωριατιές είναι αυτές; Ο άνθρωπος ήθελε να πιάσει το χέρι σου λιγουλάκι, όχι να στο φάει. Τι τον κύτταξες έτσι τον άνθρωπο;... Κι αυτή η φάτσα σου... τι κλαμούρα... Να πάρω δυο καρφίτσες να καρφιτσώσω τα χείλη σου στ' αυτιά σου να φαίνεσαι γελαστή λιγάκι.

Και θα 'λεγε κι άλλα, μ' ακούστηκε το τηλέφωνο κι έτρεξε και κείνος ξωπίσω της:

—Αγαπητιλίκια ε;... Γι' αυτό δεν έχεις το νου σου στη δουλειά, στην πελατεία. Από ποιον περίμενες τηλέφωνο κι έτρεξες έτσι σαν αστραπή;...

Είχε χάσει το χρώμα της. Λεμόνι το πρόσωπό της:

—Από τη γυναίκα που άφισα να προσέχει το παιδί μου... Χειροτέρεψε... Του 'ρθε πάλι πυρετός... Πρέπει να φωνάξω γιατρό, είπε με φωνή σβησμένη.

—Και κλαις, βρε κοπέλλα μου, για ένα μωρό;... Πόσα θες; Κι άπλωσε τη χερούκλα του προστατευτικά στη μέση της. Κι άπλωσε και κείνη το δικό της, το δεξί, κι ακούστηκε ένα «μπλατς» στο μαγαζί, και βαστούσε τώρα αυτός το χαστουκισμένο μάγουλό του και μούγκριζε «παλιοβρώμα, αχάριστη», μέσα στα δόντια του. Κι ο άλλος ο συνέταιρός του, γελούσε ευχαριστημένος στην κουζίνα, κι ο πελάτης κύτταγε σα χαζός, με τα μάτια του τα δακρυσμένα από το αλκοόλ, και η σερβιτόρα άψε-σβήσε πέταξε την ποδιά κι έφυγε με τα μάτια της γιομάτα οργή και πόνο.

«Ελληνικός Τύπος», Σικάγο 1969

# Ο θάνατός σου, η ζωή μου...

ΒΟΥΡΚΩΜΕΝΑ τα μάτια της. Μου 'λεγε τον πόνο της. Το παράπονό της για την ανθρώπινη αδικία.

— Πρέπει να έχεις τα μάτια σου τέσσερα για να μη βλαφτείς απ' την ανθρώπινη κακία, που είναι μεγάλη. Κάλλιο να βρίσκεσαι άοπλος μ' αγρίμια γύρω σου, παρά μέσα στην πολιτισμένη κοινωνία χωρίς να 'σαι οπλισμένος με πονηριά να προφυλαχτείς από την πανουργία του ανθρώπου. Το θηρίο το βλέπεις, βλέπεις τις διαθέσεις του, αν είναι να σε σπαράξει. Μα τη δολιότητα τ' ανθρώπου όχι! Μπορεί να σου παρασταίνει τον αφοσιωμένο φίλο και πίσω να σκάφτει το λάκκο σου...».

Και μου διηγήθηκε στον ίδιο θλιμμένο τόνο πως φίλος τους—με σκευωρίες και διαβολές στάθηκε αιτία να χάσει ο άντρας της τη δουλειά του.

— Και σήμερα παντού προτιμούν τους νέους, κι ελπίδες να βρει άλλη δεν έχει στην ηλικία του.

Και μόνο που δεν έκλαιγε.

— Γιατί ενώ είναι μεγάλος για να βρει εργασία, όμως δεν είναι ακόμα εξηνταπέντε.

Το είπε σα δυστύχημα, να μπορέσει να πάρει σύνταξη στο ακέραιο, και τι θα γίνουν, πώς θα ζήσουν με τη σημερινή ακρίβεια.

— Μα και στο ακέραιο αν την πάρει, κι ακόμα κι αν ήμουνα κι εγώ σε ηλικία να πάρω σύνταξη (το είπε κι αυτό σα δυστύχημα—που δεν είναι σε ηλικία γιά σύνταξη—κι ας τρέμουν οι γυναίκες τα μεγάλα χρόνια), πάλι δε θα 'ναι αρκετά να ζήσουμε σαν άνθρωποι, με όλο φωτιά! Φεύγει το δολλάριο προτού ψωνίσεις τίποτα πετάει από τα χέρια σου.

Και πήρε θλιβερότερο τόνο η φωνή της, μπήκε σε άλλη πράξη του δράματος.

—Και ξέρεις τι θα πει να μπει ο άντρας μου στη στρατιά των ανέργων, και να είναι μπασμένος στα χρόνια—τους νέους, βλέπεις, τους θρέφει το καθισιό! Μα τους μεγάλους τους τσακίζει. Είναι σαν να ξόφλησαν με τη ζωή πια και κάθονται και περιμένουν το θάνατο! Νιώθουν στιμμένες λεμονόκουπες και γίνονται παράξενοι, γκρινιάρηδες—παθαίνει το μυαλό τους σα δεν έχουν με κάτι να ασχοληθούν. Κι αν τα οικονομικά τους δεν επιτρέπουν ταξίδια, να τρέχουν όπου γλέντι και πανηγύρι, σε βίζιτες φιλικές και διασκεδάσεις, τότε σωστο δράμα για τη γυναίκα τους. Κοντεύει να τρελλάνει τη γυναίκα του ο αδερφός μου από τότε που πήρε σύνταξη και τον έχει μέρα-νύχτα μέσα στα πόδια της να γκρινιάζει.

Και πήρε θλιβερότερο τόνο τώρα και σιγόλεγε:

—Τι θα γίνουμε... Τι θα γίνουμε.

Και ξάφνου άλλαξε ύφος:

—Μα γιατί είναι έτσι οι άνθρωποι; Γεννιούνται κακοί; Πώς μας το 'καμε αυτό το κακό άνθρωπος που τον θεωρούσαμε φίλο μας—και ξέρεις; Την πήρε τη δουλειά του συζύγου μου αυτός, μάθαμε... Τσακάλια είναι κι αρπάζουν το ψωμί από το στόμα του άλλου...

—Δεν γεννιούνται κακοί. Αγγελάκια γεννιούνται όλοι, μα η ανάγκη, το συμφέρον, υλικό ή ηθικό, κάνει πολλούς να πατούν ακόμα και σε πτώματα. Αλλιώς, μόνο ένας άρρωστος, ψυχικά ή πνευματικά, βλάφτει τον άλλο, χωρίς λόγο και αιτία, είπα.

Κούνησε το κεφάλι της λέγοντας:

—Θαρρώ πως δεν τους ξέρεις τους ανθρώπους. Είναι φίδια οι περισσότεροι.

Και ήταν έτοιμη να μου εξηγήσει τους ανθρώπους, να μου κάνει λιανά τις σκέψεις και τα συμπεράσματά της, όταν μπήκε χαρούμενος ο άντρας της:

—Ευχάριστα νέα, βάλε να πιούμε, να γιορτάσουμε, βρήκα δουλειά, που νόμιζες πως δε θα ξανάβρισκα ποτέ, γιατί είναι χιλιάδες νέοι που ζητούν και δε μπορούν να βρουν...

'Εκανε το σταυρό της απανωτά αυτή, χαρούμενη, συγκινημένη.

— Ο Θεός άκουσε την προσευχή μου. 'Αναβα κάθε μέρα το καντήλι και Τον παρακαλούσα να μας βοηθήσει.

Και ρώτησε πώς έγινε αυτό το θαύμα:

— Είχε σοβαρή καρδιακή προσβολή ο νυχτομάγειρας και θα δουλέψω στη θέση του, μα είναι αυτή η τρίτη φορά και δεν υπάρχει πιθανότητα να ξαναδουλέψει στην ίδια δουλειά, κι έτσι θα δουλέψω, θαρρώ, ώσπου να πάρω τη σύνταξή μου στο ακέραιο, μπορεί και περισσότερο, είπε χαρούμενος.

Αλλ' αμέσως αισθάνθηκε πως ήτανε άπρεπη η χαρά του και πρόσθεσε λυπημένος:

— Είναι και οικογενειάρχης ο καημένος. 'Εχει τέσσερα ανήλικα παιδιά, και νέος σχεδόν στην Αμερική, μόνο δώδεκα χρόνια... Ο Θεός να τον λυπηθεί και προσπαθούσε τώρα να της εξηγήσει ποιος είναι, που τον γνώρισαν.

Μα εκείνη δεν πρόσεχε πια τα λόγια του. Είχε μεγάλη χαρά που θα δουλεύει ο άντρας της όσο να πάρει στο ακέραιο τη σύνταξη, ίσως και περισσότερο. Σταυροκοπιότανε που άκουσε ο Θεός την προσευχή της.

Παρατήσαμε στη μέση την κουβέντα μας για τους ανθρώπους—αν γεννιούνται ή γίνονται κακοί από τις περιστάσεις.

— Θέλεις να την αποτελειώσεις; Κάτι ήτανε να μου εξηγήσεις κι έμεινε στη μέση.

Δάγκωσε τα χείλη της:

— 'Οχι, όχι, είπε έντονα. Κατάλαβε πως χαιρότανε στη δυστυχία του άλλου—γιατί έτσι βρήκε δουλειά ο άντρας της.

«Ελληνικός Τύπος», Σικάγο 1975

# Το ξόδι της Γκαετάνα - Φρόσως

ΠΥΡΓΟΣ μεγάλου άρχοντα του Μεσαίωνα μοιάζει το νεκροπομπείο Μαρζάνο-Ψυχαλινού. Χτισμένο επιβλητικά στη μοναδική ανηφόρα τούτης της απέραντης σήμερα πόλης, που μόνο ενάμισυ αιώνα πριν ήταν ατέλειωτη κοιλάδα όπου βόσκανε αγρίμια—λύκοι, τσακάλια, μπούφαλοι, αλεπούδες—και σήμερα μονάχα μέσα στο Σικάγο (αγριοκρόμμυδο θα πει τσικάγκο στην ινδιάνικη διάλεκτο της φυλής Ποτογκατόπι) ζούνε πάνω από τριάμισυ εκατομμύρια άνθρωποι κάθε φυλής και θρησκείας με ρίζες σ' όλης της γης τα πλάτη.

Πύργος μεγάλου άρχοντα μοιάζει, μ' έναν πελώριο σταυρό ψηλά που τον βλέπεις από πολύ μακρυά φωταγωγημένο. Κ' έχει κ' ένα απέραντο πάρκινγκλοτ, γιατί σε τούτη τη νέα πόλη—πέρσι γιόρτασε τα πρώτα 150 χρόνια της—την απλωμένη νωχελικά σε μιαν απεραντοσύνη, οικογένειες δίχως δική τους καρέκλα βρίσκεις, μα όχι και χωρίς δικές τους ρόδες σήμερα.

Μισή ντουζίνα καλοπεριποιημένοι θάλαμοι με ωραίες πελώριες γλάστρες με πρασινάδες, και τοίχους και πόρτες βαριές, και δεν ακούς δίπλα αν κλαίνε και μοιρολογούνε γοερά το νεκρό τους ή προσεύχονται σιγαλόφωνα για την ψυχή του Ιταλοί, Γρεκοί, Σέρβοι ή άλλοι.

Συμβουλή του Έλληνα νεκροπομπού π' ανάλαβε την κηδεία της μικρής Γκαετάνα-Φρόσως, με πολλά παρηγορητικά λόγια στον παππού και τη γιαγιά της (συχωριανός τους), που αυτοί την έλεγαν μόνο Φρόσω, Φροσάκι, Φροσούλα, και ποτέ Γκαετάνα, να φερθούν πολιτισμένα, και υπόσχεση να βρει την κόρη τους, τη μητέρα της Φροσούλας, να ειδοποιήσει και τον πατέρα της.

—Αλλιώς δε γίνεται, αλλιώς θα έχουμε τράβαλα, είπε κοφτά με πολλή συμπάθεια και κατανόηση στους γέρους.

Κλειστό, τώρα, το στοματάκι της που οληρμερίς σαν κάτι να 'λεγε, σαν κάτι να ρωτούσε σιωπηλά. Κλειστά και τα ματάκια τα ολόμαυρα, σα μπουρνέλες, που ολοένα κυττούσανε πέρα στο δρόμο σαν κάποιον, κάποιους να περίμεναν. Μήτε φωνές πια—φωνούλες—μήτε και κλάματα ή γέλια. Γελάκια. Λίγα κι αυτά. Πολλά τα κλάματα, μα σιγαλόφωνα, κρυφά αυτά. Σα να φοβότανε να κλάψει φανερά, φωναχτά, όπως τ' άλλα κοριτσάκια κι αγοράκια της ίδιας ηλικίας. Να τσιρίξει κι αυτη, να βροντήξει τα ποδαράκια της για τούτο ή εκείνο.

Αυτή έκλαιγε κρυφά, βουβά, μέσα της. Σα να καταλάβαινε το δράμα που περιτύλιξε την τρυφερή ζωούλα της. Κ' έκλεισε τώρα για πάντα τα ματάκια και το στοματάκι της, και ούτε ψιθυρίζει πια κουβέντες μυστικές στον εαυτό της. Ερωτήματα που ένιωθε πως δεν έπρεπε να τα πει σ' άλλους. Κι αν θα τα έλεγε, γνώριζε πως απάντηση δε θα 'χε ούτε κι απ' αυτούς τους ασπρομάλληδες που την αγαπούσανε αυτοί. Την αγαπούνε—με κάποιο δικό τους τρόπο. 'Οχι όπως εκείνοι οι άλλοι δυο με τα μαύρα, τα κορακάτα πυκνά μαλλιά... Τι έγιναν αυτοί;... Πού είναι;... Τι έγινε εκείνο το όμορφο μικρό σπιτάκι τότε μ' αυτούς μέσα—οι τρεις τους; Ρωτιότανε κάθε μέρα μυστικά.

Και τώρα ξαπλωμένο το άγουρο κορμάκι, ασπροντυμένο, σα μικροσκοπική νυφούλα, μέσα στην ασπροντυμένη μικρή νεκρόκασα, έχει τα μικρά χεράκια σταυρωμένα στο στηθάκι μ' ένα μικρό εικόνισμα της Παναγίας, και νομίζεις πως κοιμάται. Και τα μικρά λεπτά χειλάκια της στραβίζουνε λιγάκι στην άκρη θαρρείς πως σιγομουρμουρίζουνε παράπονο πικρό: «Γιατί, μα γιατί δίχως να το θέλω, να το ζητήσω, με φέραν στη ζωή, για να πονέσω;... Και γιατί τώρα δίχως να το ζητήσω φεύγω;... Για να πονέσουν αυτοί οι ασπρομάλληδες;...».

'Η μην το ζήτησε, μη δεν άντεχε πια η μικρή καρδούλα το μεγάλο πόνο, τη μεγάλη πείνα γι' αγάπη, χάδι, από κείνους τους δυο με τα μαύρα πυκνά μαλλιά, τους τόσο αγαπημένους της, εκείνους με τα δροσερά αφράτα πρόσωπα, κι όχι απ' αυτούς με τα σκυφτά κορμιά και τις βαριές καρδιές.

Πείνα γι' αγάπη, πείνα για χάδι, απ' αυτούς που σαν τον άνεμο ερχόντανε κάποτε να τη δούνε βιαστικά μόνο για να την κάνουν, θαρρείς, να πονέσει περισσότερο—σα φεύγανε. Σα θα γινότανε πάλι η παρουσία τους απουσία... Γιατί την άφιναν κ' έφευγαν; Δεν την αγαπούσανε όπως οι άλλοι πατεράδες και οι άλλες μάνες τα παιδιά τους;...

Και γιατί δεν ερχόντανε μαζί, όπως μαζί ήτανε πρώτα σ' εκείνο τότε το σπιτάκι... Γιατί σκορπιστήκανε;... Και γιατί σαν τύχαινε ν' ανταμώσουν καμιά φορά σ' αυτό το σπίτι της γιαγιάς και του παππού τα δυο αγαπημένα της πρόσωπα, γινόντανε άγρια θηρία που θέλαν να κατασπαράξουν το ένα τ' άλλο;... Θυμάται μια μέρα την τρομάρα που πήρε... Νόμισε πως θα σκοτωθούνε. Και να μην ξέρει με ποιον από τους δυο να γύρει, αφού το ίδιο τους αγαπούσε και τους δυο.

Και τώρα χαθήκανε και οι δυο—πόσος καιρός που δεν τους είδε!... Να μπορούσε να μιλήσει, να μπορούσε! Εσείς με σκοτώσατε, θα φώναζε.

Μα δεν μπορεί ούτε και να σαλέψει τα μικρά ωχρά χειλάκια που στραβίζουνε λίγο στην άκρη.

'Ερχονται φίλοι και γνωστοί της γιαγιάς και του παππού να τους παρηγορήσουν, μα κι άγνωστοι που άκουσαν την ιστορία, να δούνε τη μικρή ορφανή με ζωντανούς γονιούς. Να δούνε κάποιοι και κανένα γνωστό τους ή κι άγνωστό τους συμπατριώτη, να πούνε δυο κουβέντες στη γλώσσα τους αυτοί που ζούνε ολομόναχοι. 'Αλλωστε δροσεροί εδώ οι θάλαμοι στο καλοχτισμένο νεκροπομπείο—ζεστοί το χειμώνα.

—Μην κλαίς έτσι, θεία... Ο Θεός τ' αγαπούσε το εγγονάκι σας περισσότερο από τα γονικά του και το πήρε να το κάνει αγγελάκι, λέει μια Ελληνοαμερικάνα, εδώ γεννημένη και πολύ περήφανη για τα ελληνικά της—με άριστα τελείωσε το ελληνοαμερικάνικο σκολειό και πήγε ως τώρα πέντε φορές στην Ελλάδα. Τη γύρισε όλη.

—Σταμάτα, μπάρμπα, τα κλάματα. Τα δάκρυα βαρύνουν τις ψυχές των αποθαμένων... Τ' αγαπούσε ο Θεός το εγγονάκι σας και το πήρε να το σώσει από τα βάσανα του κόσμου που είναι πολλά, από τις πίκρες της ζωής που είναι αμέτρητες...

—Καλότυχος αυτός που πέθανε μικρός, κι αυτός που δε γεννήθηκε ποτέ, παρηγορεί το γέρο μια νεομετανάστρια, απ' αυτές που ήρθανε μόνο 15 έως 20 χρόνια πρίν.

Πέθανε ο άντρας της, μεγάλωσαν και σκορπίστηκαν τα παιδιά της στην Καλιφόρνια, στη Γιούτα, η μικρή της παντρεύτηκε φαρμαδόρο στο Μίτσιγκαν, αυτή βολεύεται μόνο εδώ.

—Το Σικάγο είναι η πατρίδα μου, λέει. Εδώ ακούω τη γλώσσα μου και στους δρόμους, και βρίσκεις μυρωδιές σαρδέλλας και ρετσίνας.

Και τρέχει όπου γνωστές ή άγνωστές της ελληνικές κηδείες. Κι όχι για την αρχοντική «παρηγοριά» σε ωραίο ρέστωραν, όπως συνηθίζουμε τούτα τα χρόνια μετά την κηδεία (μην πούνε πως τσιγκουνεύτηκες), αλλά για να δει δυο ανθρώπους, γνωστούς ή άγνωστους, να πει δυο κουβέντες, «ν' ακούσω τρία ελληνικά που κοντεύω να τα ξεχάσω», παραδέχεται.

—Μεγάλος ο πόνος σας... Του παιδιού μου το παιδί δυο φορές παιδί μου!... Μα ποιος γνωρίζει τις βουλές του Κυρίου;... Ποιος ξέρει τι δρόμο θα τραβούσε αυτό το αγγελάκι σα θα μεγάλωνε με πατέρα εκείνον τον μακαρονά, και το πήρε ο Πολυεύσπλαχνος κοντά του, λέει ένας κοντός, χροντρός, στον παππού.

Και η Γκαετάνα-Φρόσω, αν μπορούσε να το ακούσει, θα ορμούσε να τον καταξεσκίσει. Ξέρει πως εκείνο το «μακαρονά» το λεν σα βρισιά γιά τον αγαπημένο της πατέρα... Αχ, που έχει τώρα άλλο παιδί και μιλάει με τη μάνα του μιαν άλλη γλώσσα, που δεν την καταλαβαίνει η Γκαετάνα-Φρόσω. 'Οχι εκείνη που μιλούσε με τη δική της μητέρα—που τη μιλάει όλος ο κόσμος παντού, στο δρόμο, στα καταστήματα. Ούτε κ' εκείνη που μιλούν ο παππούς και η γιαγιά και την ξέρει πια τώρα και η ίδια˙ «μα πόσες γλώσσες είναι στον κόσμο», απορούσε και μετρούσε στα δαχτυλάκια της «μια, δυο, τρεις».

Να τώρα και η νουνά. Κάτι είχε πάρει τότε τ' αυτί της. Θύμωσε πολύ ο πατέρας της που έμαθε πως ο παππούς, η γιαγιά κι αυτή η γυναίκα την πήγανε σε κάποια άλλη εκκλησιά και τη ϐουτήξανε στο νερό και θύμωσε πολύ ο πατέρας της όταν το έμαθε!... Μάλωναν πολύ στο σπίτι, σ' εκείνο το σπιτάκι, και μια μέρα την πήρε η μάνα της και πήγανε στης γιαγιάς και του παππού, και μιαν άλλη πήρε μια ϐαλίτσα η μαμά της κ' έφυγε, κ' έμεινε αυτή με τον παππού και τη γιαγιά, και μαύρισε πια ο κόσμος, συλλογιζότανε η Γκαετάνα-Φρόσω.

Χαϊδεύει απαλά η νουνά τα μαλλάκια της Φροσούλας, όπως την έλεγε, στο καλοχτενισμένο κεφαλάκι με τον άσπρο μεγάλο φιόγκο, και λέει στη γιαγιά:

— Σώπα, κουμπάρα!... Μπορεί να 'τανε γραφτό να πάρει τη στράτα της αμαρτίας σα θα μεγάλωνε με το αίμα που είχε απ' τον πατέρα του και το φώναξε ο Πολυεύσπλαχνος κοντά του να μην κολαστούμε και μεις— κ' εγώ που το ϐάφτισα ορθόδοξο, λέει.

Μα απαρηγόρητοι οι γέροι. Σιγαλόφωνα μοιρολογάει η γιαγιά με φωνή κομμένη:

— Αχ, μικρό μου αγγελούδι... Που σου 'δινα το γαλατάκι σου... το πορτοκαλοζούμι σου κάθε πρωί... που ήσουνα ο ήλιος και το φεγγάρι στο πικραμένο σπίτι μας.

Είχανε χάσει το μοναχογιό τους στο Βιετνάμ και μια τους θυγατέρα στα δώδεκά της από αυτοκινητιστικό δυστύχημα.

— Πώς το έκαμες αυτό, Φροσάκι μας, να μας αφίσεις έρημους... Πώς μας έφυγες τώρα που ϐδομάδες δεν έχουμε γράμμα, τηλεφώνημα από τη μάνα σου... Πώς μας έφυγες γιά τον κόσμο απ' όπου δεν ξαναγυρίζουν... Μη θύμωσες, μωρό μου, που δε μπορέσαμε οι δύστυχοι—αχ, ανάθεμά μας—να τονέ ϐάλουμε στην καρδιά μας τον πατέρα σου... Αν τονέ ϐάζαμε μπορεί και να μη γινότανε αυτό το κακό. Να μείνεις πεντάρφανο με ζωντανούς γονιούς... Και να μας φύγεις τώρα και συ και να ερημώσει το σπίτι μας, να ερημώσει η καρδιά μας, και χτυπάει το στήθος της με μάτια μισόκλειστα που τρέχουνε.

Γιατί μαζί με το μεγάλο πόνο νιώθει κι ενοχή που δεν έζησε η κόρη της με το παλληκάρι π' αγαπηθήκανε από μικρά στο γειτονικό αμερικάνικο σκολειό. Δίπλαδίπλα τα θρανία τους. Κρυφά παντρεύτηκαν. Ούτε και οι δικοί του τον θέλανε αυτό το γάμο. Λογάριαζαν για νύφη τους τη θυγατέρα μιας γειτόνισσάς τους στο όμορφο Αμπρούζι που τώρα ήρθε κι αυτή στην Αμερική—να μιλάνε μαζί για το αγαπημένο τους Αμπρούζι!...

—Αχ, αχ!... Αν τον βάζαμε στην καρδιά μας, μπορεί να μη γινότανε αυτό το κακό... Το μεγάλο κακό!... Τώρα πήρε άλλη αυτός, πήρε κ' εκείνη τα μάτια της κ' έφυγε, μας έφυγες και συ για το αγύριστο ταξίδι, «θα θύμωσες μαζί μας... 'Αδειασε ο κόσμος...».

Σκουπίζει τα μάτια του ο παππούς, δακρυσμένοι κάποιοι και κάποιες—είναι και το ζήτημα σε ποια εκκλησία θα ψαλεί η νεκρώσιμη ακολουθία, σε ποιο κοιμητήρι θα ενταφιαστεί...

Αυτό συζητούν τώρα πέρα, κοντά στην πόρτα κάποιες λίγο φωναχτά, τις ακούς, κι ας χάνεται η φωνή σε τούτους τους θαλάμους.

—'Οπου να 'ναι θα 'ρθει αυτός, ο πατέρας, ειδοποιήθηκε, και τι θα γίνει μόνο ο Θεός το ξέρει! Σίγουρο πως θα θέλει απ' τη δική τους εκκλησία να το βγάλουν το παιδί του, στο δικό τους καθολικό κοιμητήρι να το ενταφιάσουν, λέει μια πολύ συλλογισμένη.

—Μα άκουσα πως βρήκανε τη μάνα κ' έρχεται αεροπορικώς, κι αφού σ' αυτήν είχε παραχωρήσει το παιδί ο δικαστής, τότε με το διαζύγιό τους, αυτή θ' αποφασίσει που θα ταφεί, λέει η άλλη.

Και μια νεαρή, που ήρθε πριν από καναδυό χρόνια για σπουδές εδώ και γράφει τη διατριβή της με θέμα τους 'Ελληνες μετανάστες του Σικάγου, έβγαλε φωνή οργής και περιφρόνησης:

—'Εχετε Μεσαιωνικές αντιλήψεις κι ας ζείτε σε

χώρα σαν αυτήν εδώ και σε χρόνια που περπάτησε άνθρωπος στη σελήνη.. Τι σημασία έχει σε ποια εκκλησία θα ψάλουν το νεκρό παιδί! Κι άλλωστε χριστιανική και η δική τους, κι άλλαξε τώρα ύφος και συλλογισμένα:

— Αλήθεια πως η δική μας νεκρώσιμη ακολουθία είναι μοναδική... Εκείνο του Εκκλησιαστή—ούτε η δόξα, ούτε ο πλούτος σε συνοδεύουν—όλα μάταια!... Μ' αν πέθαινα εδώ, το Καθολικό κοιμητήρι θα προτιμούσα για τον αιώνιο ύπνο... Επιβλητική απλότητα, χωρίς να ξεχωρίζει ο τάφος του πλούσιου απ' του φτωχού... Πράσινο λιβάδι με καλοκουρεμένο πάντοτε γρασίδι και μόνο ένα όμοιο μετάλλινο δισκάκι με τον αριθμό, το όνομα και τις ημερομηνίες γέννησης και θανής, είπε ήσυχα, νοσταλγικά, θαρρείς.

Κι έβγαλε ύστερα φωνή, και γύρισαν να δουν κι από πέρα οι χαροκαμένοι, κι ας είναι φτιαγμένοι τούτοι οι θάλαμοι να πνίγουν τη φωνή:

— Εσείς και στους τάφους σας άγρια ανισότητα! Εδώ ένα μαυσωλείο που θα κόστισε ολόκληρη περιουσία, δίπλα χορταριασμένος τάφος, ανώνυμος, που ίσως σκεπάζει άγιο άνθρωπο.

Είχε πάρει φόρα, μα τη σταμάτησε κάποια που την έφεραν εδώ μικρή τα γονικά της—μεταπολεμικοί μετανάστες—σπούδασε, και διδάσκει σ' αμερικάνικο Γυμνάσιο.

— Μη φωνάζεις έτσι, κοπέλλα μου, νεκροπομπείο είν' εδώ! Και μη νομίζεις πως τα ξέρεις όλα και μεις είμαστε προβατάκια... Συμφωνώ πως τα καθολικά κοιμητήρια έχουν τούτα τα χρόνια μια μεγαλόπρεπη απλότητα, ισότητα θα έλεγα επιβλητική. Στα δικά μας, κ' έχουμε δυο, αν ξέρεις, στο Σικάγο, κάποια πανάκριβα μαυσωλεία, με μάρμαρο απ' την Πεντέλη, λεν είναι το ένα, αριστουργηματικό μαυσωλείο σα μαρμάρινο σπιτάκι, ανήκει σε κάποιους που ήτανε γνωστοί σαν γκάγκστερς, με φόνους, απάτες, εμπρησμούς, και κάθε είδος ατιμίας για το δολλάριο. Κι άλλοι που θυσιάστηκαν για τους δικούς τους στην πατρίδα, και το χέρι στην τσέπη για την κοινότητα, για τα σχολεία μας, ούτε μια απλή ταφόπετρα στο μνήμα τους! Μα όλ' αυτά, κοπέλλα μου, δεν έχουν σχέση με το ζήτημα αυτών των γέρων—με τα ανθρώπινα αισθήματα! Αυτοί έχουν δυο τάφους στο ελληνικό κοιμητήρι, όπου πηγαίνουν τα Ψυχοσάββατα, και με το αμερικανικό Μεμόριαλ Νταίη—Ημέρα Μνήμης των Νεκρών—και άλλες μέρες, κι ανακουφίζονται! Ξεχορταριάζουνε τα μνήματα των αγαπημένων τους, τους μιλούν, και γύρω τους ελληνικά ονόματα, ελληνικά γράμματα στις ταφόπετρες, νιώθουν σ' ελληνικό χώρο, και πάντοτε θα δουν και κάποια γνωστή ή άγνωστή τους καθισμένη κοντά σε τάφο αγαπημένου της, πως να στερηθούν κι αυτό ετούτοι οι γέροι—για την επιβλητική απλότητα και γαλήνη στα καθολικά κοιμητήρια τούτων των χρόνων—γιατί πριν κι αυτών οι τάφοι ήταν άλλοι με πανάκριβους σταυρούς κι άλλοι χορταριασμένοι μ' ένα ξύλινο σταυρό, είπε κοφτά με σιγανή φωνή.

Κ' ετοιμαζότανε η άλλη μ' ανυπομονησία κάτι να πει, ν' απαντήσει, όπου ανοίγει η χοντρή βαριά πόρτα του νεκρικού θαλάμου και μπαίνει μέσα ο πατέρας της Γκαετάνα-Φρόσως, μ' ένα τσούρμο καμιά δεκαριά.

Με τρία-τέσσερα αυτοκίνητα θα ήρθαν. Μαζί και η ντόνα Γκαετάνα, η άλλη γιαγιά της Γκαετάνα-Φρόσως, κι αρχίζει κι αυτή κάτι σα μανιάτικο μοιρολόι στη γλώσσα της. Νεκρική σιγή αμέσως από τους άλλους, και όλοι συλλογιούνται: «Ο πατέρας της μικρής μπορεί να το δεχτεί να την ενταφιάσουν στο ελληνικό κοιμητήρι, κοντά στο θείο και τη θεία της—τους αγαπημένους τάφους της γιαγιάς και του παππού της, που τους επισκέπτονται τόσο συχνά, μα θα το δεχτεί και τούτη η Σιτσιλιάνα γιαγιά της, που η μικρή εγγονούλα της έχει το όνομά της—Γκαετάνα. . . ;».

«Νέα Εστία», Αθήνα 1987

# Ελληνική αχτίδα

ΕΙΧΕ μπει αμέσως στην καρδιά μου όταν τον πρωτοείδα—όταν τον πρωτάκουσα να μιλάει.

Γαλάζια τα ματάκια του, ξανθούλια τα μαλλάκια του, σκαλωτά. Ολόγλυκο το προσωπάκι του, σα φοβισμένη λίγο η ματιά του, δυο πιθαμές το μπόι του. Μ' αυτά τα βρίσκεις σε χιλιάδες παιδάκια του Σικάγου. Εκείνο που δε βρίσκεις είναι να μιλούν τέτοια ελληνικά, όπως τα μιλούσε τότε εκείνος. Έμαθα από την κοπέλλα που τον βαστούσε από το χεράκι πως τον λένε Σπύρο, γεννήθηκε στην Ελλάδα πριν 22 μήνες, και βρισκότανε στην Αμερική τη μισή ζωή του, δε μιλούσε άλλη γλώσσα απ' τα ελληνικά. Δε μιλούσε και η ίδια εγγλέζικα.

— Είμαι η μάνα του και νοικιάσαμε το σπίτι δίπλα, είπε η κοπέλλα.

Μου φάνηκε πως ο μικροσκοπικός αυτός μετανάστης έφερε μιαν ελληνική αχτίδα στη γειτονιά, πως τη γλύκανε.

Γίναμε φίλοι αμέσως με το Σπύρο. Εκείνος με συμπάθησε, θαρρώ, για τις ντοματίτσες που του 'δινα μέσα από το φράχτη όταν κατέβαινα στο κηπάρι μου να ποτίσω, να σκαλίσω τη γη—κείνες τις μικρές ντοματίτσες που μοιάζουν σαν κεράσια.

Έφερε ελληνική άνοιξη στη γειτονιά και γιατί τον επισκεφτόντανε τα ξαδερφάκια του και γιόμιζαν κελάιδισμα με τις φωνούλες τους—προσχολικής ηλικίας όλα και δε μιλούσαν ακόμα άλλη γλώσσα απ' τα ελληνικά.

Στα 6 της η Αννούλα, εδώ γεννημένη αυτή, μα άριστα τα ελληνικά της. Ο Βαγγελάκης, ο αδερφούλης της 20 μηνών, κουμαντάρει χαριτωμένα τα ποδαράκια του, γλώσσα έχει δική του αυτός. Κιά Σανώ, θα πει Κυρία Θεανώ.

Με πλησίασε μια μέρα η Αννούλα συνωμοτικά, πίσω της ο Βαγγελάκης σαν κολλητήρι. Κυττάζει γύρω μη την ακούσουν «ξένοι». Ρωτάει χαμηλόφωνα σα μυστικά:

— Δική μας είσαι εσύ;...

Δεν κατάλαβα.

— Τι δική σας, ρώτησα με απορία.

— Να... μιλάς κι συ, όπως και μεις, Γκρήκ...

Κατάλαβα.

— Ναι, Άννα, Ελληνίδα είμαι κι εγώ, και χάϊδεψα τα μαλλάκια της.

Έφυγε χαρούμενη για το σπίτι του Σπύρου. Πίσω της το κολλητήρι, ο Βαγγελάκης.

Σε λίγες μέρες με σταματάει πάλι μπρος στην πόρτα μου:

— Γιατί αγαπάς περισσότερο το Σπύρο, ρωτάει με παράπονο και κάποια πίκρα.

— Μα τον γνωρίζω περισσότερο, Άννα, από το περασμένο καλοκαίρι...

— Εμένα δε με γνωρίζεις; Δε με θυμάσαι; Μου 'δινες και ντοματάκια το περασμένο καλοκαίρι...

— Ναι, μα φαίνεται σε μπερδεύω με τις άλλες ξαδερφούλες του Σπύρου, που τις αγαπώ και κείνες, και σένα, και τον αδερφούλη σου.

Και με κυττάει τώρα με κάποια περιφρόνηση:

— Αγαπάς και τούτονε;... Κι έδειξε το Βαγγελάκη δίπλα της—αδιάφορος για όλα αυτός.

— Ναι, είπα.

Έπιασε τη μυτούλα της, έρριξε περιφρονητική ματιά σε κείνον και σε μένα, ακόμα μεγαλύτερη—δεν περίμενε να μην έχω εκλεκτικότητα, ξέπεσα στα μάτια της. Έφυγε τρεχάτη, πίσω της κι ο Βαγγελάκης.

Ένα απομεσήμερο, πεντέξι γκρεκόπουλα τιτιβίζουν δίπλα στον κήπο κι ο Σπύρος στις δόξες του. Ένα μελαχροινό κοριτσόπουλο, όπως με κυττούν να σκαλίζω τη γη γύρω στις ντοματιές, με ρωτάει απότομα αν έχω άντρα!

Τι μου 'ρθε;

— Έχω δέκα, απαντώ!

Δεν τους έκαμε εντύπωση. Θα το θεώρησαν φυσικό. Θέλω να διορθώσω την άπρεπη απάντηση, μα το ίδιο κοριτσόπουλο ρωτάει τώρα:

— Εσύ είσαι γυναίκα ή γιαγιά;

Ο Σπύρος θυμώνει με την... αμάθειά της:

— Αυτή δεν είναι γυναίκα, δεν είναι γιαγιά: Αυτή είναι η κυγία (δε μπορούσε να προφέρει το γράμμα ρ) Θεανώ κι έχει γλαφομηχανή κι έγλαψα το όνομά μου, λέει υπερήφανα.

Και η Άννα προκλητικά:

— Μπορούμε, κυρία Θεανώ, να 'ρθουμε στο σπίτι σου να γράψουμε και μεις το όνομά μας;

Και πριν τελειώσω τη λέξη «μπορείτε», όρμησε το τσούρμο από τη μπροστινή πόρτα μου κι ώσπου να πάω εγώ από την πίσω, της κουζίνας, νόμισα θα την γκρεμίσουν. Πρώτος, με ύφος στρατηγού στην εισβολή ο Σπύρος. Κάθησε με μιας μπρος στη γραφομηχανή:

— Βάλε, χαλτί, χαλτί, φωνάζει.

Κι ο μικρόκοσμος τον κυττάει με θαυμασμό, είναι γύρω του και περιμένει ανυπόμονα σειρά να γράψει. Βάζω χαρτί, αρχίζει να χτυπάει τα κλειδιά, βλέπουν τα γράμματα, αλαλαγμός χαράς! Μόνο ο Βαγγελάκης δεν έχει φιλοδοξία να γράψει τ' όνομά του (είναι και κατουρημένος). Αυτός τρέχει στη βιβλιοθήκη—πρώτη φορά βλέπει τέτοιο πράμα—κι αρχίζει να ρίχνει στο πάτωμα τα βιβλία. Τρέχω να τον σταματήσω, μα τώρα φωνές απελπισίας το τσούρμο:

— Έσπασε η μηχανή, δε σαλεύουν τα γράμματα, φωνάζουν.

Αφίνω το Βαγγελάκη και τα βιβλία και τρέχω στο τσούρμο.

— Αχ, τι μου κάματε και πρέπει να γράψω σήμερα, βγάζω φωνή απελπισμένη.

Ο Σπύρος, σα νικημένος ντροπιασμένος στρατηγός, κατεβαίνει απ' την καρέκλα—τράπηκαν με μιας σε άταχτη φυγή. Μόνο ο Βαγγελάκης έφυγε με την ησυχία του, σα φιλόσοφος, και μόνο αυτός είδε την ανακούφισή μου: Είχαν μπερδευτεί τα κλειδιά που χτυπούσε όλα μαζί, τίποτα άλλο, έγραψαν άλλη φορά τα ονόματά τους, με μένα πάνω απ' το κεφάλι τους.

Ήταν δυο καλοκαίρια όμορφα, δυο καλοκαίρια ελληνικά, με τις φωνούλες τους, τις λαλιές, σαν κελάιδισμα πουλιών. Αξέχαστα.

Φαρμάκι στην καρδιά σαν άκουσα πως θα μετακόμιζαν:

— Θα φύγεις, Σπύρο; Θα μείνω δίχως τα λογάκια σου, τις παρεούλες σου, την ελληνική δροσιά που 'φερες στη γειτονιά, του λέω από το φράχτη του κήπου λίγο δραματικά, στ' αστεία και στα σοβαρά.

Με κυττάει βαθιά συλλογισμένος:

— Δεν πειλάζει, θα έλχομαι να σε βλέπω με το κάλο μας, λέει παρηγορητικά.

— Μα, Σπύρο, δε θ' ακούω πια κάθε μέρα τη φωνή σου στον κήπο, στο δρόμο που ήταν ελληνική αύρα στην ξεραΐλα, δε θα βλέπω τα ματάκια σου που είναι ελληνικός ουρανός, και θα κλαίω... Άσε να φύγουν η μάνα σου και ο πατέρας σου, εσύ μείνε μαζί μου, Σπύρο...

Κατέβηκε από το πλαστικό αλογάκι του. Ακούμπησε στο φράχτη συλλογισμένος, κάρφωσε τη ματιά του στην άσφαλτο. Κατσουφιάζει. Δύσκολη απόφαση! Ρίχνει τώρα μια ματιά στη μάνα του που στεκόταν παραπέρα. Κυττάει μέσα από το συρματόπλεγμα του φράχτη και μένα. Συλλογιέται. Χτυπάει με θυμό το ποδαράκι του στην άσφαλτο:

— Ας φύγουν μόνοι τους... Εγώ δε φεύγω. Θα μείνω μαζί σου. Στο σπίτι σου, λέει κοφτά, τελεσίδικα...

Άδειασε η γειτονιά δίχως το Σπύρο και τις παρέες του. Βουβή. Τάφος χωρίς τις ελληνικές φωνές τους...

«Νέοι Καιροί», Σικάγο 1982

# Η Σούζη και η Μινέρβα

ΠΑΡΟΥΣΙΑΣΤΗΚΕ στη γειτονιά μια μέρα με δυο σκύλους. Δυο σκύλαρους. Όχι σκυλάκια, από κείνα τα χαριτωμένα, τα μικρούλικα, με τα έξυπνα κι αγαθά ματάκια. Τούτοι ήτανε δυο καλοθρεμμένοι σκύλαροι. Ο ένας κόκκινος, κοκκινωπός, ο άλλος κατάμαυρος. Αράπης.

Γύρω στα σαρανταπέντε της φαινότανε. Καλοστεκούμενη, μελαχροινή και νόστιμη γυναίκα.

Μου φάνηκε σαν Ελληνίδα. Μα συλλογίστηκα πως δύσκολα βρίσκεις Ελληνίδες με τόση αδυναμία σε σκύλους: Να τους θρέφει, να τους νταντεύει, να τους κανακεύει σαν παιδιά της και καλύτερα. Κι άλλωστε, την άκουσα να κουβεντιάζει με κάποιον μια μέρα και τ' αγγλικά της δεν ήταν Ελληνίδας αγγλικά. Και μου φάνηκε και σαν απίθανο να 'ναι από τις εδώ γεννημένες Ελληνίδες. Αυτές έχουν κάποια σειρά, κάποια καλούτσικη δουλειά. Τούτη φαίνεται φτωχιά. Και χωρίς πόζα, αέρα. Σαν ξένη και θλιμμένη φαίνεται.

Δεν άργησε να κυκλοφορήσει στη γειτονιά πως ήταν Ελληνίδα, ή μισή-μισή. Και λίγο παράξενη. Και πως δούλευε σ' εργοστάσιο.

Μια μέρα με σταμάτησε φιλικά στο δρόμο, στη γωνία:

— Άκουσα πως είσαι Ελληνίδα και σύ. Ελληνίδα είμαι και γώ, είπε κι οι σκύλοι δίπλα της την κυττούσανε στα μάτια, ρίχναν ερευνητικές ματιές σε μένα, λίγο απειλητικές.

— Μπα. Έτσι;... Εδώ θα 'σαι γεννημένη, είπα.

— Ναί. Μισή-μισή. Ο πατέρας μου είναι βέρος Έλληνας, από την Καλαμάτα. Η μητέρα μου Μεξικάνα από το Τέξας.

— Τα μιλάς καλά τα ελληνικά. Θα πήγες στο ελληνικό σκολειό, είπα, έτσι για να πω κάτι.

— Μόνο για ένα φεγγάρι πήγα... Νόμιζα... νόμιζα πως με κύτταγαν παράξενα τ' άλλα παιδιά και σταμάτησα. Μα ο πατέρας μου, ο Θεός ν' αναπάψει την ψυχή του, πλήρωνε δασκάλα κι ερχότανε δυο φορές τη βδομάδα στο σπίτι, την κυρία Μαρίκα, τη γνώριζες; Τη θυμάσαι;

— Όχι, δεν την είχα γνωρίσει, μ' άκουσα γι' αυτή, ήτανε καλή δασκάλα.

Τώρα άρχισε να μου μιλάει για τη Σούζη και τη Μινέρβα της. Και πως η Μινέρβα της ήτανε σε ενδιαφέρουσα κατάσταση. Νόμισα πως μιλούσε για θυγατέρες της πολυαγαπημένες, έξυπνες και καλές. Μα σε λίγο κατάλαβα πως η Σούζη ήταν ο κόκκινος σκύλος, η Μινέρβα ο αράπης, ο μαύρος. Έμαθα έτσι και πως ανήκανε στο θηλυκό γένος. Σκύλες.

Μιλούσε όπως θα μιλούσε μάνα για λατρευτά παιδιά της. Κι αράδιαζε τις χάρες και τις αρετές τους.

— Θα σου χαρίσω ένα από τα παιδιά της Μινέρβας μου, όταν με το καλό λευτερωθεί, είπε γενναιόδωρα.

Δεν ήξερα τι ν' απαντήσω. Φοβήθηκα μη την προσβάλω αν έλεγα πως δεν θέλω σκύλο, κουτάβι. Φαντάστηκα πως θα 'ναι γεροντοκόρη. Πως δεν έχει κανένα να του δίνει την αγάπη που ξεχείλιζε απ' την καρδιά της και για να μην πηγαίνει χαμένη τόση αγάπη την απίθωνε σε τούτα τα σκυλιά. Τη δύστυχη, συλλογίστηκα, και κύτταξα τώρα με συμπάθεια τους σκύλους, που σ' αυτούς απίθωνε την αγάπη της και της την ανταποδίνανε. Έβλεπες στα εκφραστικά σκυλίσια μάτια τους την αγάπη τους γι' αυτή την παράξενη γυναίκα.

Κατάλαβε, φαίνεται, το συλλογισμό μου.

— Για κάνε πως μ' αγγίζεις, πως με χτυπάς, να δεις, μου λέγει, όπως κύτταγα τώρα με περιέργεια τους σκύλους, κι έκαμα όπως μου είπε.

Φοβήθηκα. Ήταν έτοιμοι να με ξεσκίσουν, να με φάνε ζωντανή, όταν καμώθηκα πως την χτυπώ.

— Α, ο σκύλος δεν έχει σκυλίσια καρδιά, όπως ο άνθρωπος, είπε κι αράδιασε επαίνους για την καρδιά, την ψυχή, του σκύλου, και πως τ' αδικούμε το καλό ζώο, όταν λέμε σ' άνθρωπο πως έχει σκυλίσια καρδιά.

Δεν ήθελα να ρωτήσω για τη ζωή της, μα με νίκησε η περιέργειά μου.

— Πως... βέβαια και είχα παντρευτεί. Παντρεύτηκα μικρή, στα δεκαεφτά μου. Και χήρεψα και μικρή. Στα εικοσιδυό μου. Ζωντοχήρα είμαι...

Και μου διηγήθηκε με φωνή κομμένη την ιστορία της—σα να το πόθαγε η ψυχή της. Να πει τα πάθη της:

Μακρινός συγγενής του πατέρα της ο άντρας της. Γιος μιας ξαδέρφης του. Τον πήρε στο σπίτι του σα βρέθηκε εδώ, πηδηχτός από πλοίο. Νέος, όμορφος. Αγαπήθηκαν, παντρεύτηκαν, παρά τη θέληση του πατέρα της και της μητέρας της, βέβαια. Δεν άργησαν να γίνουν γονιοί, ένα όμορφο κοριτσάκι το παιδί τους. Τους ξαναπήρανε στο σπίτι τους τα γονικά τους. Δεν είχε κείνος ταχτική δουλειά ποτέ. Κι έφυγε για την Ελλάδα. Είχε κάποια καλούτσικη περιουσία εκεί.

— Εγώ έμεινα εδώ με τη μητέρα μου και το παιδί μου—ο πατέρας μου είχε συχωρεθεί, μετά...

Μιλούσε κομμένα, θλιβερά. Καταλάβαιναν οι σκύλοι; Την κυττούσανε πολύ θλιμμένοι, θαρρείς. Ένιωθα κι εγώ την καρδιά μου βαρειά τώρα. Κάτι έπρεπε να ρωτήσω, να σπάσει η σιωπή που έπεσε ξάφνου θλιβερή. Οι σκύλοι τη βλέπαν με στοργή, και μένα, θαρρείς, με κάποια οργή σα να έφταιγα εγώ.

— Και γιατί, όταν έφυγε, δεν πήρε και σένα και το παιδί σας, αφού μάλιστα οι μισές ρίζες σου από κει κρατούν;

Ήρθε στη γλώσσα μου.

— Μα σου είπα, η μάνα μου είναι Μεξικάνα από το Τέξας, ο πατέρας μου είχε πεθάνει κι άλλο παιδί από μένα δεν είχε η μάνα—είχε άλλα δυο, μα το ένα, η αδελφή μου, πέθανε, κοπελλίτσα, ο αδερφός μου δε γύρισε από το Βιετνάμ. Πώς να την άφινα; Δεν ήταν και τόσο καλά, αρθριτικά... και... και να μην ήτανε η μάνα μου πάλι θα το συλλογιόμουνα... Ξένη θα 'μουνα εκεί... Και θα 'τανε καλό αυτό για το παιδί μου; Η Ελλάδα... Προβλήματα, προβλήματα...

Δεν θέλησε και να ξαναπαντρευτεί, είπε. Μην πέσει σε πατριού χέρια το παιδί της.

—Δεν ξέρεις τι θα σου βγει... Και θα τον έπνιγα αν έλεγε καμιά μέρα στο παιδί μου ντόρτυ Γκρηκ ή ντομ Μέξικαν... Είμαι, βλέπεις, λίγο ευαίσθητη... λίγο κομπλεξική...

Τώρα ήθελε να μου διηγηθεί και την ιστορία της κόρης της, πώς την έχασε:

—Το μεγάλωσα με τη δουλειά μου το κοριτσάκι μου σαν πριγκιποπούλα... Της έταξα ταξίδι στην Ελλάδα αν τέλειωνε το Χάι Σκουλ με καλούς βαθμούς. Το τέλειωσε με άριστα. Όχι πως θέλω να καυχηθώ, μα είναι έξυπνη η κόρη μου. Και όμορφη. Πήγαμε στην Ελλάδα. Την αγάπησε πολύ με μιας. Γνώρισε και τον πατέρα της τον προκομμένο και τα παιδιά του—ξαναυμφεύτηκε ο προκομμένος... κι ερωτεύτηκε και κάποιον με την πρώτη ματιά. Και βρήκε αμέσως καλή δουλειά—τη βοήθησε σ' αυτό κι ο προκομμένος ο πατέρας της, να την κρατήσει εκεί... Έχει πολλές χάρες η κορούλα μου. Κι εξόν τ' αγγλικά, μιλάει εξαίρετα και τα ισπανικά, τα έμαθε από τη μάνα μου, είναι κι εύκολη γλώσσα. Μιλάει και τα ελληνικά καλά, μπορώ να πω, καλύτερα από μένα. Φρόντισε ο συχωρεμένος ο πατέρας μου γι αυτό. Παντρεύτηκαν με το παλληκάρι π' αγαπήθηκαν αμέσως. Εγώ γύρισα μόνη πίσω, ολομόναχη.

Σώπασε και σκούπισε ένα δάκρυ της.

—Μα γιατί δεν έμεινες και συ εκεί, να 'σαι κοντά στην κόρη σου, αφού δα οι μισές ρίζες σου εκεί είναι, είπα πάλι για να κόψω τη θλιβερή σιωπή, θαρρώ.

—Και η μάνα μου εδώ; Μόνη και πιασμένη. Και γριά... Άλλωστε εγώ εκεί δουλειά δεν θα 'βρισκα ποτέ... Και είμαι πολύ μεγάλη για να μεταφυτευτώ σε άλλη γη, έστω και των πατέρων μου από τη μια μεριά μου... Η ευτυχία της κόρης δεν ήταν αρκετή να με παρηγορήσει... ούτε και που η Ελλάδα τώρα είναι σαν παραγειτονιά... Τρως το βραδινό σου εδώ και το πρωινό σου εκεί... Ήθελα να πεθάνω... και θα πέθαινα. Θ' αυτοκτονούσα, όταν έχασα μετά από λίγο και τη μάνα μου και πια κανένας δεν με χρειαζότανε... Θα πέθαινα αν δεν παρουσιαζόντανε τούτα τ' αγγελούδια, η Σούζη μου και η Μινέρβα μου, κι έσκυψε και φίλησε ευλαβικά τους σκύλους, τους σκύλαρους.

— Τώρα που πια δεν έχεις τη μάνα σου να σε χρειάζεται, γιατί δε σηκώνεσαι να πας κοντά στην κόρη σου, αφού μάλιστα έχεις και συγγενείς εκεί απ' τον πατέρα σου, είπα, νομίζοντας καλή, σωστή την ιδέα μου, ίσως και γιατί μου 'φερνε θλίψη να την βλέπω αφοσιωμένη σ' αυτούς τους σκύλους.

Με κύτταξε στα πεταχτά στα μάτια κι ύστερα με σιγανή φωνή:

— Δε μπορεί να γίνει αυτό... Θα πηγαίνω να την βλέπω και τα παιδιά της, αν αποχτήσει, μα εγώ εκεί θα 'μαι πολύ ξένη και χαμένη... Δε θα μπορέσω να προσαρμοστώ στην εκεί ζωή στην ηλικία που βρίσκομαι... Θα γίνω βάρος στο παιδί μου... Μπορεί, χωρίς να το θέλω, να δημιουργήσω προβλήματα του παιδιού μου που μεγάλωσε ορφανό από πατέρα... κι όσο γερνάει ο άνθρωπος γίνεται, δίχως να το θέλει, παράξενος... Είχα τη μητέρα μου και ξέρω... Δε θα γίνω βάρος στο παιδί... Δεν τ' ανάστησα για να πληρωθώ... Με πλήρωσε με τις χαρές που μου 'δινε μικρό... Ευτυχία για μένα θα 'ναι να ξέρω πως ζει ευτυχισμένα... Δε θα του δημιουργήσω προβλήματα όσο έχω το μυαλό μου, που ίσως και να μην είναι και πολύ σωστό, πού να ξέρεις πότε είναι σωστό ένα μυαλό και πότε δεν είναι;

Και μίλησε τώρα στους σκύλους:

— Εσείς την αγαπάτε πολύ τη μαμά, τους είπε με τα χαριτωμένα της ελληνικά. Η Σούζη και η Μινέρβα την κύτταξαν με την ψυχή τους, θαρρείς, στα μάτια τους και κούνησαν τις ουρές τους.

Μου 'ρθε να σκύψω και να χαϊδέψω κι εγώ τώρα αυτούς τους σκύλους που απίθωσε πάνω τους τόση αγάπη που ξεχείλιζε απ' την καρδιά της. Μ' αντίς αυτό, έκανα πως θα την χτυπούσα, έτσι όπως μου 'χε πει να κάνω στην αρχή, και λίγο έλειψε τώρα να μ' αρπάξουνε για καλά στις δοντάρες τους. Φαίνεται, νόμιζαν πως εγώ έφταιγα για τη θλίψη, τη λύπη της φωνής της, των ματιών της.

Και θα μ' άρπαζαν στις δοντάρες τους, αν δεν προλάβαινε να τους πει πως αστειευόμουνα.

— Την αγαπάει τη μαμά σας η κυρία, τους είπε, και τους χάιδεψε στοργικά.

Όλη τη νύχτα δεν μπορούσα να κλείσω μάτι. Νόμιζα πως την άκουγα να λέει με τη θλιμμένη τραγουδιστή λίγο φωνή της η παράξενη αυτή γυναίκα, Αμερικανίδα ή Ελληνίδα, ή Μεξικάνα, ή Σπανιόλα είναι; Έβλεπα και τους σκύλους δίπλα της, τον κοκκινωπό και τον αράπη, τη Σούζη και τη Μινέρβα, που θα μου δώσει κουτάβι της «σα λευτερωθεί με το καλό»—πώς τα 'μαθε τόσο καλά τα ελληνικά μέσα στο Σικάγο;... Γυρίζανε όλα στο μυαλό μου σβούρα. Κι όταν αποκοιμήθηκα, πάλι μπροστά μου, και κάτι μου 'λεγε με την τραγουδιστή θλιμμένη φωνή της, κι οι σκύλοι της με κύτταζαν με υποψία.

«Νέοι Καιροί», Σικάγο 1982

## Γαλαζοπράσινα μάτια

ΘΑ 'ΝΑΙ κάπου τρία χρόνια τώρα. 'Ηρθε στο τραπέζι όπου έτρωγα και διάβαζα κάποιο βιβλίο.

— Μπορώ να καθήσω εδώ; ρώτησε χαμηλόφωνα και συνεσταλμένα.

Στα χέρια της ένας δίσκος κι ένα πιάτο. 'Ενα φλυτζάνι με καφέ κι ένα ποτήρι νερό.

'Ετρεξε το μάτι μου στ' άδεια τραπέζια σαν να την ρωτούσα, «γιατί δεν κάθεσαι σ' ένα απ' αυτά». 'Ομως κούνησα το κεφάλι μου ελαφρά, καταφατικά, δίχως λέξη και δίχως να κλείσω το βιβλίο, ή να γυρίσω να την δω, κ' έχωσα το πηρούνι μου στις χυλοπίττες που είχα μπροστά μου.

Απίθωσε το δίσκο της στο τραπέζι και κάθησε:

— Ναι, είναι πολλά τ' άδεια τραπέζια, είπε σαν απάντηση στη ματιά μου στ' άδεια, και χαμηλόφωνα, διστακτικά:

— Αισθάνομαι την ανάγκη να γευματίσω με κάποιον άνθρωπο, με κάποιον να μιλήσω μαζί του, και με συγχωρείτε. Αν σας ενοχλώ πολύ, τότε... να πάω σ' άλλο τραπέζι.

Και είχε η φωνή της απολογία και μαζί παράκληση.

— 'Οχι, όχι, δε μ' ενοχλείς, απάντησα γρήγορα κ' έκλεισα το βιβλίο και την κύτταξα να δω τι άνθρωπος είναι, τι της συμβαίνει.

Πολύ νέα, ξανθουλή, με μάτια γαλαζοπράσινα κάπως, πολύ θλιμμένα—αν δεν ήταν τα μάτια της, θα την έπαιρνες ανοιχτά μελαχροινή. Γλυκιά κοπέλλα, απλά ντυμένη, χωρίς μεϊκάπ, ούτε ρουζ στα χείλη της. Γύρω στα 23-25 έμοιαζε. Μπορεί και μεγαλύτερη ή μικρότερη.

Μου 'καμε εντύπωση μια πηχτή θλίψη στην έκφρασή της, σαν κάτι να τη βασάνιζε. Και σίγουρο πως δεν είχε οικονομική ευχέρεια. Αλλιώς θα πήγαινε σε κάποιο ρέστωραν να τη σερβίρουν άλλοι, εξόν πια και θέλει να ερευνήσει πώς τρων αυτοί με τα περιορισμένα οικονομικά, αλλά δε φαίνεται τέτοιος τύπος. Και την κύτταξα λίγο ερευνητικά, με τρόπο, στα κλεφτά.

— Δε θέλησα να καθήσω σε 'κείνο εκεί το τραπέζι, να βλέπω κι έξω, γιατί θα του περνούσανε ιδέες του κυρίου που τρώει μόνος του.

Και μου 'δειξε με το βλέμμα της τον άνθρωπο που έτρωγε μόνος με πολλή όρεξη.

— Άλλωστε, τι να έλεγα μαζί του... Τι θα καταλάβαινε αυτός... Ούτε και με κείνη εκεί την κοπέλλα. Φαίνεται πολύ ευχαριστημένη με τον εαυτό της, τη ζωή της.

Και μου 'δειξε με τη ματιά της μια κοπέλλα που έμοιαζε σαν ο κόσμος να ήτανε δικός της, σαν να έβγαινε ο ήλιος γι' αυτήν το πρωί.

— Δε θα 'χει προβλήματα αυτή... μπορεί να 'ναι κι αναίσθητη... Καλότυχοι οι αναίσθητοι, κι αναστέναξε κουφά.

Σώπασε ένα λεπτό:

— Εσείς φαίνεστε αισθαντική, είπε και με κύτταξε στα μάτια.

— Ευχαριστώ, είπα ξερά.

— Μήπως σας ενοχλώ;... ρωτάει διστακτικά.

— Όχι, όχι, απάντησα βιαστικά, και το ένιωθα τώρα.

Περίεργος τύπος. Κάτι πολύ σοβαρό φαίνεται να της συμβαίνει, συλλογίστηκα, και κεντρίστηκε η περιέργειά μου.

Μου είπε τ' όνομά της, αν και δε ρώτησα, ούτε εκείνη ρώτησε για το δικό μου. Άρχισε να μου λέει την ιστορία της στα γρήγορα, σαν να φοβότανε μη σηκωθώ και φύγω, και σαν να αισθανότανε μεγάλη ανάγκη να μιλήσει.

Παντρεύτηκε μικρή, από μεγάλο έρωτα.

— Αγαπηθήκαμε από παιδιά, στο Χάι Σκουλ (Γυμνάσιο) ακόμα, με τον Ντικ. Λίγο πριν φύγει στρατιώτης για το Βιετνάμ—ήταν τότες εκείνος ο πόλεμος στην άψη του—παντρευτήκαμε. 'Ετρεμα μη δε γυρίσει, μη σκοτωθεί, μην πιαστεί αιχμάλωτος, και τόσα άλλα. 'Οπως οι περισσότεροι νέοι τότε ήτανε κατά εκείνου του πολέμου, ο Ντικ το ίδιο κ' εγώ. Μα ποιος μας λογάριαζε;... Σαν γύρισε πίσω με το τέλος του πολέμου, ήταν άλλος άνθρωπος. Σιωπηλός. Ολοένα σε βαθιά συλλογή. Τη νύχτα είχε εφιάλτες. Παραμιλούσε. Εγώ είχα καλή δουλειά, τα φέρναμε βόλτα πολύ καλά, με κάτι που έπαιρνε κι εκείνος σαν απόμαχος, και κάτι δουλίτσες του, του ποδαριού... Μια μέρα γυρνώντας από τη δουλειά μου τον βρήκα πολύ στενοχωρημένο.

Σώπασε, με τη ματιά της καρφωμένη στο πιάτο της. 'Ηθελα να εξακολουθήσει, μα δεν είπα τίποτα. Σήκωσε τα μάτια της από το πιάτο και συνέχισε:

—Είχε γράμμα από μια Βιετναμέζα που πήγαινε μαζί της για λίγη τρυφερή συντροφιά σ' εκείνη την κόλαση του πολέμου... Του 'γραφε πως έγινε μητέρα του παιδιού του... με χαρακτηριστικά της φυλής της περισσότερο, αλλά με μάτια σαν τα δικά του—γαλαζοπράσινα. Γαλαζοπράσινα και τα μάτια του Ντικ, όπως και τα δικά μου.

Και σώπασε πάλι.

Μια φουρτούνα στα μάτια της. Κάτι ήθελα να της πω, μα τι; Να την παρηγορήσω; Την έβλεπα μόνο και σώπαινα.

Ξανάρχισε. Φουρτούνα στη φωνή της:

—Τον παρακαλούσε τώρα αυτή η Βιετναμέζα να το αναγνωρίσει το παιδί του, όπως και τόσοι άλλοι Αμερικανοί στρατιώτες που έκαμαν παιδιά με Βιετναμέζες, και να το πάρει στην Αμερική. Γιατί μαύρη θα 'ταν η ζωή του εκεί. Μισούν τα παιδιά των Αμερικανών και οι συγγενείς τους. Οι γιαγιές, οι θειές τους. Ακόμα και οι ίδιες οι μάνες τους, έγραφε...

Σώπασε πάλι.

—Δεν ήτανε δύσκολο να το καταλάβω αυτό—πως θα μισούσαν ίσως και οι μάνες αυτά τα παιδιά... 'Αλλωστε, μισή-μισή είμαι κ' εγώ. 'Οχι, όχι! Δεν έχω φλέβα από την κίτρινη φυλή.

Βιάστηκε να πει, ίσως γιατί την κύτταξα στα μάτια.

— 'Οχι, αλλά μπορώ να πω πως μου 'μεινε τραύμα που διαφορετικής φυλής, καταγωγής, ήταν τα γονικά μου. Και το φαντάστηκα αυτό το παιδί, το παιδί του Ντικ, εκεί, και μάλιστα με γαλαζοπράσινα μάτια, σ' εχθρικό περιβάλλον, να θυμίζει στους καθαρόαιμους Βιετναμέζους ποιος ξέρει τι... Δε δυσκολεύτηκα να συχωρέσω τον Ντικ και να δεχτώ να το φέρουμε και να το υιοθετήσω εγώ, εκείνος ήταν ο φυσικός του πατέρας. Εκείνο τον καιρό είχαν αρχίσει να φέρνουν κι άλλοι Αμερικανοί στρατιώτες τα παιδιά τους από Βιετναμέζες μάνες. Πώς να μη τον συχωρούσα;... Πολύ νέος... Χρειαζότανε λίγη τρυφερότητα μέσα στην κόλαση του πολέμου. Τον αγαπούσα, βλέπεις, πολύ από τα παιδικά μου χρόνια. 'Αλλος δε χωρούσε στη ζωή μου... Σκέφτηκα πως θύμα του πολέμου ήτανε και το βρέφος. Σε τι έφταιξε αυτό, αν η μάνα του πεινούσε για ψωμί κι ο πατέρας του για λίγη τρυφερή συντροφιά στη σκληράδα του πολέμου, και ήρθε τώρα το αθώο πλάσμα στο σκληρό τρελλό μας κόσμο ακόμα και σε χρόνια ειρήνης. Το φέραμε. Και το αγάπησα πολύ. Γλυκό σα μέλι, με κάτι το ξωτικό—εκείνα τα σκιστά του μάτια, μέσα γαλαζοπράσινα... Πώς βγήκε έτσι; Θυμόμουνα που στο σκολειό διαβάσαμε πως το σκούρο είναι κυρίαρχο και πως αν ένας από τους δυο γονιούς έχει σκούρα μάτια κι ο άλλο γαλανά, μόνο μια πιθανότητα στις τρεις να κληρονομήσει το παιδί απ' το γαλανομάτη γονιό το χρώμα των ματιών του. 'Εβλεπα μέσα στα σκιστά κινέζικα μάτια του παιδιού—είχε κλείσει τα δυο και περπατούσε στα τρία όταν καταφέραμε να το φέρουμε—τα γαλαζοπράσινα του Ντικ, που είναι όμοια με τα δικά μου, κι ας είναι εκείνος ξανθουλός, και απορούσα... Σας κούρασα; με ρώτησε με συστολή.

— 'Οχι, όχι, απάντησα.

Την άκουγα με πολύ ενδιαφέρον, κι όχι μόνο για την παράξενη ιστορία, μα και για το ύφος, τη φωνή της, τα γαλαζοπράσινα μάτια της τα θλιμμένα στο ελαφρά μελαχροινό της πρόσωπο—τα μαλλιά της καστανόξανθα. Παράξενος τύπος!

Συνέχισε:

— Δεν άργησα να το νιώσω παιδί μου. Το πόνεσα περισσότερο, θαρρώ, γιατί έβλεπα να το κυττάζουν σαν παράξενο πλάσμα. Της κίτρινης φυλής τα χαρακτηριστικά του, σκιστά τα μάτια του, σα μισόκλειστα, μα γαλαζοπράσινα μέσα. Όχι όπως τ' άλλα Βιετναμεζάκια που είχανε κι αυτά Αμερικανό της αγγλοσαξονικής φυλής πατέρα—όπως κάποιων φίλων του Ντικ. Είχαν έρθει στο μεταξύ πολλά, με τις μάνες τους, παντρεμένες τώρα με Αμερικανούς κάθε καταγωγής, Μαύρους, Λατίνους.

Με κύτταξε στα μάτια:

— Και η μητέρα του Ντικ, η γιαγιά του, δεν ήθελε, θαρρείς, να το χαϊδέψει—δεν το χάϊδευε όπως τ' άλλα της εγγόνια, τα καθαρόαιμα. Εμένα με βλέπανε με λύπηση. Σαν να μου ταίριαζε καλύτερη τύχη.

Σταμάτησε συλλογισμένη. Κ' έπειτα:

— Το παιδί αυτό μου θύμιζε κάπως τον εαυτό μου... Η μητέρα μου πολλές γενιές Αμερικανίδα του Σάουθ, γερμανικής καταγωγής, φανατική Λουθηρανή. Ο πατέρας μου ήρθε παιδί απ' την Ελλάδα (δεν κατάλαβε πως άνοιξα τα μάτια μου και την κύτταζα, να βρω ίσως κάτι το ελληνικό) και αγαπήθηκαν στο Κολλέγιο, στη Βιρτζίνια, και παντρεύτηκαν παρά τη θέληση των δικών τους... Για το σόι της μητέρας μου, που κάποιος μακρινός θείος της καταστράφηκε από τον εμφύλιο πόλεμο, βαθιές οι ρίζες της αντιπάθειας, της υποτίμησης των σκούρων, κι έφτανε ως τους νοτιοευρωπαίους—νέγρο θεωρούσαν τον πατέρα μου που ήταν πολύ μελαχροινός μα και πολύ όμορφος και λεβέντης. Ώσπου πέθανε, λίγο πριν από τον πόλεμο του Βιετνάμ, δε συχώρεσαν οι δικοί της τη μητέρα μου για τον «ξεπεσμό» της. Εμένα ποτέ δε με χάιδεψε η γιαγιά μου, η μητέρα της μητέρας μου, όπως τ' άλλα εγγόνια της, τα «καθαρόαιμα». Ούτε τα ξαδερφάκια μου, απ' της μητέρας μου το σόι, με θεώρησαν όμοιά τους. Το αισθανόμουνα βαθιά και πονούσα—έτυχε να 'μαι λίγο ευαίσθητη. Κ' έτυχε να 'μαι κοριτσόπουλο τότες που άρχισαν οι αγώνες των Νέγρων με τον δόκτορα Μάρτιν Λούθερ Κίγκ, που τόσο φόβιζαν τους λευκούς, και μάλιστα τους Νότιους, κι ας είχανε ζήσει στην ίδια γη πάνω από δυο αιώνες σ' εποχές που τόσο είχανε ανάγκη τα χέρια των Νέγρων, πριν κυριαρχήσει στα πάντα η μηχανή... Χώρια τη μελαχροινάδα του πατέρα μου και των δικών τους, η μάνα του δε γνώριζε σωστά ούτε δέκα λέξεις αγγλικές... Αλλά μ' αγαπούσανε από το σόι του πατέρα μου περσότερο; 'Οχι! Ούτε μια φορά δε μ' αγκάλιασε η μάνα του, που έλυωνε για τ' άλλα της εγγόνια... Μιλούσανε αυτά τη γλώσσα της... Εμένα μ' έβλεπε σαν ξένη... Δε μπορούσαμε να μιλήσουμε με τα ξαδερφάκια μου, εδώ γεννημένα, δεν ήταν οι σχέσεις τους μαζί μου όπως ήταν μεταξύ τους... Το 'βλεπε κι ο πατέρας μου... Μ' έγραψε στο ελληνικό κοινοτικό σκολειό. Να πηγαίνω τρεις φορές τη βδομάδα, μετά το αμερικανικό, όπως και τ' άλλα παιδιά. Μα ένιωθα ξένη, μ' έβλεπαν σαν ξένη τ' άλλα παιδιά, οι δασκάλες. 'Ετσι νόμιζα. Τ' άλλα παιδιά γνώριζαν τα ελληνικά από τα σπίτια τους... Είχε πληρώσει ο πατέρας μου για ολόκληρο το χρόνο. Μα στους τρεις μήνες σταμάτησα. Το θέλησε κι ο ίδιος...

Σώπασε. Μια θλίψη χυμένη στο πρόσωπό της. 'Ηθελα να πάρω τα χέρια της μέσα στα δικά μου. Να τα σφίξω. Κάτι να της έλεγα. Μα δέθηκε, θαρρείς, η γλώσσα μου. Κύτταζα το πιάτο της απ' όπου μόνο δυο πηρουνιές πήρε τόσην ώρα.

— 'Ισως αυτά, η παιδική μου ζωή, έφεραν πολύ κοντά μου το παιδί του Ντικ... Θ' αντίκρυζε μεγαλύτερα προβλήματα, κι ας άλλαξε τούτα τα χρόνια πολύ η ψυχολογία στις μεγάλες πολιτείες, όπου τόσο ανακατεύτηκαν οι φυλές... 'Ηταν κ' εκείνα τα γαλαζοπράσινα σκιστά ματάκια του... Το αγαπούσα πολύ... σα δικό μου παιδί... Θα του 'δινα κ' ένα αδερφάκι αύριο-μεθαύριο, που θα 'χε και ο Ντικ καλύτερη δουλειά, να μην είναι μόνο του, όπως εγώ, που άλλα παιδιά δε θέλησαν οι γονείς μου για να μη μοιράσουν την αγάπη τους και το έχει τους, και είναι το μεγάλο μου παράπονο ως τώρα.

Έρριξε το βλέμμα της στο πιάτο της συλλογισμένη, λες κι ο νους της ταξίδευε μακριά θλιμμένα, και ύστερα πολύ ανταριασμένα:

— Πριν από τρεις βδομάδες κατάφερε και πέρασε στην Αμερική αυτή η μάνα... η μάνα της Ζούλη-Νουκ: Νουκ είναι το βιετναμέζικο όνομα του παιδιού, του παιδιού του Ντικ, αυτής της Βιετναμέζας. Αφίσαμε και το βιετναμέζικο όνομά της μην της δημιουργηθούν αύριο πλέγματα ψυχολογικά, μη νομίσει τίποτα κακό, ανάξιο στον άλλο μισό εαυτό της. Δική μου ιδέα, όχι του Ντικ... Λοιπόν ήρθε αυτή... και θέλει να βλέπει τη Ζούλη-Νουκ κάθε μέρα... Παράτησα το σπίτι μου, που ούτε μια καρέκλα δεν ήτανε του Ντικ, ήθελα σαν θα γυρνούσε απ' το Βιετνάμ να το 'βρισκε κούκλα, το παράτησα, και με μια βαλίτσα στο χέρι ήρθα στο Σικάγο να ξαναρχίσω τη ζωή μου, που φαίνεται την άρχισα στραβά, ή στραβά πήγε η μοίρα μου, ο κόσμος... Βρήκα καλή δουλειά και δυο δωματιάκια που βλέπουνε στη Λίμνη... Μα απ' τα προχτές έχω το πρωί εμετούς... Απ' το γιατρό ήρθα εδώ τώρα... έγκυος... από τις τελευταίες μου βραδιές με τον Ντικ ως φαίνεται...

Έκλεισε τα μάτια της, έπιασε το κεφάλι της, φουρτούνα στη μορφή της:

— Τι να κάμω... Τι να κάμω... Τι να κάμω... Να γυρίσω πίσω στο σπίτι μου; Και να 'χω τη Βιετναμέζα να 'ρχεται όποτε θέλει να δει τη Ζούλη-Νουκ, το παιδί της... Μικροκαμωμένη όπως είναι ανασκαλεύει και τα αισθήματά σου με κείνα τα σκιστά ολόμαυρα ματάκια της, σαν μπουρνέλες, τα λίγο δουλίστικα, υποταχτικά, και λίγο πονηρά, κοροϊδευτικά, θαρρείς... Να δώσω διαζύγιο στον Ντικ να την νυμφευτεί; Όπως σκόπευα να κάμω όταν έφυγα, χωρίς να πω τίποτα στο Ντικ, κι ας έσπαζε αυτό την ψυχή μου... Να κάμω άμβλωση και να σταματήσω τη ζωή στα σπλάχνα μου που πήρε πνοή απ' τη δική μου και του Ντικ, που ήταν η λαχτάρα μου... Τι να κάμω, τι να κάμω...

Και με κύτταζε στα μάτια η κοπέλλα λες κι εγώ είχα τη λύση στο πρόβλημά της, κι ας ανταμώσαμε πρώτη φορά πριν από λίγη ώρα.

Κάτι ήθελα να πω, μα τι; Σε κάτι ήθελα να τη βοηθήσω την άγνωστη κοπέλλα που πια δε μου ήταν άγνωστη, δεν την ένιωθα άγνωστη, και ας πρωτοανταμώσαμε πριν από λίγη ώρα. Την ένιωθα σα γνωστή μου από χρόνια, σαν να είχαμε συγγένεια. Μα τι να έλεγα;... Σταμάτησε το μυαλό μου. Με κύτταζε η κοπέλλα ικετευτικά, θαρρείς.

— Κάμε όπως σε φωτίσει ο Θεός, της είπα και σηκώθηκα κι έφυγα βιαστικά, χωρίς να έχω κανένα λόγο για βιασύνη. Και χωρίς να μπορέσω να τη βγάλω από το μυαλό μου όλον αυτό τον καιρό. Ούτε και το παιδί του Ντικ, αυτή τη Ζούλη-Νουκ, κι ας μην την έχω δει ποτέ.

«Νέα Εστία», Αθήνα

# Τι πήρες μαζί σου...

ΤΟΝ ΖΗΛΕΥΑΝ οι φίλοι του. Οι γνωστοί του. Γιατί φίλους δεν είχε. Και το γνώριζε. Κι αυτό ήθελε και κείνος. Να τον ζηλεύουν. Και να τον θαυμάζουν.

«Κλεισμένος σε τούτο το κλουβί δούλεψα τόσα χρόνια σκληρά, αλλά μεταχειρίστηκα και την ουσία που έβαλε ο Πλάστης στο κρανίο μου, κι ας μη γνωρίζω όσα γράμματα μάθατε μερικοί από σας. Δε δέθηκα εγώ εδώ με γυναίκα, σπίτι, παιδιά, όπως εσείς σε τούτη τη χώρα. Και μπορώ σήμερα με τη βοήθεια του Θεού να πάω και να ζήσω εκεί στα πατρογονικά μου, σαν άνθρωπος», έλεγε με κάποια δόση περιφρόνησης για κείνους που έκαμαν οικογένεια εδώ κι έρριξαν ρίζες σε τούτη τη γη.

Και τον ζήλευαν βαθιά τους εκείνοι γι αυτό. 'Ερριξαν αυτοί ρίζες εδώ με τα παιδιά και τα εγγόνια τους δίχως να κόψουν εκείνες εκεί. Κόβουνται; Και τους τραβούν στιγμές-στιγμές και πονούν και ματώνουν. Πιο έξυπνος, πιο δυνατός αυτός.

«Σα βασιλιάς θα ζήσει τώρα αυτός εκεί με τα δολλάριά του. Δούλεψε, αλήθεια, σκληρά, μα είχε και μυαλό και δεν τον άφισε να τον παρασύρει η καρδιά του ούτε να τον κυβερνήσει κείνο το άλλο, που λέμε συνείδηση» και τον μακάριζαν κι ας μην τον συμπαθούσαν.

«Τον βοήθησε κι αυτό που λέμε τύχη και φεύγει νέος ακόμα. Αυτός πάει να ζήσει εκεί, στην ωραία Ελλάς... όχι για να πεθάνει, όπως κάτι ηλικιωμένοι, σαράβαλα πια... ή όπως κάποιοι άλλοι με παιδιά γεννημένα εδώ που σίγουρα θα τους φύγουν μεθαύριο για τη χώρα που γεννήθηκαν και θα 'ναι η μισή ψυχή τους εδώ κι άλλη μισή εκεί, στα πατρικά τους χώματα...

αυτός αν θέλει νυμφεύεται τώρα εκεί κορίτσι που μπορούσε να 'τανε και θυγατέρα του, και κάνει παιδιά εκεί».

'Ετσι λένε και τον καλοτυχίζουν περισσότερο αυτοί της ηλικίας του που 'ρθαν εδώ τον ίδιο καιρό και με τον ίδιο τρόπο, λαθραίοι, και νυμφεύτηκαν Ελληνοαμερικάνες για να μείνουν, είτε κι από αγάπη, ή κι από τα δυο, και δέθηκαν στην Αμερική τώρα.

Νυμφεύτηκε κι αυτός. Μα όχι από αγάπη, συμπάθεια, έρωτα και κουραφέξαλα. Και νυμφεύτηκε ξένη, που εύκολα λύνεις το δεσμό. Κάποιοι γνωρίζουν και πως τότε Ελληνοαμερικάνα δε γυρνούσε ούτε να τον δει (τώρα τον κυνηγούν πολλές, μα δε γυρίζει αυτός να τις δει). Για πασσαπόρτι θέλει να παντρευτεί και να μείνει, έλεγαν οι γεννημένες εδώ και κείνες που ήρθανε μικρές και μορφώθηκαν εδώ.

Νυμφεύτηκε κι αυτός τότε, μια ξένη. Μεξικάνικης καταγωγής. Και την ξεφορτώθηκε μόλις έγινε Αμερικανός πολίτης, κι ας έκλαιγε αυτή σα μωρό παιδί. Τον αγάπησε εκείνη. 'Ισως για τα μαύρα σκληρά του μάτια. Γοητεύει η σκληράδα κάποιες νιες κοπέλλες. Και τον πήρε παρά τη θέληση των δικών της. «Τον αλλόθρησκο, αλλόφυλο και λαθραίο, που δε γνώριζε δυο λέξεις αγγλικές σωστά, που ήταν και απένταρος. Μπορούσε να πήγαινε στο Μεξικό να νυμφευτεί και να φέρει εδώ τον καλύτερο, και γιατρό, δικηγόρο, αν ήθελε», έλεγαν. Κάποιοι φίλοι του—όχι φίλοι του, φίλους δεν είχε, γνωστοί του, συγχωριανοί του—τον κατακρίνανε τότε για το άδικο. Που χώρισε την Ελβίρα μόλις πήρε τ' αμερικάνικα χαρτιά του. Καλό κορίτσι. Ούτε 18 χρονώ δεν ήτανε τότε που την έμπλεξε στα δίχτυα του... Πώς μπόρεσε και την παράτησε χωρίς καμιά αιτία... 'Ενα σκύλο, μια γάτα έχεις και δένεσαι... Τον κατακρίνανε, μα και τον ζήλευαν και γι' αυτό τον θαύμαζαν. «'Ετσι πρέπει να 'ναι σήμερα ο άνθρωπος για να προκόψει».

Οι παλαιότεροι, οι προπολεμικοί μετανάστες, που δεν έκαμαν προκοπή—δύσκολα τότε τα χρόνια—ή έκαμαν, μα δέθηκαν εδώ με γυναίκες, παιδιά, σπίτια (σε δένουν κάποτε και τα σπίτια, η γη) και πώς να φύγουν;

Αυτοί έλεγαν άλλα:

«Ατσίδες τούτοι οι μεταπολεμικοί μετανάστες... μα έχουν και τύχη κι ήρθανε σ' άλλη Αμερική από κείνη τότε που ήρθαμε μεις... και ζήσαμε και κείνο το Ντιπρέσσιον, την οικονομική κρίση που τράνταξε ολόκληρη τη χώρα και περιμέναμε στην ουρά για ένα πιάτο σούπα...».

Θα πάρει μαζί του αυτοκινητάρα ολοκαίνουργη... Ε, ζήλεια τα κακόμοιρα τα παιδαρέλια στο χωριό του και στην Αθήνα που σκοπεύει να στήσει το κονάκι του... Θα τρέχει πάνω-κάτω επιδειχτικά με την αυτοκινητάρα του... Πόσα παιδάκια θα ξελογιαστούν και θα πάρουν τις στράτες για την Αμερική για να επιστρέψουν αύριο με αυτοκινητάρες και να νυμφευτούν κορίτσια, που θα μπορούσαν να 'τανε κόρες τους...».

Θωρηκτό η αυτοκινητάρα του. Μα πρέπει να τήνε μεταχειριστεί πρώτα λίγο εδώ, να πάρει τον αέρα της μηχανής της, να την κουμανταίρνει επιδέξια εκεί, όχι σαν ατζαμής να γελούν κάποιοι... δεν τους πολυχωνεύουν δα τους Μπρούκληδες...

Αποφάσισε να κάνει πρώτα ένα μεγάλο ταξίδι εδώ, με την καινούργια μηχανή του. Να πάει ως το Γουέστ να δει και λίγη Αμερική, που απ' το καμαράκι του και το μαγαζάκι του άλλο δεν έβλεπε τόσα χρόνια.

Θέλει να δει το Γιέλοστον Παρκ πριν φύγει, που τόσα πολλά έχει ακούσει γι' αυτό και για τα γεωλογικά του φαινόμενα που λεν πως πουθενά στον κόσμο δεν υπάρχουν. Θα λέει γι' αυτά στο χωριό του και θα τον ζηλεύουν και θα τον θαυμάζουν οι παιδικοί του φίλοι, αν έμεινε κανένας, και γι' αυτό. Για τα όσα είδε. Μα θέλει και μάρτυρες της ευτυχίας του. Άλλωστε και στον Παράδεισο μόνος σου δεν έχει αξία.

Πήρε δυο ακαμάτηδες κι απρόκοφτους, όπως τους έλεγε. Φίλοι του, γνωστοί του χρόνια, άνεργοι τώρα. Όλα τα έξοδα δικά του. Αλλιώς δα δεν πήγαιναν. Κι όλοι που ξέρουν τι σπαγγοραμμένος είναι, ούτε καφέ δε σε κερνούσε, απορούν πώς ξάφνου έγινε τόσο χουβαρντάς. Μα τον θαυμάζουν και γι' αυτό. Και που βρήκε τη δύναμη να ξεπουλήσει το μαγαζί του, προτού γίνει γεροσαράβαλος κι αφίνει τώρα άλλους να μαζεύουν τα δολλάρια, κι αυτός να ξοδεύεται για τέτοιο ταξίδι με την Αίγλη του—έτσι «βάφτισε» την αυτοκινητάρα του, Αίγλη—πάνω στις αυτοκινητόστρατες της Αμερικής, να βλέπει τα τόσα θαυμαστά στις απεραντοσύνες της.

Ξεκίνησαν πρωί. Και την άλλη μέρα, κατά το βραδάκι, ήρθε το τηλεφώνημα: «Ζωή σε λόγου σας, μας άφισε χρόνια ο σπαγγοραμμένος ατσίδας...».

Πώς και γιατί πέθανε, έτσι στα καλά καθούμενα, χωρίς λόγο, χωρίς αιτία, τώρα που λογάριαζε να ζήσει πια κι αυτός—γιατί πρώτα δε ζούσε. Μόνο δούλευε και μάζευε δολλάρια. Ανεξήγητο μυστήριο ο θάνατός του.

Κάποιοι λεν πως τον τιμώρησε η καρδιά του, όταν είδανε τα μάτια του την τόση ομορφιά της φύσης που τους την στέρησε τόσα χρόνια. Πως φούσκωσε απ' το μεγάλο της παράπονο για όσα στερήθηκε: Τούτο τον καταπράσινο κάμπο εδώ, τις γαλαζοπράσινες λίμνες και λιμνούλες, τα ποτάμια και τα ποταμάκια, τα βράχια, τα βουνά, τις θεόρατες χαράδρες, την άπλα της απέραντης γης, τα Κένιονς...

Σταμάτησε η καρδιά του πάνω στη ρόδα της ολοκαίνουργιας αυτοκινητάρας του σαν είδανε τα μάτια του την απεραντοσύνη της αμερικάνικης γης, που τόσο τη στόλισε και το χέρι του ανθρώπου, αυτών που ήρθανε από κάθε γωνιά της οικουμένης και την αγάπησαν. Εκδικήθηκε η καρδιά του για όσα της στέρησε, λένε.

Μα είναι και άλλοι που λεν πως δεν άντεξε η καρδιά του, όταν τον είδε να βάζει το χέρι του στην τσέπη του και να ξοδεύει γι' άλλους, αυτός ο σπαγγοραμμένος. Δεν τον κλαίει κανείς. Δε λέει κανένας «Θεός σχωρέστον». Μόνο τι θα γίνουν τα δολλάριά του που δεν άφισε διαθήκη—σαν να το 'ξερε πως θα πέθαινε τώρα που λογάριαζε να ζήσει.

Και παράξενοι οι άνθρωποι. Πεθαίνει ένας κακός, ένας φονιάς, και λεν «Θεός σχωρέστον». Πεθαίνει ένας φιλάργυρος και τον ρωτούν, πεθαμένον άνθρωπο μέσα στη νεκροκάσα: «Τι πήρες μαζί σου;».

«Νέοι Καιροί», Σικάγο 1983

# Αναπάντεχο συναπάντημα

ΜΕΛΙ του Υμηττού ο ήλιος τούτο το πρωινό. Ελαφρό αεράκι αργοσαλεύει ρυθμικά τη φυλλωσιά στα δέντρα, που πήρε λογής-λογής χρώματα φθινοπωρινά. Πέφτει αργοχορεύοντας στον αέρα κανένα φύλλο στη γη. Να τη λιπάνει, να δώσει νέα φυλλωσιά την 'Ανοιξη. Καινούργια ζωή.

Η 'Ανοιξη είναι η ομορφότερη εποχή του χρόνου, ή το Φθινόπωρο, ρωτιέμαι. Ποια η απάντηση; 'Αλλη η ομορφιά της 'Ανοιξης, η δροσάτη, τρυφερή, κι άλλη του Φθινόπωρου η μελαγχολική, απαντώ στον εαυτό μου.

'Εχω πολλή δουλειά στο σπίτι, στο γραφειάκι μου. Μα νιώθω να θέλω να χαρώ έξω τούτο το θείο πρωινό. Στο πάρκο. Που σε λίγο θα 'ναι απρόσιτο. Θ' αρχίσουνε κρύα, αγέρηδες, βροχές, χιόνια, παγωνιές...

'Αρπαξα ένα βιβλίο και βγήκα.

Σαμπάνια στον αέρα. Τρέχω άσκοπα στο πάρκο. Κυττώ τα δέντρα, σαν να τα βλέπω πρώτη φορά—ή τελευταία.

Πελώριος φλογάτος όγκος τούτο, που ως τα προχτές ήταν καταπράσινη η φυλλωσιά του. Βυσσινί τώρα το άλλο. Κιτρινοκόκκινο εκείνο παρακεί, δίπλα σε κάτι με πράσινα και μπράουν φύλλα. Χαζεύω μπρος σ' ένα πανύψηλο, που η πελώρια κορφή του είναι σαν τεράστιο καπέλο, κι από τη μέση και κάτω ολοπράσινο ακόμα.

'Ερχεται στο νου μου η εξήγηση που πήρα πριν χρόνια γι αυτές τις φλογάτες φυλλωσιές τούτης της εποχής: «Τα χτύπησε τη νύχτα η παγωνιά που έπεσε πρόωρα, την άλλη μέρα οι ζεστές αχτίνες του ήλιου και δημιουργήθηκε αυτό το πανόραμα», και κυττούσα τώρα ένα που η μια πλευρά του ήτανε σαν παπαρούνα, η άλλη, η προφυλαγμένη απ' τους αγέρηδες, καταπράσινη ακόμα, όπου ακούω κάποιον να με φωνάζει με το όνομά μου.

'Ηταν καθισμένος στο παγκάκι, και κύτταγε τα φύλλα να κολυμπούνε στα ήσυχα νερά της τεχνητής λιμνούλας του πάρκου, μ' ένα ασπριδερό σκυλί δίπλα στα πόδια του.

Δεν τόνε γνώρισα. Το κατάλαβε. Σηκώθηκε, με κάποια δυσκολία, και με πλησίασε. Τον θυμήθηκα. Κι η πρώτη λέξη που έρχεται στη γλώσσα μου: «Μα δεν πέθανες εσύ;», αλλά με τη σαστιμάρα μου δε βγαίνει (ευτυχώς), μόνο τον κυττώ, σαν να ήρθε από άλλον κόσμο. Κι από άλλον ήρθε. Από τον παλιό μου κόσμο.

Είχε ένα μαγαζάκι που το δούλευε με τη γυναίκα του. Τ' ανοίγανε πρωί, στις έξι, θαρρώ, ή στις εφτά, και το κλείνανε το βράδυ στις 11. Τους βοηθούσανε και τα παιδιά τους τ' απογεύματα, σα σκολνούσανε απ' το αμερικάνικο σκολειό τους, και το ελληνικό απογευματινό, που πήγαιναν σ' αυτό τρεις φορές τη βδομάδα. Τις Κυριακές κλειστό το μαγαζί τους (μπακάλικο, μανάβικο, φρουτάδικο, γαλατάδικο, κόκα-κόλα κ.τ.λ.).

Τις Κυριακές φόρτωναν τα παιδιά τους στο σαραβαλιασμένο Φορντ τους (κείνα τα χρόνια λίγοι είχανε και σαραβαλιασμένο αυτοκίνητο, μα ο κυρ-Γιώργης το χρειαζότανε για τη δουλειά του) και πήγαιναν στην εκκλησιά—αραδιασμένη η οικογένεια στα πρώτα καθίσματα πάντοτε, κοντά στο Ιερό.

Το όνειρο του κυρ-Γιώργη και της κυρα-Γιώργαινας ήτανε να γίνουν τα παιδιά τους καλοί χριστιανοί και 'Ελληνες, και σπουδασμένοι άνθρωποι στην κοινωνία.

—Εγώ μόνο τρεις μήνες πήγα στο σκολειό. Φτώχεια, και μ' έστειλε ο πατέρας μου μπακαλόγατο στην Πάτρα. Μόνο τους αριθμούς ξέρω και διαβάζω και γράφω (με περηφάνεια το 'λεγε αυτό) καλά, μα η γυναίκα μου πήγε ως την τρίτη τάξη και ξέρει τώρα και γράφει στα εγγλέζικα τα τσέκια, και κουνούσε εκείνη το κεφάλι της ικανοποιημένη.

Μια μέρα ένας συχωριανός του τον συμβούλευε φωναχτά:

—Μην κάνεις, Γιώργη, τα παιδιά σου καλύτερα από σένα, γιατί θα γίνεις ξένος μαζί τους. Και σε τούτη την πατρίδα, είμαστε που είμαστε ξένοι με τα παιδιά μας που μεγάλωσαν εδώ...

—Ας γίνουν τα παιδιά μου σπουδασμένοι άνθρωποι, κι ας γίνουν και ξένα μαζί μου, απάντησε.

Και κούνησε το κεφάλι της και η Γιώργαινα. Αυτό και το δικό της όνειρο.

Τους ξέχασα μετά. Μια μέρα είδα στην εφημερίδα πως ο μεγάλος γιος τους έγινε γιατρός. Μια άλλη πως η κόρη του ήτανε καθηγήτρια. Και μια άλλη πως πέθανε η Γιώργαινα. Και φαίνεται έβγαλα το συμπέρασμα πως πέθανε και κείνος—αφού ήταν μια ντουζίνα χρόνια μεγαλύτερός της.

Πάλι στη γλώσσα μου: «Μα δεν πέθανες εσύ», αλλά τη δαγκώνω. Και ξάφνου θυμήθηκα που διάβασα κανα-μήνα για το μικρό του γιο—σπουδαίος επιστήμονας, τιμές, βραβεία!

Τονε συγχαίρω:

—Μπράβο, τιμή και στο ελληνικό όνομα.

Χαράχτηκε χαρά στο πρόσωπό του και περηφάνεια. Και πρόσθεσε αμέσως:

—Μα και ο μεγάλος μας.

Μου 'κανε εντύπωση αυτό το «μας» σαν να ζούσε η γυναίκα του.

—Σπουδαίος στον κλάδο του.

Και μιλούσε τώρα σα μορφωμένος—τον μόρφωσαν τα παιδιά του, συλλογίστηκα.

—Κι έχουν σπίτια παλάτια.

Κι ανάφερε ένα πλούσιο προάστιο του Σικάγου, κι εξακολούθησε με περηφάνεια:

—Και η κόρη μας (πάλι «μας»), κι έχει δυο αγγελούδια... Μόνο που δε μιλούν ελληνικά (λύπη στη φωνή), ούτε και καλά αγγλικά. Ζούνε στην Αργεντίνα, όπου ο πατέρας τους είναι διευθυντής στο υποκατάστημα της εταιρίας που εργάζεται... Τα σπανιόλικα η γλώσσα τους (πάλι λύπη στη φωνή).

—Με ποιον από τους δυο γιους σου μένεις; ρώτησα.

—Τι δουλειά έχω μ' αυτούς; Να τους ντροπιάζω στους κύκλους τους—και οι νυφάδες μου πολύ μορφωμένες (με περηφάνεια).

Και μου 'δειξε με το μάτι του το σκύλο:

—Μένω με το μούργο μου στο σπιτάκι μας, που τόσο το αγαπούσε η συχωρεμένη, και είναι μέσα ο ίσκιος της. Μεγάλο τώρα για μένα, μα πώς να το δώσω σε ξένα χέρια και να πάω σε άλλο, όπου δεν θα έχω ούτε θύμισες! Ξεσκίστηκα από τις παιδικές, τις ευτυχισμένες μου, που ήμουνα σύζυγος και πατέρας μικρών παιδιών, και μείνανε σκαλωμένες στους τοίχους οι φωνές τους—έχω στο υπόγειο και τα παιχνίδια τους, τα ελληνικά αναγνωστικά τους!... 'Ερχονται συχνά και με παίρνουν στα σπίτια τους, και με παρακαλούν να μείνω μαζί τους. 'Οχι, όσο μπορώ και στέκομαι στα πόδια μου... 'Αλλωστε, σε τούτη τη γειτονιά δε νιώθω ξένος, βλέπω και κανένα Γρεκό και λέω μια κουβέντα στη γλώσσα μου, όπως καλή ώρα τώρα... Είμαι πολύ υπερήφανος για τα παιδιά που έβγαλα στην κοινωνία. Μεγάλοι άνθρωποι... Ξένος τώρα μαζί τους εγώ, ο χωριάτης αγράμματος Γρεκός.

Χαρά, λύπη, περηφάνεια στα μάτια του.

Τόνε συγχάρηκα πάλι για τα παιδιά του. Και τον αποχαιρέτησα με θαυμασμό μεγάλο—και μια γλυκειά μελαγχολία. Και πολλούς συλλογισμούς.

«Εθνικός Κήρυξ», Νέα Υόρκη 1976

# Θαμμένος σε νομισματοκοπείο

ΤΟΝ ΓΝΩΡΙΣΑ όταν πρωτόρθε—αρχές του '50, θαρρώ. Ήταν από τους καλά μορφωμένους νεομετανάστες. Χαιρόσουν να τον ακούς. Γνώριζε ίσως όσο κανένας άλλος τη νεοελληνική λογοτεχνία, και θαύμα η απαγγελία του—με ποιήματα του Σολωμού, του Παλαμά, του Δροσίνη, και των νεώτερων, Ρίτσου, Βρεττάκου, Σεφέρη, που τότε ήταν άγνωστος σχεδόν ακόμα ως ποιητής.

Νόμιζα πως έφυγε—δεν τον ενθουσίασε δα η Αμερική.

— Εσείς εδώ ζείτε για να δουλεύετε, έλεγε.

Κι όταν τον είδα τις προάλλες τυχαία, δε μπορούσα να θυμηθώ ποιος είναι, ώσπου άρχισε να σιγολέει ένα ποίημα της Μυρτιώτισσας, που πολύ μ' ενθουσίασε όπως το 'λεγε τότε. Αλλά τώρα ήθελα να φωνάξω, «σώπα», «σώπα» και να κλάψω. Έσφιξε η καρδιά μου. Όχι γιατί δεν ήτανε λεβέντης νέος, αλλά γιατί κάτι είχε πεθάνει στην έκφρασή του, στη φωνή του, στη ματιά του. Δεν είχε συγγένεια τούτος ο άνθρωπος τώρα με κείνον τότε, με το σπινθηροβόλο πνεύμα. Έβλεπες πως είχε κατακτήσει το δολλάριο (ή πως τον είχε κατακτήσει εκείνο), αλλά σου 'φερνε λύπη, σα να πέθανε ο παλιός του εαυτός, και τούτο ήτανε το κουφάρι του, ένα φουσκωμένο ασκί από ξύγκι, κρέατα, αέρα...

Αυτός ενθουσιάστηκε που με είδε μετά από τόσα χρόνια—κι ας άλλαξα πολύ ίσως κι εγώ σ' αυτό το διάστημα. Νόμιζε πως είχα φύγει από το Σικάγο. Και ήθελε τώρα να γνωρίσω την προκοπή του (τότε γυρνούσε με μισό παπούτσι), τη γυναίκα του, τα παιδιά του. Κι επειδή δε θα 'βρισκε άλλοτε καιρό, επέμενε και μπήκα στο ωραίο του αυτοκίνητο να πάμε στο πλούσιο προάστιο που είχε μπίζινες και σπίτι δικό του, κι έμαθα πώς, και γιατί είχε χαθεί.

— Πέτυχα ένα μαγαζί νομισματοκοπείο... και δύσκολο ν' αφίσεις το δολλάριο—δε σ' αφίνει δα εκείνο—να τρέχεις. 'Οπως τότε που πρωτόρθα, και χύθηκε στο πρόσωπό του μια ιλαρότητα κι αγάπη για τον παλιό του εαυτό, τον πεθαμένο.

— Διαβάζεις ακόμα τὴ "Νέα Εστία", την "Καινούργια Εποχή", και τ' άλλα λογοτεχνικά έντυπα, που είχες τότε γεμάτες τις τσέπες και τα χέρια σου μ' αυτά; ρώτησα, έτσι για να πω κάτι κι εγώ.

— Αστειεύεσαι; 'Εχω έξι χρόνια να δω ελληνική εφημερίδα. Μα και τις αμερικανικές, που τις παρατούν στο μαγαζί οι πελάτες, τις βλέπω;... Πού καιρός... Δε σου 'πα πως μαζεύω δολλάρια, πως έπεσα σε νομισματοκοπείο;...

— Τουλάχιστο, συ, ο τόσο φίλος των ελληνικών γραμμάτων, δίνεις τίποτα, συνδράμεις, ρώτησα πάλι.

— Εγώ, σε δυο χρόνια, φεύγω από τούτο το βρωμότοπο, που ο άνθρωπος γίνεται μηχανή. Θέλω τα παιδιά μου να μεγαλώσουν εκεί—και θα 'χω αρκετά να ζήσουν αρχοντικά και να σπουδάσουν, να γίνουν άνθρωποι.

Και βγήκαμε τώρα μπρος σ' ένα μαγαζί απ' αυτά τα εξοχικά, μου πρόσφερε καφέ, ρώτησε αν ήθελα και τίποτα άλλο, αρνήθηκα—ένας κόμπος στο λαιμό μου, μου φαινότανε αυτό το όμορφο μαγαζάκι πως σκότωσε ένα όμορφο μια φορά μυαλό.

Εκείνος επιθεώρησε τα πάντα γρήγορα, με μάτι αφέντη, είπε κάτι σε κάποιον εκεί, και φύγαμε.

— Τον είδες εκείνον τον τζερεμέ; Τριάντα δολλάρια τον πλήρωσα να σταθεί στη θέση μου, γιατί έπρεπε να πάω στο γιατρό—με σακάτεψε η άτιμη ορθοστασία. Κρεμνώ το βράδυ τα πόδια μου, κατά διαταγή του γιατρού.

Και ήθελα τώρα να γελάσω (γέλιο πικρό), όπως προσπαθούσε να παραστήσει με τι τρόπο κρεμνούσε τα πόδια του.

Το σπίτι του—θαυμάσιο, αρχοντικό—νόμισα πως μπήκα σε κρύο τάφο, και η γυναίκα του πουλάκι σε χρυσό κλουβί. Μου φάνηκε σαν ακατοίκητο, αλλά τώρα όρμησαν από το υπόγειο ένα τσούρμο παιδιά. Τα μικρά στάθηκαν μακριά του, συνεσταλμένα, σαν δεν τον έβλεπαν συχνά, δεν τον γνώριζαν καλά, μα τα μεγάλα, 10 και 12 χρονών, πέσαν επάνω του:

— Πώς πήρες σήμερα «οφφ» για τα πόδια σου, πάρε κι αύριο για μας, τα παιδιά σου, να μας πας στο «ζου» να δούμε τα λιοντάρια, όπως πήγε τον Πάτρικ ο πατέρας του, και τον Ρότζερ ο δικός του... Εσύ όλο δουλεύεις, δουλεύεις, πότε θα μας πας στο «ζου», πότε, φώναζαν παραπονεμένα και θυμωμένα και τα δυο μαζί.

— Για σας δουλεύω νύχτα-μέρα σα σκλάβος—να σας πάω στην Ελλάδα να ζήσετε σαν άνθρωποι, κι όχι στο ζωολογικό κήπο, που παν τους φίλους σας οι πατεράδες τους. Ας σας πάει να δείτε τα λιοντάρια η μάνα σας, έχει αυτοκίνητο δικό της.

Και γύρισε σε μένα:

— Δεν είναι μόνο τα τριάντα δολλάρια που θα πληρώσω άνθρωπο, είναι και που δεν κυττούν το συμφέρον του μαγαζιού, και που σε κλέβουν... Δε μπορώ να παρατώ τις μπίζινες να τρέχω με τα παιδιά μου κι ας ξέρω πως έχουν δίκιο—δεν παρατιούνται τα δολλάρια τα έρμα, και πικροχαμογέλασε.

Και τα παιδιά στο μεταξύ φώναζαν:

— Εμείς δε θέλουμε να πάμε στο «Γκρής», θέλουμε να πάμε στο «ζου», όπως πάνε τ' άλλα παιδιά με τους πατέρες τους, όχι μονάχα με τις μάνες τους σαν ορφανά.

— Θυσίασε μια μέρα τα δολλάρια για τη χαρά τους... 'Αλλωστε πού ξέρεις αν θα μείνουν στην Ελλάδα, όταν μεγαλώσουν; Δεν βλέπεις τόσα που γυρνούν μετά πίσω σα μετανάστες, χωρίς καλά αγγλικά, και βλαστημούν τα γονικά τους, του είπα συγκινημένη κι από την παράκληση της γυναίκας του.

— Πάρε κι αύριο «οφφ» να σε δουν τα παιδιά και να μη νιώθουν πως δεν έχουν αυτά πατέρα... Τι να τα κάνεις τα δολλάρια σαν χάσεις την αγάπη των παιδιών σου...

«Ελληνικός Τύπος», Σικάγο 1968

# Πρόβλημα εδώ και το ραχάτι

ΔΕΝ ΠΙΣΤΕΥΩ να 'μουνα περισσότερο από 10 χρονώ όταν άκουσα πρώτη φορά τη λέξη «συνταξιούχος» και η εντύπωσή μου ήτανε πως είναι πρόσωπο προνομιούχο, ζηλευτό.

—Μα τι είναι συνταξιούχοι, θεία, τι δουλειά κάνουν, ρώτησα.

—Οι συνταξιούχοι, παιδί μου, δε δουλεύουν πια ώσπου να πεθάνουν. Παίρνουν κάθε μήνα τσέκι και ζουν σα βασιλιάδες και καλύτερα, απάντησε.

Κι εγώ είπα μέσα μου: «Παναγίτσα, βοήθησέ με σα θα μεγαλώσω να παντρευτώ ένα συνταξιούχο».

Ραχάτι και καθησιό ο κυρ-Παύλος! Περνούσε με τη γυναίκα του για το τσάι της Φιλολογικής Λέσχης, ή τη διάλεξη, το ρεσιτάλ, κορδωμένος (συνταξιούχος!) με μπαστουνάκι, σκληρό καπέλλο και κολλάρο, και ματογυάλια σκαλωμένα στ' αυτί του με χρυσή αλυσιδίτσα (αχ! τι κομψότης, τι αριστοκρατία!—Θα 'δινα τα μάτια μου για ματογυάλια τότε!) και κείνη κρεμασμένη στο μπράτσο του με καπελλούρες φορτωμένες φτερά και πούπουλα το χειμώνα, κεράσια και λουλούδια το καλοκαίρι, κι όλοι τους χαιρετούσανε με υποκλίσεις—και τους ζηλεύανε!

Κείνα τα χρόνια, όχι μόνο στην Πόλη, αλλά και σε χώρες πιο προοδευμένες από την Τουρκία, λίγοι παίρναν σύνταξη (δεν ήτανε θεσμός—όπως τώρα). Μονάχα οι καλότυχοι που εργαζόντανε για μεγάλες ξένες εταιρίες!

Βέβαια, όταν μεγάλωσα δεν ήθελα πια να παντρευτώ συνταξιούχο—Θεός φυλάξοι!—κι ας εξακολουθούσα να τους θεωρώ τυχερούς (οι πρώτες μας εντυπώσεις δύσκολα σβήνουν) αυτούς που παίρναν τσέκια και ζούσανε δίχως να δουλεύουν. Είναι και γιατί είχα διαβάσει στο μεταξύ το βιβλίο του Λαφάργκ «The Right To Be Lazy» («Το δικαίωμα της τεμπελιάς» είναι μεταφρασμένο στα ελληνικά ο τίτλος του) και μου φάνηκε και σωστό το ιταλικό «ντόλτσε φαρ νιέντε».

Μα η πείρα της ζωής μ' έκαμε κι άλλαξα ιδέες και πια δε μακαρίζω αυτούς που δεν εργάζονται κι ας έχουνε να τρώνε!

Πρόβλημα ο συνταξιούχος για τον εαυτό του— και τους δικούς του! Φαίνεται δε σηκώνει καθησιό και ραχατλίκι η Αμερική. Ίσως, αφού δούλεψες σα μηχανή 40 - 50 χρόνια, σκουριάζεις άμα σταματήσεις! Βγαίνεις από την τροχιά σου, είσαι ψάρι στην ξηρά! Κι αφού περάσεις τα 65, δεν είσαι πια εύκαμπτος να προσαρμοσθείς σε νέα ζωή, κι αισθάνεσαι στο περιθώριο, στιμμένη λεμονόκουπα, που δε χρειάζεται άλλος από το Χάρο!—εξόν πια κι έχεις χρήμα με ουρά, και συντροφιά, και το ρίξεις στα ταξίδια!

Αυτές είναι οι παρατηρήσεις μου (μπορεί και λαθεμένες!) τα τελευταία χρόνια. Και θυμήθηκα τούτη τη στιγμή και μια παράξενη ιστορία:

Πήγαμε σε μια πολιτεία να δούμε κάποιο γνωστό μας που δούλεψε πολύ σκληρά και σπούδασε ο γιος του και κάνει τώρα 50 χιλιάδες δολλάρια το χρόνο. Τον βρήκαμε να δουλεύει, άνθρωπος στα 70 του, σε ρέστωραν! Κάθιζε τους πελάτες, έδινε τον κατάλογο, έφερνε μαχαιροπήρουνα και το νερό, και όπως μας είπε (περηφάνεια!), όταν ήτανε ανάγκη, έπαιρνε και τη σκούπα και σκούπιζε, ακόμα και σφουγγάριζε, κι όταν ήτανε φούρια στο μαγαζί καθάριζε και τα τραπέζια, κουβάλαγε και τα πιάτα στην κουζίνα!—ο μισθός του 80 δολλάρια τη βδομάδα (μας το είπε με καμάρι!)

Ελεεινολογήσαμε τον αχάριστο, τον αφιλότιμο το γιο του! Μα ύστερα μάθαμε από τον ρεστωραντιέρη πως τα 80 δολλάρια ήτανε από το γιο του—τα έδινε κρυφά— και πως τον παρακάλεσε να του κάνει τη μεγάλη χάρη να δώσει στο γεροπατέρα του δουλειά πριν τρελλαθεί και τρελλάνει και τους δικούς του! Τον είχε στείλει πρώτα στην Ελλάδα, μα δεν μπόρεσε να ξανασυνηθίσει την εκεί ζωή—και το καθησιό! Γύρισε πίσω και ήτανε πρόβλημα μεγάλο! Αλλά από τότε που δουλεύει, και κάνει (όπως νομίζει!) 80 δολλάρια τη βδομάδα (που βέβαια δεν τα χρειάζεται!) νιώθει ξανανιωμένος και ισορροπημένος!

Τότε νόμισα πως, επειδή είναι Γρεκός και δεν ήταν γύρω του πολλοί Γρεκοί εδώ κι έμεινε δίχως συντροφιά σα χήρεψε, έπαθε ψυχική ταραχή—αφού δεν είχε και τίποτα να κάνει παρά να συλλογιέται πως γέρασε και ήταν άχρηστος πια! Και με τη δουλειά θεραπεύτηκε, και νόμισα πως μόνο οι Γρεκοί παθαίνουν ταραχές από το καθησιό άμα γεράσουν. Αλλά προχθές μια φίλη μου, ιρλανδικής καταγωγής, μου 'λεγε τα βάσανά της με το πατέρα της. Σαν πήρε σύνταξη, για κάνα χρόνο ήτανε ευτυχισμένος. Αλλά μετά έγινε παράξενος, μελαγχολικός, ανάποδος! Αποφασίσανε—η φίλη μου με τις αδελφές της—να τον πείσουν να πάει στο χωριό του. Κι αν ήθελε να ξανανυμφευτεί—η Ιρλανδία γιομάτη γεροντοκόρες!—πρόθυμα θα τον βοηθούσανε οικονομικώς από δω. Για να ζει άνετα. Αλλά εκεί αισθανότανε ξένος και με τ' αδέρφια του, αφού έλειπε χρόνια, και περιφρονημένος, αφού γύρισε πίσω με τη σύνταξη και καναδυό χιλιάρικα—που έπρεπε να γυρίσει εκατομμυριούχος! Και σηκώθηκε και ξανάρθε στην Αμερική και κόντεψε να τις τρελλάνει τις κόρες του! Μα τις φώτισε ο Θεός και του άνοιξαν καθαριστήριο και ησύχασαν! Τώρα είναι καλά. Και μ' όνειρα κι ελπίδες πως αργότερα θα βγάζει τα έξοδά του το μαγαζί! Αλλά εκείνες είναι ευχαριστημένες να πληρώνουν τη χασούρα, αρκεί να 'ναι απασχολημένος.

«Ελληνικός Τύπος», Σικάγο 1964

# Μια παράξενη επισκέπτρια

ΤΗΝ ΕΙΔΑ από το παραθύρι να κυττάζει το σπίτι, τα σκαλιά, την πόρτα, μ' ένα αλλόκοτο βλέμμα. Τη ρώτησα τι θέλει, μα δεν απάντησε. Ίσως δεν άκουσε. Και ξάφνου παίρνει απόφαση ν' ανεβεί τη σκάλα. Πιάνει τα κάγκελα και με κόπο, που ήταν ολοφάνερος στις κινήσεις της, μα και πεταχτά κάπως, ανέβηκε δυο-τρία σκαλοπάτια αλλά ξανακατέβηκε με άλλο τόσο κόπο και στάθηκε και κύτταζε πάλι αλλόκοτα, παράξενα, το σπίτι, την πόρτα, τα σκαλιά, και κάτι έλεγε—στον εαυτό της.

Βγήκα και πήγα κοντά της και ρώτησα τι ήθελε. Άκουσε ή όχι δεν ξέρω.

— Θέλω να πάω στο μέρος, μόνο προς νερού μου, είπε συνεσταλμένα με τη φωνίτσα της που θαρρείς πως ερχόταν από μακριά, από βαθιά της, και ξεκίνησε ν' ανεβεί χωρίς να περιμένει τη συγκατάθεσή μου.

Και θαρρείς πως τώρα βρήκε μια ξαφνική δύναμη, ανέβηκε (τη βοήθησα λίγο), και σαν έφτασε στην πόρτα μου έδωσε μιαν ανεπαίσθητη, μικρή, αδύναμη σπρωξιά (σπρωξίτσα), και πήρε φόρα, και με μικρά πηδηχτά βηματάκια, σα μικρού παιδιού, τράβηξε κατ' ευθείαν για το αποχωρητήριο, κι έμεινα και κύτταζα τώρα την πόρτα που την έκλεισε με ορμή. Σα να φοβόταν μην αλλάξω γνώμη και τη βγάλω έξω.

Αν και φαινόταν εύθραυστη, ξερή, στεγνή, κοκκαλάκια που τα κρατούσε σε ανθρώπινο σχήμα (αχ, τι ανθρώπινο!...) μια σκεβρωμένη δερμάτινη σακκούλα, θα τη φοβόμουνα την παράξενη επισκέπτρια που με έβαλε σε απορία! Πώς γνώριζε τόσο καλά κατά πού έπεφτε τ' αποχωρητήριο;...

'Οταν άργησε κάπως να βγεί, μπήκανε ψύλλοι στ' αυτιά μου! Λες να 'παθε τίποτα;... Χτύπησα την πόρτα, διακριτικά, αλλά δυνατά!

'Ακουσε, δεν άκουσε, ποιος ξέρει; 'Ομως βγήκε. Και σα νοικοκυρά τράβηξε τώρα για το μεγάλο υπνοδωμάτιο.

—Εδώ κοιμόταν τα αγόρια—ο 'Αλμπερτ, ο Ρότζερ, ο Φρεντ και ο μικρούλης μας Τζων που έγινε αγγελάκι, είπε και αγκάλιασε με το μάτι της το δωμάτιο κι αμέσως τράβηξε για το άλλο. Μπήκε μέσα, έκαμε μια βόλτα:

—Τούτο ήτανε το δωμάτιο των κοριτσιών και της συχωρεμένης της πεθεράς μου—τότε, βλέπεις, δε βάζαν τα παιδιά στα γηροκομεία τα γονικά τους, είπε με πίκρα.

Μα ύστερα πρόσθεσε με συλλογή:

—'Ισως, γιατί τότε δε ζούσανε και τόσα πολλά χρόνια οι γέροι όπως τώρα... Εξηντατεσσάρω χρονώ ανάπαψε ο Κύριος την πεθερά μου και λέγαμε πως έφαγε το ψωμί της με το παραπάνω... Ο πεθερός μου έφυγε από τον κόσμο στα πενηνταδύο του και η μητέρα μου προτού να μπει στα πενήντα της... Τώρα ο Θεός, είτε οι γιατροί, κρατούν πολλά χρόνια τους ανθρώπους στη ζωή κ' ίσως γι' αυτό τους βαριούνται τα παιδιά τους, αποτέλειωσε το συλλογισμό της και τράβηξε προς την κουζίνα με βήμα σίγουρο κι ας φαινόταν ετοιμόρροπη. Κάθησε σε μια καρέκλα σαν στο σπίτι της.

—Μικρό τραπέζι, βλέπω, έχεις και συ, όπως και η προηγούμενη... Εγώ είχα μεγάλο... Στρογγυλό από γερό ξύλο... Πάνω σε κείνο ζύμωνα, έπλαθα—κάτι ψωμιά και κάτι μηλόπιττες και κάτι τυρόπιττες τρέλλα, συνταγές της μακαρίτισσας της μάνας μου, που ήτανε Δανέζα... Εγώ είχα καρβουνόστοφα, όχι γκαζόστοφα, που δε γίνεται νόστιμο το φαγητό... Ωραία κουζίνα, ε;... Τη χτίσαμε μεγάλη γιατί ήτανε και η φαμιλιά μας... Τώρα τις χτίζουνε μικρές, σαν ντουλάπια, τις κουζίνες...

'Εμοιαζε σαν να μονολογούσε, δεν έδινε σημασία αν την άκουγα. Της έδωσα καφέ. Μόνο το μισό φλυτζάνι κατάφερε να πιει. 'Ολο μιλούσε. Δεν άκουγα καλά τι έλεγε. Ξεχώρισα πως εκείνη με τον άντρα της κοιμόταν στη σοφίτα, όσο ζούσε ο συχωρεμένος. Μετά πήρε το κρεββάτι της πεθεράς της, ώσπου παντρεύτηκε και η κόρη της η Χέλεν. Και ξαφνικά σηκώθηκε:

— Πρέπει να πηγαίνω... Αν δεν είμαι στο ίδρυμα πριν τις έξι δε θα με αφίσουν να βγω τον άλλο μήνα μόνη μου και η Χέλεν δεν έχει καιρό να έρχεται να με βγάζει... έχει μικρά παιδιά, και τράβηξε βιαστικά με μικρά βηματάκια, έρριξε μια ματιά στα υπνοδωμάτια, στην τραπεζαρία, και έφυγε.

Την κύτταζα ώσπου χάθηκε σαν έστριψε στη γωνία γυρνώντας να δει από μακριά, όσο μπορούσε, άλλη μια φορά το σπίτι, να το αποχαιρετήσει, θαρρείς.

Βγήκε τώρα από το παράθυρο και η γειτόνισσα, που τη λεν «αρχείο» στη γειτονιά:

— Είχες επίσκεψη από τη γρια Λάρσεν, βλέπω, είπε λίγο θλιμμένα και λίγο κουτσομπολίστικα.

— Οχτώ γέννες έκαμε. Τα πέντε παιδιά της στη ζωή. Μα τη βάλανε στο γηροκομείο τη δύστυχη. Μια φορά το μήνα μπορεί να βγαίνει μόνη της, αλλά θα χάσει το δικαίωμα αν πάει μετά τις έξι πίσω—τύχη σου αυτό! Γιατί αλλιώς δε θα έφευγε ως αργά τη νύχτα. Κοντεύει τα ογδόντα και θαύμα πώς τα καταφέρνει και βγαίνει κι έρχεται τόσο δρόμο—να δει το σπίτι όπου μεγάλωσε τα παιδιά της... που τώρα τ' αγόρια της δεν τήνε παίρνουν στα σπίτια τους να μην έχουν φασαρίες με τις γυναίκες τους, και τα κορίτσια της για να μη γκρινιάζουν οι άντρες τους...

Είχε κι αυτή σκοπό να πει πολλά. Μα ένοιωσα την ψυχή μου να σφίγγει και μπήκα μέσα—στο σπίτι, που τώρα μου φαινότανε της επισκέπτριας! Της γριας κυρίας Λάρσεν, που σίγουρα θα 'τανε πολύ ωραία γυναίκα μια φορά. Και πολύ καλή μητέρα.

«Ελληνικός Αστέρας», Σικάγο 1966

# Η δύναμη του φίλτρου

ΣΟΒΑΡΟΣ, σαρανταπεντάρης, με μαδημένο λίγο το γκριζόμαλλο κεφάλι του, αγάπησε τρελλά δεκαοχτάρα λεβεντόκορμη και λυγερή, με μάτια που πετούσαν σπίθες.

Την έβλεπε να περνοδιαβαίνει μπρος από το μαγαζί του και νόμιζε πως θα 'σπανε το στέρνο του να πεταχτεί έξω η καρδιά του σε σαρανταδυό κομμάτια.

Το συλλογίστηκε, το ξανασυλλογίστηκε, και παράτησε το σχέδιο να γυρίσει στην πατρίδα να κάνει οικογένεια, και ζήτησε τη λεβεντονιά γυναίκα του από τον απρόκοφτο πατέρα της (μικροί, ήτανε φίλοι και συμμαθητές στο χωριό), που νόμιζε κι αυτός πως εδώ δένουν τα σκυλιά με τα λουκάνικα και ξερριζώθηκε και ήρθε με τη φαμιλιά του—ένα τσούρμο παιδιά, το μεγαλύτερο η χαριτωμένη κόρη του που άναψε φωτιά στο σοβαρό καταστηματάρχη.

Το χάρηκαν πολύ όλοι στο σπίτι του κοριτσιού. Μεγάλη τύχη αυτή για όλους τους! Είχε δολλάρια ο άνθρωπος.

Μα το κορίτσι, ούτε να το ακούσει! Είχε δοσμένη αλλού την καρδιά του. Σ' ένα λεβεντονιό που τους έβλεπες μαζί κι έλεγες πως γεννήθηκαν να γίνουν ταίρι τούτα τα δυο παιδιά. Μα το λεβεντόπαιδο, όπως συμβαίνει, πάντα, δεν είχε δολλάρια. Και πώς να τη ζητήσει την κοπέλλα με άδεια τσέπη;

Μάνα, πατέρας, συγγενείς, φίλοι του σπιτιού, κι η θεία, που έφερε εδώ τον απρόκοφτο Ντι-Πι, με τη φαμιλιά του, πέσανε πάνω στην κόρη να καταφέρουν να πει το ναι. Και αφού δεν το κατάφεραν, καταφύγανε στους αγίους και τις άγιες, με κεριά και λιβάνια και ταξίματα, και περισσότερο στην Παναγία και τον 'Αϊ Φανούρη, που λεν πως ανακατεύεται σε κάτι τέτοια, μα φαίνεται δε θέλησαν να μπερδευτούν σε τέτοιο γάμο αυτοί.

Κι αφού ούτε και ο ερωτευμένος σοβαρός καταστηματάρχης δεν μπόρεσε να καταφέρει με μεγάλα ταξίματα να τον βοηθήσουν οι άγιοι και οι άγιες, σκέφτηκε να ζητήσει τη βοήθεια μιας ξακουστής μάντισσας και φιλτρατζούς.

'Ακουσε αυτή με σοβαρότητα τη μεγάλη την ιστορία του και του είπε ν' ασημώσει (να ρίξει δέκα δολλάρια) και να κόψει το χαρτί να το διαβάσει και να του πει γιατί η φτωχειά κοπέλλα δεν κάνει κι ένα τεμενά που της παρουσιάστηκε τέτοια χρυσή τύχη. Σούφρωσε μετά τα χείλη της, ζάρωσε τα μάτια της, και με ύφος Πυθίας είπε:

— Βλέπω, καλέ μου κύριε, αισθηματάκι της κόρης με κάποιο τσογλάνι της ηλικίας της.

Και πως έπρεπε να την ποτίσει φίλτρο να ξεχάσει τον ξυπόλητο, και το καλύτερο, το πιο αποτελεσματικό, είναι το μανόγαλο, μα θα κοστίσει πολλά, γιατί δύσκολο τη σήμερον ημέρα να βρεις μάνα και θυγατέρα να βυζαίνουν σερνικά παιδιά, να πάρεις γάλα να κάνεις το φίλτρο.

— Σήμερα, κύριε, οι γυναίκες μεγαλώνουν με γελαδίσιο γάλα τα παιδιά τους και θα χρειαστεί να τρέξω σε χωριά και φάρμες να το βρω.

Τα συμφώνησαν. Τι αξία έχουν τα δολλάρια μπρος στην αγάπη. 'Εδινε όσα-όσα!

Και μόλις βγήκε αυτός, έτρεξε η φιλτρατζού στο τηλέφωνο να μιλήσει στη μεγαλύτερη βοηθό της.

— Βάλε τα δυνατά σου να μπεις στο σπίτι του κοριτσιού να το καταφέρεις να του φέρνεται καλά όσο να του πάρουμε τα ρέστα—του πήρα μεγάλη προκαταβολή για το μανόγαλο, τα μισά δικά σου.

Η βοηθός της, μια γυναίκα του διαβόλου κάλτσα, που παίζει στα δάχτυλά της και τον οξαπεδώ κι ανήκει σε δυο ντουζίνες γυναικείους συλλόγους (να «ψαρεύεις»), γνώριζε την οικογένεια του κοριτσιού, τη μάνα του, από κάποιο σύλλογο, και στολίστηκε σα Χριστουγεννιάτικο δέντρο και πήγε.

—Σας επιθύμησα.

Και ρώτησε τη μάνα «περί την ποθητήν υγείαν» της οικογενείας, και η μάνα άνοιξε την καρδιά της:

—Από υγεία καλά. Μόνο στενοχώριες. Θέλει τη μεγάλη μου ένας όπως πρέπει κύριος, με πολλά δολλάρια, μα την κλωτσάει η άμυαλη αυτή την τύχη.

Λυπήθηκε πολύ η βοηθός, και παρακάλεσε τη μάνα να την αφίσει λίγη ώρα με την άμυαλη κόρη:

—Τον ξένο τον σέβονται και τον ακούν καλύτερα καμιά φορά τα παιδιά.

Κι όταν ήρθε το κορίτσι από τη δουλειά και μείναν μόνες, τη συμβούλεψε σα μητέρα:

—Να μη τον παντρευτείς, κόρη μου, άμα δεν τόνε θέλεις. Μα να του φέρνεσαι καλά, να του χαμογελάς του κακομοίρη που είναι δυνατά ερωτοχτυπημένος, και να δέχεσαι τα δώρα, κι όχι να τα πετάς στα μούτρα του! Τι θα χάσεις, κουτό, άμα του φέρνεσαι καλά και δέχεσαι τα δώρα του; Τα παίρνεις στο τέλος, χαζό, και φεύγεις με τον μπόι φρεντ και παντρεύεστε.

Τα συλλογίστηκε το κορίτσι, τα βρήκε όλα σωστά, και ξεπέρασε τις προσδοκίες της δασκάλας του! Όχι μόνο τα δεχότανε τα δώρα του μεσόκοπου με γλύκες και χαμόγελα, μα και του τα γύρευε! «Θέλω τούτο, θέλω κείνο, να ετοιμάσω την προίκα μου», και τον κύτταζε στα μάτια και λιγωνότανε εκείνος! «Μωρέ δύναμη που σου την έχει αυτό το φίλτρο, το μανόγαλο» και πετούσε από τη χαρά του, και δόστου κουβαλούσε δώρα. Βραχιόλια, σκουλαρίκια, ρολόγια του χεριού και της τσέπης, κι όλα με ρουμπίνια, σμαράγδια και διαμάντια!

Μια μέρα του 'στειλε και κείνη ένα δώρο. Μια πολύ ωραία και ακριβή κάρτα: «Ευχαριστώ για όλα, είμαι στο αεροδρόμιο με το παιδί που αγαπώ και φεύγουμε να παντρευτούμε».

Τίποτα άλλο.

«Ελληνικός Αστέρας», Σικάγο 1966

# Ο καυγάς για το οικονομικό

ΜΑΖΙ πήγανε σκολειό, μαζί ταξίδεψαν στην Αμερική να βρουν γαμπρούς με δολλάρια, και πάντα μαζί! Αλλά μια μέρα, αιτία το οικονομικό, γίναν από δυο χωριά οι δυο αγαπημένες ξαδελφούλες. Όχι πως είχανε να μοιράσουν αμπελοχώραφα. Όχι! Φαίνεται πως η μια, η Κατίνα, έπαθε μονομανία, ψύχωση, για το οικονομικό! Και ήθελε σώνει και καλά να εξηγήσει στην άλλη το ρόλο που παίζει στη ζωή, στην κοινωνία, ο οικονομικός παράγων!

— Μαρία μου, παίζει ρόλο ακόμα κι ανάμεσα στις σχέσεις ανθρώπων που αγαπιούνται ο αναθεματισμένος ο οικονομικός παράγων, έλεγε.

Όταν ξάφνου πήρε φωτιά η άλλη, γιατί έτυχε στις αναποδιές της (θαρρώ επειδή τα οικονομικά της δεν επέτρεπαν να κάνει ταξίδι στην πατρίδα) κι έβγαλε φωνές.

— Κακοχρονονάχει το κεφάλι σου που κλούβιανε και πια δεν ξέρεις τι λες και τα ρίχνεις όλα στο οικονομικό! Ακόμα κι αν γλιστρήσεις και γκρεμιστείς θα το αποδώσεις στο οικονομικό κι όχι στη στραβωμάρα σου, φώναξε.

Και η Κατίνα ατάραχη:

— Ναι, ξαδελφούλα μου! Αιτία το οικονομικό. Πήρα προχθές μια φοβερή πεσιά και μάρτυρας εδώ, το γόνατό μου.

Και σήκωσε ήρεμα και ήσυχα τη φούστα της και έδειξε το πληγωμένο γόνατό της, κι εξακολούθησε:

— Ήτανε πρωτομηνιά. Δεν είχα έτοιμο το νοίκι και σκέφτηκα να βγω και έτσι να μη με βρει ο νοικοκύρης και να γύριζα το βράδυ σπίτι, που δεν πηγαίνει για εισπράξεις. Μα στο δρόμο έτρεμε η ψυχή μου μην ξετρυπώσει από κάτω μπροστά μου και κύτταζα ζερβάδεξιά να το στρίψω αν ξάφνου παρουσιαζότανε, και γι' αυτό δεν είδα μια πετρούκλα που έτυχε στα πόδια μου και σκόνταψα και να το γόνατό μου, αν δεν πιστεύεις, είπε.

Μα η άλλη έγινε τώρα έξω φρενών και σήκωσε μεγαλόπρεπα τα δυο της χέρια και τη μούτζωσε, λέγοντας:

—Να!... Θεοπάλαβο! Που πια δε μπορεί να συνεννοηθεί μαζί σου γνωστικός άνθρωπος, κι έφυγε από το σπίτι της Κατίνας φουρκισμένη, και με τον όρκο να μην ξαναπατήσει, παρά μόνο για να την νεκροφιλήσει!...

Πέρασαν μήνες.

Μια μέρα εκεί που καθότανε η Κατίνα κι έρραβε και συλλογιότανε το πατρικό της σπίτι, το χωριό της, τους δικούς της, που τους αποχωρίστηκε, αιτία το οικονομικό, ακούει το κουδούνι. Τρέχει και ανοίγει την πόρτα και βλέπει την ξαδέλφη της! «Μην πέθανα και ήρθε να με νεκροφιλήσει, ή πάτησε τον όρκο της», ρωτιέται, κι από τη μεγάλη έκπληξή της δεν μπορεί να πει λέξη!

Η Μαρία την φιλεί, την αγκαλιάζει, δακρυσμένη, και κάπως ντροπιασμένη. Είχε το δεξί της πόδι δεμένο, και σαν το πρόσεξε η Κατίνα τη ρώτησε τι έπαθε—κι έτσι βρήκε και κάτι βολικό να πει και να λυθεί ο γλωσσοδέτης που την έπιασε από την αναπάντεχη επίσκεψη.

—Και ρωτάς τι έπαθα; Ρώτα καλύτερα τι δεν έπαθα—κι αιτία το έρμο το οικονομικό, λέει αυτή.

Κι η Κατίνα, που νόμισε πως ήθελε να την πειράξει πάλι για τη μονομανία της, απάντησε:

—'Αστα αυτά τώρα, ξαδερφούλα μου! Αφού πάτησες τον όρκο σου και συμφιλιωθήκαμε, ορκίζομαι κι εγώ ποτέ μου να μην αναφέρω λέξη για το οικονομικό, να συμφωνώ μαζί σου και να είμαστε αγαπημένες.

Αλλά πάλι θύμωσε η Μαρία!

—Τι;... Δε θα ξαναμιλήσουμε για το οικονομικό και το ρόλο του στη ζωή, στις σχέσεις των ανθρώπων;

Μην το ξαναπείς αυτό, γιατί θα γίνουμε πάλι από δυο χωριά! Ακόμα και για τους κάλους των ποδιών μου αυτό φταίει, λέει.

Και θυμώνει τώρα η Κατίνα.

— Μα δεν ντρέπεσαι, καημένη, να προσπαθάς να χωρέσεις κοτζάμ ποδάρα σ' ένα παπουτσάκι και λες πως φταίει το οικονομικό για τους κάλους σου; Ποιος σε ανάγκασε να πάρεις στενά παπούτσια;

— Το οικονομικό, λέει ἐκείνη!

Κι εξηγεί:

— Δε ζήτησα... Δε ζήτησα στενά, μικρά, παπούτσια! Αλλά ο μαγαζάτορας, αιτία το οικονομικό, δεν είχε αρκετή υπαλληλία κι έτσι αυτός που σέρβιρε εμένα είχε κι άλλους πεντέξι πελάτες κι από τη βιασύνη του δεν πρόσεξε. Του το είπα πως μου φαινότανε στενά, αλλά απάντησε πως θ' ανοίξουν κι έτρεξε να περιποιηθεί άλλη πελάτισσα. Κι όταν δεν άνοιξαν αρκετά τα πήγα πίσω, αλλά φορεμένα και δεν τα δέχτηκαν! Και τώρα, έλα στη θέση μου, έλα! Να τ' αλλάξω δε μπορούσα— δεν επέτρεπε το συμφέρον του έμπορα, δηλαδή το οικονομικό! Να τα πετάξω, δεν επέτρεπε η τσέπη μου— δηλαδή πάλι το οικονομικό! Και να τα χάλια μου—κουτσάθηκα! Και κατάλαβα, ξαδερφούλα μου, πως είχες δίκιο και πως το οικονομικό παίζει σπουδαίο ρόλο σε όλα της ζωής—όλα τα ρυθμίζει, φαίνεται! Ακόμα και για τον καυγά μας αυτό έφταιξε, το οικονομικό! Κι αφού το κατάλαβα ήρθα να σου ζητήσω συγγνώμη.

Κι αγκαλιαστήκανε και φιληθήκανε και ορκιστήκανε να είναι πάντα αγαπημένες οι δυο ξαδέρφες. Και θα είναι! Εξόν πια και χωθεί πάλι στη μέση το οικονομικό με κάποια από τις τόσες όψεις του, και γίνουνε από δυο χωριά!

«Ελληνικός Τύπος», Σικάγο 1965

# ΄Ενας παράξενος άνθρωπος

Μπήκανε στην αίθουσα με κάποιο δισταγμό—έβλεπες πως δεν ανήκανε σ' αυτή την κοινότητα. Κύτταξαν ζερβά-δεξιά για τραπέζι και ήρθανε στο δικό μας. Μεγάλο, στρογγυλό. Καθόμασταν έξι, μα χωρούσαν άλλοι τόσοι, κι αυτοί ήτανε μόνο τρεις.

— Μπορούμε να καθίσουμε, ρώτησε συνεσταλμένα ο ένας, ο ξερακιανός—κάπου στα 65 του φαινότανε.

— Μάλιστα.

Και κάναμε τόπο να καθίσουν κοντά μας κι ας μην τους γνωρίζαμε.

Ο άλλος, ο παχουλός, κοντά στα 70 του αυτός, χάρηκε νομίζεις κι αμέσως θέλει να μας κεράσει όλους.

Το κορίτσι μαζί τους (κάπου 20-25 χρονώ, ίσως και 35—δεν καταλαβαίνεις την ηλικία των σημερινών κοριτσιών εύκολα) καταλάβαμε πως ήτανε θυγατέρα του ξερακιανού πριν μας το πουν. Σε μια στιγμή γύρισε στ' αυτί μου, χαμηλόφωνα:

— Τη φέραμε να χορέψει... και να γνωριστεί, αν θέλει ο Θεός, και με κάνα καλό παιδί... Είδαμε πως έχετε και σεις στο τραπέζι ένα κορίτσι (ήτανε κόρη της φίλης μου) και καθίσαμε μαζί σας να κάνουν συντροφιά.

Κι αλήθεια, σε λίγο γίνανε και φίλες και πιάστηκαν στο χορό, που νόμιζες πως μεγάλωσαν στην Καλαμάτα, έτσι που χόρευαν τον Καλαματιανό, μα θαυμάσια και τους άλλους ελληνικούς χορούς. Κι όταν άρχισαν οι Ευρωπαϊκοί και κανένα παλληκάρι δεν ήρθε να τις σηκώσει (λίγα παλληκάρια πηγαίνουν στους κοινοτικούς χορούς, πικραμένοι οι γονείς, πικραμένα και τα κορίτσια γι αυτό), σηκώθηκαν και χόρεψαν μαζί. Τι να κάνουν;

Ο παχουλός επέμενε και πάλι για κεράσματα—και πάλι, και πάλι!

— Εγώ θα σας κεράσω και μην το πίνετε, τα λεφτά πάνε για καλό σκοπό...

Κατάλαβα πως δεν έχει οικογένεια αυτός εδώ, δεν έχει υποχρεώσεις, πως παίρνει καλή σύνταξη, κι έχει και κάποιο κομπόδεμα. Κι αφού είπε πως ήτανε από κάποιο νησί των Κυκλάδων (κείνα τα παραδεισένια νησάκια), τον ρώτησα πώς και δεν πηγαίνει να ζήσει εκεί τα στερνά του.

Με κύτταξε με συλλογή και κάποια υποτίμηση:

— Γιατί δε ρωτάς καλύτερα πώς δεν πηγαίνω να πεθάνω εκεί—στην ηλικία μου τι ζωή μπορώ πια ν' αρχίσω μέσα σ' ανθρώπους που δεν έζησα μαζί τους χρόνια και χρόνια!... Δεν πηγαίνω, γιατί δε θέλω να δώσω το βάρος και την πίκρα να με γηροκομήσουν οι αδερφές και οι ανιψιές μου—να πληρώσουν μ' αυτό τον τρόπο την κάποια βοήθεια που έστειλα όταν τη χρειαζόντανε.

Και με κύτταξε. Καταλάβαινα; Τον παρακολουθούσα; Και με δυνατότερη φωνή τώρα:

— Αν αποφάσιζα να φύγω από το Σικάγο, θα έφτυνα τον εαυτό μου!... Πενήντα χρόνια εδώ. 'Εχω φίλους, γνωστούς, δε θα πω το ψέμα πως όλους τους αγαπώ, μα φάγαμε μαζί, ήπιαμε μαζί, πονέσαμε, γελάσαμε, ονειρευτήκαμε!... Κι ο κύκλος μας όλο στενεύει, αφού έρχεται ο Χάρος και παίρνει έναν από ανάμεσά μας και χύνει φαρμάκι στην καρδιά μας κι ο θάνατος τ' ανθρώπου που δε χωνεύαμε!... Νομίζεις πως θα θεωρούσα άνθρωπο τον εαυτό μου, αν σηκωθώ και φύγω για το νησί μου, αφού εμένα δε με δένει εδώ οικογένεια, παιδιά, κι έχω και μερικές οικονομίες να ζήσω καλά εκεί, όχι! Θα νόμιζα τον εαυτό μου παλιοτόμαρο... Με χρειάζονται εδώ οι φίλοι μου, που για λόγους οικονομικούς ή οικογενειακούς δεν μπορούν να φύγουν κι αυτοί—όπως δα τους χρειάζομαι κι εγώ τώρα που μείναμε λίγοι και χρειάζεται να γέρνει ψυχικά ο ένας στον άλλο... Τ' αδέρφια μου έζησαν χωρίς εμένα πενήντα χρόνια, τ' ανίψια μου με ξέρουν μόνο από καναδυό σύντομα ταξίδια μου εκεί!... Δε χρειάζονται ούτε τα χρήματά μου τώρα—αν κι ο άνθρωπος έχει την κατάρα της απληστίας... Όμως οι λίγοι φίλοι—και οι εχθροί μου—με χρειάζονται να μη νιώθουν μεγαλύτερη την ερημιά που αισθάνεται και ο πιο αναίσθητος σα βλέπει όλο να αραιώνουν οι γραμμές των συνομηλικών του... όπως τους χρειάζομαι κι εγώ, τους παλιούς φίλους κι εχθρούς μου, γιατί είναι μέρος της περασμένης μου ζωής... Τι έχω να πω, τι θύμησές μου να μοιραστώ με ένα συχωριανό μου εκεί στο νησί τώρα, αφού τόσο διαφορετικές είναι οι εμπειρίες μας, οι μνήμες μας!... Άλλωστε, δε νομίζεις πως είναι θλιβερό να φεύγουμε από κει νέοι γιομάτοι ζωή και να επιστρέφουμε χούφταλα, κουβαλώντας μαζί μας λίγα δολλάρια και πολλούς ρευματισμούς και μούτρα πατσαδιασμένα!... Θλιβερό και για τους δικούς μας, σε κείνους που είναι ευαίσθητοι, γιατί θυμούνται τη ματαιότητα ματαιοτήτων, θλιβερό και για τους συγγενείς εκείνων που δεν μπορούν να επιστρέψουν, γιατί τους νιώθουν αποξενωμένους, ή απρόκοφτους... Η συμβουλή μου είναι να μη φεύγουν από κει, να προσπαθούν να κάνουν καλύτερη τη ζωή εκεί, κι αν φεύγουν να προσπαθούν να επιστρέψουν αρκετά νέοι που έχουν ακόμα κάποια ελαστικότητα και μπορούν να προσαρμοστούν στη νέα ζωή που θ' αρχίσουν εκεί... Αλλιώς να μείνουν εδώ και να μην αραιώνουν περισσότερο τις φάλαγγες της παροικιακής μας ζωής κι αφίνουν κενό που θλίβει τους άλλους που δε μπορούν να φύγουν...

Και πρόσταξε πάλι κέρασμα για όλους στο τραπέζι.

Παράξενος άνθρωπος, συλλογίστηκα.

«Ελληνικός Αστέρας», Σικάγο 1965

# Νέο κύμα σκέψης...

ΛΕΒΕΝΤΟΚΟΡΙΤΣΟ. Την γνώρισα μικρή, όταν ακόμα πήγαινε στο ελληνικό σχολείο. Την καμάρωνα τώρα όπως χόρευε με κέφι σφιχταγκαλιασμένη με τον όμορφο καβαλιέρο της, που, βέβαια, αρραβωνιαστικός της θα 'ναι, συλλογίστηκα. Με πήρε το μάτι της, τον τράβηξε έξω από το χορό, τον παράτησε κι έτρεξε σε μένα με σπουδή, σαν να ήταν ανάγκη να με δει μόνη.

— Είμαι τυχερή, έλεγα να έρθω στο σπίτι σας να σας ζητήσω μια μεγάλη χάρη, είπε.

Και είδε στην έκφρασή μου την απορία και πρόσθεσε:

— Θα σας πω αμέσως. Πάμε λίγο παραπέρα μην ακούν οι άλλοι...

Και πήγαμε πιο κει:

— Έχετε πολλούς γνωστούς και θέλω να σας παρακαλέσω, αν ξέρετε κανένα χήρο, ζωντοχήρο, ή γεροντοπαλλήκαρο, ως εξήντα με εξηνταδυό χρονώ το πολύ, σε καλή υγεία, που θέλει να νυμφευτεί... Θα γίνει αμέσως νοικοκύρης, θα βγάλει τα παπούτσια του και θα μπει σε σπίτι που δεν του λείπει τίποτα και θα παίρνει και τριακόσια δολλάρια νοίκι κάθε μήνα από τα άλλα δύο διαμερίσματα—τριώροφο είναι, τούβλινο... και θα τον θεωρούμε και σωτήρα μας, εγώ και η μαμά με τον μπαμπά, είπε μονορούφι.

Τρέμανε, λύγιζαν τα γόνατά μου. «Πολύ σοβαρό στραβοπάτημα έκαμε η μικρή και θέλουν να το σκεπάσουν όπως-όπως τα γονικά της με προίκα τριώροφο τούβλινο σπίτι σε χήρο, ζωντοχήρο ή γεροντοπαλλήκαρο που στέκεται καλά στην υγεία του», συμπέρανα θλιμμένη μέχρι θανάτου για το τραγικό λάθος της μικρής και κύτταξα την κοιλιά της. Δε φαινότανε τίποτα ακόμα, «θέλουν να προλάβουν», συλλογίστηκα, και ρώτησα:

—Μα καλά, ο νεαρός που χορεύεις μαζί του σφιχταγκαλιασμένα, γιατί δεν θέλει να χορέψει το χορό του Ησαΐα μαζί σου... να γίνει έτσι με μιας ιδιοκτήτης να εισπράττει νοίκια;

—Καλέ, αυτός είναι ο αρραβωνιαστικός μου και δε μπορώ να τον νυμφεύσω με τη γιαγιά μου... Άλλως και πολύ νέος, μόνο εικοσιδυό χρονώ... Για τη γιαγιά πρέπει να βρούμε άντρα στα εξήντα του, απάντησε.

Κι άνοιξα το στόμα μου:

—Γαμπρό για τη γιαγιά σου γυρεύεις, κοπέλλα μου.

Και ξέσπασα σε ακράτητα γέλια νευρικά, αλλά με σταμάτησε:

—Σου φαίνεται αστείο; Είναι καλή η γιαγιά μου, και γερή, από τότε που της βάλανε στο νοσοκομείο νέο νεφρό. Την αγαπώ πολύ. Σ' αυτή χρεωστώ τα ελληνικά μου, που τα μιλώ τόσο καλά και όλοι με θαυμάζουν. Μα από τότε που έχασε τον παππού κι έμεινε δίχως ταίρι σ' αυτή την ηλικία που χρειάζεται συντροφιά της γενιάς της—αν ήτανε νεώτερη δε θα της φαινότανε τόσο πικρή η μοναξιά—από τότε είναι όλο θρηνωδία και ιερεμιάδες και γεμίζει και τη δική μας ψυχή κατάθλιψη. Και περισσότερο της μαμάς και του μπαμπά. Και συλλογιέμαι μεθαύριο που θα παντρευτώ και θα φύγω από το σπίτι και θα μείνουν δίχως νέα συντροφιά γύρω τους, μόνο με τη γιαγιά, σαν πάγος στην πλάτη τους, όλο να κλαίει για τον παππού, κι ας μην ήτανε ταιριαγμένο αντρόγυνο—την περνούσε δεκαπέντε χρόνια και τον πήρε κατ' απαίτηση των γονιών της, γιατί είχε χρήματα. Λοιπόν άμα θα φύγω και γω, που λέγω και κανένα αστείο, θα τους κάνει ψυχωτικούς και τους δυο με τα μοιρολόγια της. Και τους αναστεναγμούς της... Όχι πως τον αγαπούσε τον παππού, αφού τον παντρεύτηκε για την περιουσία του. Μα σα μεγάλωσαν τα παιδιά τους και σκορπίστηκαν, βρήκε προορισμό στη ζωή να τον νταντεύει, με καταλαβαίνεις;

Κούνησα το κεφάλι μου και είπα πως καταλάβαινα.

—Λοιπόν, τώρα που πέθανε ο παππούς, άδεια τα χέρια της, άδειο το σπίτι. Κι έχει και την ατυχία—που λογίζεται τύχη—να βρίσκεται με καλή περιουσία κι έτσι δεν έχει ανάγκη να βγει να ξενοδουλέψει, όπως οι φτωχές χήρες, να ξεδίνει ο νους της. Ούτε και χρειάζεται να απασχολήσει τη σκέψη της με το πώς να πληρώσει τούτο το λογαριασμό, εκείνο το χρέος, γι' αυτό συλλογιέται ολοένα τον παππού και το θάνατο, που νομίζει πως την περιτριγυρίζει, ενώ έχει μπροστά της ίσως πάνω από δέκα χρόνια με τη σημερινή επιστήμη. Κι αφού τα άλλα παιδιά της σκορπίστηκαν σε άλλες πολιτείες, φορτώνεται διαρκώς τη μαμά και τον πατέρα μου με ατέλειωτες βίζιτες και τηλεφωνήματα γιομάτα κατάθλιψη. Και τους θυμίζει, έτσι, πως σε λίγα χρόνια θα βρίσκονται στη θέση της, αν φύγει από τη ζωή ο ένας τους... Ανάγκη, λοιπόν, να βρω να την παντρέψω τη γιαγιά, προτού τους κάνει ανεπανόρθωτα μελαγχολικούς ή και ψυχωτικούς, είπε βιαστικά.

Κι ένιωθα το κεφάλι μου κλούβιο. Ή εγώ είμαι έξω τόπου και χρόνου ή το κορίτσι αυτό δεν είναι στα καλά του!

—Και γιατί τον θέλεις το γαμπρό κάτω από τα εξηνταδυό, μα όχι και κάτω από τα εξήντα; ρώτησα με απορία.

—Αν θα 'ναι μεγαλύτερος ίσως αναγκαστεί να τον γηροκομήσει κι αυτόν, αντίς εκείνος τη γιαγιά, αφού θα πληρωθεί με τριώροφο τούβλινο σπίτι. Κι αν θα 'ναι πολύ νεώτερος, ίσως του μπει πειρασμός να την ξεκάνει μια ώρα γρηγορώτερα να πάρει με την περιουσία της μια νέα, είπε κι έτρεξε, άρπαξε τον καβαλιέρο της και χώθηκαν στο χορό.

Έμεινα συλλογισμένη... πόσες αλλαγές και στη σκέψη! Πριν λίγα χρόνια ούτε για αστείο δε θα έλεγε αυτά μια νέα για τη γιαγιά της—να την παντρέψει! Σεβαστό πρόσωπο η γυναίκα μετά τα 50, αν τα έφθανε (πέθαιναν στα 40 τους οι περισσότερες), και τη χρειάζονται τα παιδιά για τη συμβουλή της. Σήμερα δε χρειάζονται ούτε και να την κληρονομήσουν!... Πληθώρα οι ηλικιωμένοι σήμερα, κι άχρηστοι για τους νεώτερους. Και τους θυμίζουν και πως δεν θ' αργήσουν να μπουν κι αυτοί στη θλιβερή στρατιά των ηλικιωμένων... Δώρο-άδωρο για τους πολλούς η σημερινή μακροζωία... Κι αφού μεγάλη η ανάγκη να περιοριστούν οι γεννήσεις, γρήγορα θα σπανίζουν οι νέοι και θα πολλαπλασιαστούν οι αιωνόβιοι—προαιώνιος πόθος του ανθρώπου, που όμως δε χαρίζει ευτυχία!

«Εθνικός Κήρυξ», Νέα Υόρκη 1970

# Με αργότερο ρυθμό...

ΩΡΑΙΟΣ άνθρωπος. Και καλός. Κάπου στα εξηνταπέντε του. Καλοστεκούμενος για την ηλικία του. Με παιδιά μεγάλα, παντρεμένα. Και μικρά εγγόνια. Και δολλάρια στην Τράπεζα. Χηριός.

Ήθελε να ξανανυμφευτεί να μην είναι έρημος και μόνος στα δύσκολα χρόνια της ζωής. Να έχει δική του συντροφιά και να μη ζητιανεύει ψίχουλα συντροφιάς στα σπίτια των παιδιών του. Που φυσικό να υπάρχει κάποιο χάσμα (κάποτε αγεφύρωτο) ανάμεσα στις δυο γενιές—από καταβολής κόσμου δα υπήρχε κάποιο χάσμα ανάμεσα στη γενιά που φεύγει και σε κείνη που τη διαδέχεται. Και τώρα, στα χρόνια των ταξιδιών στο διάστημα, είναι ακόμα μεγαλύτερο. Και βαθύτερο όταν εσύ σέρνεις μαζί σου, μέσα σου την πατρίδα σου, και τα παιδιά σου έχουνε τη δική τους.

Χρειάζεται ο άνθρωπος στα μεγάλα του χρόνια πολύ περισσότερο τη δική του συντροφιά (αν είσαι νέος σε καλούν παντού και σε λατρεύουν όλοι) να μοιράζεται εκείνες τις λίγες μικρές χαρές που του προσφέρει ακόμα η ζωή και τις πολλές του πίκρες. Έτσι, έχει και κάποιον να μαλώνει, να γκρινιάζει καμιά φορά και να μη χρειάζεται άλλους γι' αυτό, ξένους.

Βρέθηκε η νύφη. Χήρα και κείνη, με χωρίς παιδιά και χωρίς δολλάρια αυτή. Γνωριζόντανε σε χρόνια περασμένα. Σκολειαρούδι με κοτσίδες ήτανε αυτή, όταν εκείνος, παλληκαράκι, αναγκάστηκε να μισέψει για την Αμερική τότε που πρωτάρχισε ο μεγάλος ξερριζωμός της ρωμιοσύνης από τις προαιώνιες ελληνικές ρίζες της.

Την έφερε τώρα εδώ μια πρωτοξαδέρφη της να την παντρέψει να μην είναι έρημη και μοναχή και ξένη και φτωχειά στην Αθήνα, όπου την πέταξε το τελευταίο κύμα του ξερριζωμού από την Επτάλοφο.

Δε μου φαινότανε ταιργιασμένοι. Με καλή κοινωνική και σχολική μόρφωση αυτή, και με κείνη την Πολίτικη φινέτσα, που δεν την χάνουν όσοι και όσες φεύγουν από τ' ακρογιάλια του Βοσπόρου, σε αρκετά μεγάλη ηλικία.

Είχε ένα φόβο πως δε θα τον ήθελε τον Μπρούκλη μας, κι ας ξέρω πως οι καημένες οι γυναίκες δεν μπορούν να είναι πολύ εκλεκτικές ούτε και όταν είναι νέες— αν δεν έχουν προίκα. Μα χήρα αυτή, φτωχιά και άκληρη, και με τα χρονάκια της, και ίσως να δεχότανε να γίνει σύζυγός του, κι ας μη πολυταίριαζαν.

Την ξεμονάχιασα, μετά που γνωρίστηκαν, να μάθω πώς της φάνηκε ο υποψήφιος. Κι εκείνη, ενθουσιασμένη:

— Μακάρι να με θελήσει κι ας είναι διαφορετικός απ' ό,τι τον περίμενα, και τα ελληνικά του—τι πάθανε τα ελληνικά του;

Για κείνον δεν είχα καμιά αμφιβολία πως θα πηδούσε από τη χαρά του για το λαχείο που του ήρθε πέρα από τον ωκεανό, να τον συντροφεύει στα μεγάλα χρόνια του. Την άκουγε με το στόμα ανοιχτό να κουβεντιάζει με τη μελωδική φωνή της. Έβλεπες στα μάτια του πως τη θαύμαζε, πως του 'καμε εξαίρετη εντύπωση.

Θα την ήθελε και θα την παραήθελε! Κι έτσι δε θα έφευγε πίσω για την Ελλάδα (πού να βρισκότανε άλλος γαμπρός εδώ;) και θα είχα κι εγώ ένα πρόσωπο που θα το γνώριζα από κει, που είχε αντικρύσει—έστω και μισόν αιώνα πριν—τα μάτια της μητέρας μου, και είναι κάτι να έχεις κάποιον που να μπορείς να μιλάς μαζί του για τα παλιά, την ανεπανάληπτη εκείνη εποχή, να μη σου φαίνεται πως ήτανε όνειρο, αφού θα έχεις μια μαρτυρία.

Μα είχα λάθος! Δεν την ήθελε ως σύζυγό του τη γυναίκα, που τόσο θαύμαζε κι άκουγε την κουβέντα της με το στόμα ανοιχτό!

— Είσαι στα καλά σου; Εγώ φοβόμουνα πως εκείνη δε θα σε ήθελε και συ πως θα πηδούσες από τη χαρά σου, αν δεχότανε να γίνει σύζυγός σου, είπα και ρώτησα τι της βρήκε λειψό, τι της λείπει, κι αράδιασα τις αρετές της και πρόσθεσα πως είναι και εξαίσια μαγείρισσα—«να τρως ντολμαδάκια και ιμάμ μπαϊλντί και να γλείφεις και τα δάχτυλά σου, που το είχες παράπονο πως η συχωρεμένη, η πρώτη σου, δεν τα κατάφερνε με την ανατολίτικη κουζίνα» και περίμενα να μάθω τι ελαττώματα της βρήκε και δεν την θέλει.

—Μα είναι πολύ έξυπνη, πολύ μορφωμένη και πολύ διαβασμένη!... Τι να την κάμω;... Δεν κάνει για μένα!... Εγώ όλα μου τα χρόνια τα ξόδεψα τρέχοντας λαχανιασμένος πίσω από το δολλάριο, που νόμιζα πως θα μου χάριζε την ευτυχία, και μόνο για την παγίδεψή του έθρεψα το μυαλό μου... Στα άλλα είμαι κούτσουρο δίπλα της... Θα το θεωρούσα μεγάλο ευτύχημα να την είχα σύντροφο της ζωής μου στα δύσκολά μου σημερινά χρόνια, γιατί είναι και συμπαθητικιά γυναίκα, μα θα τη νιώθω σα δασκάλα μου. Πολύ μορφωμένη. Δεν κάνει για μένα, είπε με λύπη.

—Και το θεωρείς ελάττωμα που είναι έξυπνη και μορφωμένη, ρώτησα με απορία και κάποιον θυμό.

—Μα είναι ελάττωμα όταν ο άντρας έχει τη δική του νοοτροπία όλων της γενιάς μου! Θα νιώθω κατώτερός της, και ο σημερινός μου θαυμασμός γι αυτήν ίσως μεταβληθεί αύριο σε αντιπάθεια. Και τότε θα γίνουμε πιο δυστυχισμένοι από σήμερα που μας τυραγνεί η μοναξιά... Καλύτερα μόνος, παρά κακά συντροφευμένος... Ας προσπαθήσει να βρεί κάποιον που να 'ναι ίσος της, ή ανώτερός της, είτε να έχει μικρότερο «εγώ» απ' το δικό μου, είπε και κατάλαβα πως άλλη συζήτηση δε χωρούσε για το ζήτημα.

Τώρα συλλογιέμαι πως ίσως δεν είχε και άδικο. Αιώνες η γυναίκα έπρεπε να κάνει την ανήξερη, ακόμα και την κουτή. Γιατί έτσι την προτιμούσε ο άντρας. Να γέρνει επάνω του και πνευματικά. Κι ενώ όλα αλλάζουν στα χρόνια μας, με το ρυθμό της εποχής του διαστημόπλοιου, οι νοοτροπίες αλλάζουν με το ρυθμό της βοδάμαξας.

«Εθνικός Κήρυξ», Νέα Υόρκη 1970

# Κουβέντα με το Σεβρολέ μας

ΝΙΩΘΩ σήμερα την ανάγκη να κουβεντιάσω μαζί σου, καλέ μου Σεβρολέ. Γιατί σ' αγαπώ. Χωρίς εσένα δε μπορώ να ζήσω, κι ας μην είσαι τέλειος, όπως άλλοι του γένους σου. Εσύ βγήκες έξω στην κοινωνία ελαττωματικός από μιας αρχής. Γιατί μόλις σε πήραμε στη μικρή μας φαμιλιά (και είσαι το πιο πολυέξοδο μέλος της), αν και άστραφτες τότε και γυάλιζες, κάποια πάθηση είχες όμως. Άρχισες αμέσως κάτι παραξενιές, κάτι καμώματα, που δεν τα συνήθιζε ο παλιός μας Σεβρολές. Ίσως κάποια βίδα λειψή, ή περιττή, στα σωθικά σου, και είσαι νευρικός. Ψυχωτικός κάποτε. Κλωτσάς σαν το τρελλό μουλάρι, ή τα στυλώνεις με πείσμα γαϊδάρου, με το συμπάθιο, και, δεν κάνεις βήμα. Κι άλλοτε τσινάς κι αφηνιάζεις και τρέμεις σα σεληνιασμένος, και τρέμω κι εγώ από το φόβο μου κι ο σύζυγός μου σε βλαστημάει, κι ανοίγει τούτο σου, εκείνο σου, να δει μη σου λείπει νερό, λάδι.

Σε πήγαμε σε φημισμένους γιατρούς Σεβρολέδων, μα σε λίγο πάλι, «τα ίδια Παντελή μου, τα ίδια Παντελάκη μου».

Τώρα σε πήρανε πια και τα χρόνια, κακομοίρη, και χειροτέρεψες. Έφαγες και κείνη τη φοβερή κουτριά στο δρόμο από κείνον τον Φόρτη και μοιάζει βαθουλωμένο το πλευρό σου, σαν να σου λείπει κάνα παγίδι. Θυμάσαι; Πήγε τότες η ψυχή μου στην Κούλουρη, γιατί νόμισα πως θα παραδίδαμε το πνεύμα μαζί σου.

Κάτι έπαθε τελευταία και η πόρτα σου προς τη μεριά που κάθομαι η αφεντιά μου, και κάνει ένα αλλόκοτο «γκρουν, γκρουν» και δένομαι σφιχτά με τα λουριά επάνω σου, μην ανοίξει και πεταχτώ έξω και σπάσει σαν καρπούζι το κεφάλι μου. Και σου 'καμε κι άλλες αβαρίες ο άσπλαχνος ο χρόνος, μα ολ' αυτά δε μειώνουν την αγάπη μου για σένα, Σεβρολάκι μου.

Πώς να μη σ' αγαπώ που μου χαρίζεις υπέροχες στιγμές. Να, προχθές, ένιωθα το Σικάγο να με πνίγει. Στενό, μαύρο, βαρύ, και καθότανε πάνω στο στήθος μου, και νόμιζα πως θα 'σπανε πια η καρδιά μου, αλλά κατάφερες να με βγάλεις από κείνη τη φοβερή ψυχοστασιά, κι ας έχεις χάλια, φτωχέ μου Σεβρολέ.

Με πήρες στις φτερούγες σου και με πήγες (κλωτσώντας και αγκομαχώντας, αλήθεια) σιργιάνι μακριά γιαλό-γιαλό. Ως τ' ακροθαλάσσι του Μίτσιγκαν.

Με συγχωρείτε, που λέω τη λίμνη θάλασσα. Είναι γιατί με ξεγελάει με την απεραντοσύνη της και τη νομίζω θάλασσα. Εκείνη τη δική μας, πέρα μακριά την αγαπημένη Προποντίδα, τη νομίζω. Και σα βλέπω πάνω στα νερά της εκείνα τα πλεούμενα, και κανένα καϊκάκι, τότε πια νομίζω πως βρίσκομαι στ' ακρογιάλι της χαμένης πατρίδας μου και φεύγει ο νους μου πια από τις σημερινές σκοτούρες.

Εσύ, Σεβρολέ μου, δεν αντίκρυσες ποτέ εκείνες εκεί τις θάλασσες. Τη γαλανοπράσινη θάλασσα του Μαρμαρά, που ξέρει χίλιες μαργιολιές και μοιάζει σαν να κοιμάται γαλήνια κι ευχάριστα σήμερα, κι αύριο άγρια, με αφρούς από το θυμό της το μεγάλο, ανταριασμένη, τρικυμιασμένη, έτοιμη να κάνει θρύψαλα τα καΐκια και τα καϊκάκια—μα πεντάμορφη και αγριεμένη.

Αλλά εσύ δε βλέπεις, δεν παρατηράς μήτε και της Λίμνης μας τις ομορφιές, κι ας έχεις δυο μεγάλες ματάρες μπροστά και καναδυό μικρά κόκκινα ματάκια πίσω. Εσύ είσαι ρομπότ. Μόνο να τρέχεις ξέρεις. Δε σε συγκινούν οι καλλονές της φύσης. Χυμένο ασήμι προχθές το νερό της Λίμνης, το πρόσεξες; Και από την άλλη μεριά άλλες ομορφιές. Του κάμπου. Του πράσινου του καρπερού, του απέραντου κάμπου με τις χίλιες-μύριες ομορφιές.

Με τα δέντρα και τα δεντρύλλια και τις δεντράρες, με τους γιγάντιους κορμούς, που στέκονται στητές, πανύψηλες, σα μυστηριακές σιωπηλές θεότητες, με τα μπράτσα υψωμένα προς τα ουράνια. Σα σε προσευχή. Σε δέηση για τους ανθρώπους, για τον κόσμο, που κι αυτός δε βγήκε τέλειος από τα χέρια του Πλάστη του (όπως και συ) και όλο κάτι παθαίνει από τον καιρό του Αδαμ και της Εύας, σαν κάποια λειψή, ή περιττή βίδα έχει κι αυτός.

Είναι θέαμα υπέροχο δίπλα στις λίμνες και στα ποτάμια τα μεγάλα, τα τιτάνια δέντρα έξω—μέσα στην πόλη χάνουν πολύ από την ομορφιά και το μεγαλείο τους, στριμωγμένα ανάμεσα στα χτίσματα, στο σίδερο, στο ατσάλι, στο τσιμέντο, στην άσφαλτο.

΄Ομορφα τα δέντρα σε συστάδες σα στρατιώτες, όμορφα πολλά μαζί, σαν σε σύναξη, όμορφα και ξεμοναχιασμένα. Και τι δε λέει ένα δέντρο ολομόναχο σε ένα ύψωμα, σ' ένα βράχο, ή και σε μια κοιλάδα, σα βοσκός, σα φύλακας, σα βιγλάτορας της περιοχής. Αχ, τα δέντρα δεν είναι σαν τους ανθρώπους που χρειάζονται δίπλα τους κι άλλον άνθρωπο, κι ας αλληλοδηλητηριάζονται. Αγέροχα στη μοναξιά τους αυτά. Δεν τα λυγίζει τίποτα—ούτε και ο θάνατος. ΄Ορθια στέκουν και πεθαμένα.

Δε θα σε κουράσω περισσότερο με την κουβέντα μου, αγάπη μου Σεβρολέ, που με παίρνεις στους κόλπους σου και «τσαφ, τσαφ», σκούζεις και αγκομαχάς, αλλά με βγάζεις στην ανοιχτοσιά, γιαλό-γιαλό, στα περιβόλια, στον κάμπο τον πλατύ, με βγάζεις λίγο κι από τις συλλογές, και σ' ευχαριστώ, χρυσέ μου, σκουργιασμένε, τώρα.

«Ελληνικός Τύπος», Σικάγο 1967

# ΄Ενα παράξενο κορίτσι

ΕΙΧΕ πια σταματήσει να χιονίζει. Κάλμαρε και το κρύο, πρώτη φορά κατέβηκε το θερμόμετρο στους 127 βαθμούς από τότε που καταγράφει το ψύχος ο μετεωρολογικός σταθμός.

Σταμάτησε πια να χιονίζει, μα το χιόνι δεν έλυωσε. Σχημάτισε λόφους και λοφίσκους στις άκριες του δρόμου, όπου το σάρωσαν οι άνεμοι. Κι αυτοκίνητα νεκρά— μέρες δεν μπόρεσαν να τα κινήσουν—κι από τις δυο πλευρές του δρόμου. Μοιάζουν γιγάντιες κάτασπρες ακίνητες αρκούδες.

Παγερό το κρύο έξω. Μα το ψυγείο άδειο πια, δεν έμεινε στο σπίτι ούτε αλεύρι για κουρκούτι, και πρέπει να βγω. Δεν είναι μακριά το Σούπερ Μάρκετ—αχ αυτά τα Σούπερ Μάρκετς! Αφάνισαν τα μικρομπακάλικα, τα χασάπικα, τις φρουταρίες, που τηλεφωνούσες και σου 'φερναν στο σπίτι σου ό,τι ζητούσες...

Παγωνιά έξω! Ψυχή δε φαίνεται στο δρόμο. Μα κάτι σαλεύει στη γωνία—παιδί. Αγόρι ή κορίτσι. Είναι κουκουλωμένο για την Αλάσκα. Γκρίζο σνόουσουτ, κόκκινο σκουφί ως το φρύδι, μπότες ως το γόνατο. Παίζει με το χιόνι το θηρίο.

΄Οταν πλησίασα είδα πως ήταν η Κάρυ. Το φόβητρο της γειτονιάς. ΄Εντεκα ως δώδεκα χρονώ, μα ο Θεός να σε φυλάξει αν τα βάλει μαζί σου. Της είπα:

— Τι κάνεις έξω με τέτοιον καιρό; από φόβο μην προσβληθεί αν την προσπερνούσα δίχως να της μιλήσω.

— Εσύ τι κάνεις έξω, όχι εγώ, είπε μ' αυθάδικο τρόπο.

— Εγώ πηγαίνω στο Σούπερ Μάρκετ γιατί δεν έμεινε φαγώσιμο στο σπίτι, απάντησα γλυκά, μη θυμώσει, μην το πάρει για προσβολή αν δεν απαντούσα—μη θυμώσει και με πιάσει στις χιονιές.

Την είδα το καλοκαίρι, τότε που πρωτόρθαν στη γειτονιά, να θυμώνει μ' εν' αγόρι μεγαλύτερό της και τη φοβήθηκα. Το 'ριξε κάτω, στην άσφαλτο, κάθησε απάνω του και το 'καμε παστό στο ξύλο.

— Θα 'ρθω να σε βοηθήσω για τα ψώνια σου, λέει, τώρα με τόνο διαταγής και κάνει ένα βήμα.

Φοβήθηκα.

— Όχι, όχι, Κάρυ! Θα σταματήσω και σε κάποιας φίλης μου. Και θ' ανησυχούν στο σπίτι σου αν δουν να λείπεις, απάντησα βιαστικά τραβώντας το δρόμο μου να ξεφύγω.

— Δε σκοτίζεται στο σπίτι μου κανείς για μένα, ήρθε η φωνή της πίσω μου χωρίς τον αυθάδικό της τόνο τώρα, μ' ένα ήχο πίκρας, και χωρίς πια να επιμένει να 'ρθει μαζί μου. Θα φοβόμουνα μ' αυτό τ' αγρίμι δίπλα μου, και οι δρόμοι έρημοι από ανθρώπους, μόνο χιόνια και δέντρα γυμνά και σαν περίλυπα, και πέρα στη λεωφόρο, με τόση κίνηση πάντα, τώρα αριά και πού κανένα τροχοφόρο.

Φοβερό παιδί η Κάρυ. Έσπασε της χήρας, της Πολωνέζας στο παράθυρο το τζάμι με μια πέτρα, που αν βρισκότανε εκείνη τη στιγμή εκεί, θα 'ταν μακαρίτισσα τώρα. Κάλεσε την αστυνομία:

— Μα αφού είναι μόνο έντεκα ως δώδεκα χρονών τι να κάνει ο δικαστής; Αλλ' αφού έχεις μάρτυρες, μπορεί να επιβάλει στον πατέρα της μικρής να σε πληρώσει για τη ζημιά, είπε ο πολισμάνος.

Το συλλογίστηκε εκείνη και προτίμησε να μην αρχίσει μπελάδες με το γείτονά της, αφού είναι κι ολομόναχη, και περασμένης ηλικίας.

Το 'μαθε η Κάρυ και θύμωσε που κάλεσε την αστυνομία η γριά—όπως τη λέει, κι ας μην είναι η γυναίκα γριά—και για να της δώσει ένα καλό μάθημα έσπασε ένα βράδι άλλα δυο παράθυρά της. Κ' εκείνη κατάλαβε, δεν είπε τίποτα τώρα, και πια δεν την ξαναπείραξε η Κάρυ. Μα η Πολωνέζα έβαλε το σπίτι της για πούλημα να φύγει απ' τη γειτονιά.

Διαδόθηκε πως ο πατέρας της, ένας κατάξανθος γίγαντας, ουγγαρέζικης καταγωγής, δεν είναι ο πραγματικός πατέρας της. Είναι πατριός της. Και πως της μάνας της ο πατέρας είναι ο Γρεκός που είχε εκείνο το μεγάλο ρέστωραν στη Μάντισον στρητ, και πως τώρα πάσχει από αρθριτικά και πήγε και ζει στη Φλώριδα που 'ναι ζεστό το κλίμα.

Στο γυρισμό από το Σούπερ Μάρκετ, φορτωμένη με δυο σακούλες ψώνια και το φόβητρο ακόμα έξω. Και είχε φτιάξει ένα χιονάνθρωπο στη γωνία τρέλλα! Με μάτια, φρύδια, γένια, μύτη και ύφος γελαστό! Τον παράτησε μόλις με είδε κ' έτρεξε κοντά μου, άρπαξε από τα χέρια μου τη μια χαρτοσακούλα με τα ψώνια.

— Να σε βοηθήσω, λέει στεγνά.

Ανακούφιση μα και τρομάρα. Τι να έχει στο μυαλό του το θηρίο; Να την πετάξει στο χιόνι και να σκορπιστούν τα τρόφιμα για να γελάσει; Το είδα τ' αγρίμι το καλοκαίρι να ξερριζώνει απ' το παρτέρι κάποιου σπιτιού τα όμορφα λουλούδια, να τα ρίχνει κάτω και να τα πατάει με μανία... Μα ίσως να θέλει να με βοηθήσει για καναδυό δεκάρες, και να μην έχει κακό στο νου του.

Ετοίμασα μισό δολλάριο να της το δώσω μόλις φτάναμε στην εξώπορτα. Δεν το πήρε. Μα ούτε και παράτησε τη σακούλα σα φτάσαμε, όπως περίμενα.

— Θα την πάω στην κουζίνα σου, είπε κοφτά και τράβηξε για την κουζίνα.

Σε τούτη τη γειτονιά, στις παρυφές της πόλης, μέσα στα σπίτια όλα όμοια χτισμένα πριν από τον πόλεμο, δε διαφέρουν σε τίποτα. Σαν στο σπίτι της, τράβηξε για την κουζίνα. Απίθωσε τη σακούλα στο τραπέζι, αλλά και τώρα δεν έφυγε. 'Αρχισε να βγάζει τα ψώνια και σα διαταγή:

— Να, εσύ βάλτα στο ψυγείο σου.

Κι άρχισα να φοβάμαι περισσότερο. Τι να έχει στο μυαλό του;...

— Πάρε ένα μήλο, ένα πορτοκάλι, και πήγαινε, Κάρυ. Θ' ανησυχούν στο σπίτι σου, είπα μαλακά και φοβισμένα.

Πώς θα το διώξω τούτο το απίθανο πλάσμα;...

Δεν πήρε ούτε μήλο, ούτε πορτοκάλι, στρογγυλοκάθησε στην καρέκλα με τα πόδια του να κρέμονται, και ήσυχα και θλιμμένα:

— Μη στενοχωριέσαι. Δεν ανησυχεί κανείς για μένα... Δε μ' αγαπάει κανένας εμένα, είμαι αγρίμι, και κάρφωσε τα ολόμαυρα μεγάλα μάτια του στο πόδι του τραπεζιού, στεγνά, μα θαρρείς πως έκλαιγαν.

'Εσφιξε η ψυχή μου:

— Πώς το λες αυτό, Κάρυ; Και η μάνα σου, και ο πατέρας σου και τ' αδερφάκια σου, σε αγαπούν, θα σ' αγαπούν, δε γίνεται! Σε αγαπούν...

Πήρε ένα λεπτό για ν' απαντήσει:

— Δεν είν' αδέρφια μου... είναι παιδιά της μάνας μου από το δεύτερό της άντρα, τον Ουγγαρέζο. Που δεν είναι ο πατέρας μου... και ο πραγματικός πατέρας μου έχει κι αυτός παιδιά με τη δεύτερη γυναίκα του, τη Μεξικάνα, μα ούτε κι αυτά είναι αδέρφια μου, κι ας έχουμε το ίδιο όνομα, το ίδιο επώνυμο... Εγώ είμαι ξένη και στης μάνας μου το σπίτι και στου πατέρα μου, που είναι εχθροί μεταξύ τους, είπε πικρά, με το ολόμαυρο ματάκι της καρφωμένο στο πόδι του τραπεζιού, εκεί στο πάτωμα.

'Εχασα τα λόγια μου, τι να έλεγα;

— Εχθρεύονται και μένα, όσο ζω, τους δένω... Σα να ζήτησα να με γεννήσουν... Τους θυμίζω, βλέπεις, το λάθος τους με την παρουσία μου και τις υποχρεώσεις τους σε μένα.

Και τώρα πια δεν ήτανε το φοβερό αγρίμι, ήταν ένα πολύ ευαίσθητο δυστυχισμένο παιδί που μιλούσε σα γεροντάκι.

— Με συγχωρείς, Κάρυ... δεν ήξερα... δεν ξέρω... μα θαρρώ πως κάνεις λάθος. Θα σ' αγαπούν, δεν μπορεί, σε αγαπούν! Είσαι πολύ έξυπνο και πολύ ευαίσθητο κορίτσι... σε αγαπούν... Στο Σικάγο είναι κι ο πατέρας σου—ο πραγματικός πατέρας σου;...

Απάντησε αμέσως:

— Εδώ είναι ο προκομμένος... Μεξικάνος. Μεξικάνα και η σημερινή γυναίκα του. Μεξικανάκια και τα παιδιά του. Κι όποτε θυμώσει η μάνα μου μαζί του, γιατί δεν έστειλε ο προκομμένος τα χρήματα για τη διατροφή μου που όρισε το δικαστήριο, ή όποτε κάνω κάτι που θα το θεωρήσει ζαβολιά, κακό, με βρίζει «παλιομεξικάνοι, ινδιάνικη σπορά»... Μεξικάνικο και τ' όνομά μου: Κονζάλες. Και το βαφτιστικό μου—Κορασόν ή Κοραζόν με βάφτισαν, απαίτηση του προκομμένου του πατέρα μου, του Μεξικάνου. Γιατί Κορασόν ή Κοραζόν λεν τη μάνα του στο Μεξικό, ινδιάνικης φυλής από τη μάνα της. Δεν είναι Κάρυ το πραγματικό μου όνομα... Το σιχαίνομαι αυτό τό Κορασόν, είπε μονορρούφι δίχως να ξεκαρφώσει τη ματιά του από το πόδι του τραπεζιού.

Κ' εγώ καρφωμένο το βλέμμα μου στα ολόμαυρα δικά του μάτια σαν—υγρές μπουρνέλες τα μάτια του:

—Πώς το λες αυτό, Κάρυ; Κορασόν είναι πολύ όμορφο όνομα και θα πει καρδιά στα ισπανικά. Τα μιλάς; Πολύ όμορφη γλώσσα, τραγουδιστή...

—Ούτε να τ' ακούσω, είπε κοφτά και σηκώθηκε να φύγει. Πηγαίνω, σε κούρασα... με συγχωρείς... και σ' ευχαριστώ για όλα, είπε ευγενικά.

Απόρησα. Δεν ήταν πια το φόβητρο, ήταν ένα πολύ ευαίσθητο παιδί.

— Εγώ πρέπει να σ' ευχαριστήσω, Κάρυ-Κορασόν— μ' αρέσει καλύτερα το Κορασόν, έχει μουσικότητα—θα σου 'λεγα να μείνεις ακόμα, μα θ' ανησυχούν στο σπίτι σου.

Δεν άφισε να τελειώσω:

—Σου είπα πως δεν ανησυχεί κανείς για μένα, λέει και κάνει βήμα να φύγει.

— Άκουσα, Κάρυ-Κορασόν, πως έχεις ένα παππού Γρεκό...

—Ναί. Ο πατέρας της μάνας μου... Είχε ένα μεγάλο ρέστωραντ... Είναι στη Φλώριδα τώρα με τη δεύτερη γυναίκα του... Ιρλανδέζα, μπεκρού, λέει η μάνα μου... Η δική της μάνα πέθανε όταν ήταν μικρή η μάνα μου... Σκύλος με τη γάτα με τον πατέρα της. Ήθελε να την παντρέψει με παλληκάρι από τον τόπο του... Τον έφερε τον υποψήφιο εδώ με δικά του έξοδα, μα η μάνα μου αγαπούσε τον προκομμένο τον πατέρα μου, το Μεξικάνο, άκουσα πολλές φορές την ιστορία που τη λέει στις φιλενάδες της... Σκύλος με τη γάτα με τον πατέρα της, σου είπα, αιτία οι παντριές της, και συγγνώμη, σε κούρασα, κ' έφυγε.

—Να ξανάρθεις, Κορασόν, φώναξα όπως χώθηκε στο χιόνι που άστραφτε με το Γεναριάτικο φεγγάρι— βράδιασε, μούχρωμα, μικρές οι μέρες.

«Νέα Εστία», Αθήνα

# Υπερασπιστής του Χάρου

ΓΙΟΡΤΑΖΕ. Κάτω απ' την κληματαριά του κήπου του πελώρια, φορτωμένη τσαμπιά. Από κληματσίδα που έφερε σ' ένα ταξίδι του απ' το χωριό του. Κάτω από την κληματαριά τραπέζι. Γύρω οι φίλοι. Πιο πέρα κάθε λογής λουλούδια με χοντρούς θαλλούς. 'Ολα προκόβουνε σε τούτη την παχιά αφράτη γη με τα πολλά νερά. Πάνω στο τραπέζι κάθε αγαθό τούτης της γης και της άλλης, πέρα απ' τον ωκεανό. Ρετσίνα, μαυροδάφνη, ελιές της Καλαμάτας κ.τ.λ. και οι φίλοι γύρω, κάποιας ηλικίας, απροσδιόριστης.

Υψώνει ένας το ποτήρι «να τα κατοστήσεις», εύχεται. Κι άλλος, με κάτι σαν λαχτάρα στη φωνή, «αχ, να ζούσε ο άνθρωπος διακόσια χρόνια» και τρίτος, «αχ, να πέθαινε ο Χάρος» και τέταρτος, χωρίς ποτήρι στο χέρι, που δε μίλαγε ως τώρα, βγάζει φωνή: Θεός φυλάξοι τ' ανθρώπινο γένος από τέτοια φοβερή κατάρα, να «πεθάνει ο Χάρος» σαν να υπήρχε ποτέ κανένας τέτοιος φόβος—να πεθάνει ο Χάρος.

Τον βλέπουν όλοι παράξενα, ίσως και γιατί δεν είχε πιει ως τώρα ούτε ένα ολόκληρο ποτήρι. Και, άκου κει να σου λέει: Θεός φυλάξοι τ' ανθρώπινο γένος, μη μείνει στη ζωή χωρίς το Χάρο...

Τον κυττούν και οι κυρίες. Πότε μέθυσε;...

Και ήσυχα, κυττώντας όλους γύρω εκείνος:

—Κανένα κακό δε βρήκε τόσο μεγάλο ως τώρα, όχι να πεθάνει, αλλά και μόνο να βγει σε απεργία ο θάνατος για μια βδομάδα. Είναι εχθρός τ' ανθρώπου μα μέγας ευεργέτης της ζωής, κι αλίμονο αν λείψει, ή και μόνο περιορίσει τη δραστηριότητά του περισσότερο απ' όσο την περιόρισε τούτα τα χρόνια. Η γης θα μετα-

6ληθεί σ' ένα απέραντο γηροκομείο, άθλιο και θλιβερό. Θα γεμίσει γέρικα κορμιά και πρόσωπα, σάρκες νερουλιασμένες, που θα σκεπάσουν με την πολλαπλότητά τους τα δροσερά, τα τρυφερά προσωπάκια των παιδιών, που τόση χαρά είναι στο μάτι του μεγάλου. Θα σκεπαστεί, θα λείψει, και η λίγη αθωότητα που έμεινε στον κόσμο, και τη βρίσκουμε μόνο στα παιδιά, την λίγη αφέλεια που έμεινε στη γη, και θα μεταβληθεί σε κόλαση η ζωή...

Σώπαιναν όλοι και τον έβλεπαν περίεργα—τι έπαθε; Μόνο μισό ποτήρι ως τώρα. Πώς εξήγησε κείνος τις ματιές τους, ποιος ξέρει. Εξακολούθησε με την ησυχία του:

—Θα λιγοστέψει τότε περισσότερο και η αγάπη που υπάρχει σήμερα στις καρδιές των ανθρώπων—στο μυαλό ίσως πρέπει να πω, τώρα που η επιστήμη αλλάζει και τις καρδιές—αν σταματήσουν να πεθαίνουν οι άνθρωποι. Δε θα συχωρούμε πια ποτέ το συνάνθρωπό μας, δε θα παραβλέπουμε, δε θα τρέμουμε για τη ζωή του συντρόφου μας, του παιδιού—θα πεθάνει και η αγάπη—Θεός φυλάξοι! Και θα βαριόμαστε να βλέπουμε επί χρόνια και χρόνια τους δικούς μας γύρω μας και κείνοι εμάς—αχ, ας μην είναι γραφτό μας να δούμε τέτοιο στη ζωή. Να νικήσει ο άνθρωπος το θάνατο που ανανεώνει ολοένα τη ζωή. Ή να περιορίσει περισσότερο το έργο του... Μόνο να το κάνει να μην είναι στραβός, ν' αρπάζει και άγουρη ζωή, παιδάκια απ' τα χέρια του γονιού, και γονιούς π' αφίνουν μικρά παιδάκια ορφανά...

Κύτταξε γύρω όλους που σώπαιναν και τον κυττούσαν με απορία, που είχε όρεξη να παρλάρει αυτός, ο ολιγομίλητος συνήθως.

—Τι είναι αυτό που μας κάνει να συμπονούμε τον όμοιό μας, να παραβλέπουμε συχνά, να συγχωρούμε, να είμαστε συχνά τρυφεροί: ο θάνατος! Η σκέψη πως ίσως τον χάσουμε το συγγενή, το φίλο που μας πείραξε. Η σκέψη πως μάταιη και σύντομη είναι η ζωή τ' ανθρώπου. Γεννιόμαστε δίχως να το ζητήσουμε, πεθαίνουμε δίχως να το θέλουμε, και μας παραμονεύει κάθε στιγμή ο θάνατος. Κι αρπάζει τον εχθρό μας—αν μπορεί ο λογικός άνθρωπος να νιώθει έχθρα περισσότερο από μια στιγμή, θυμό—κι αμέσως λησμονούμε τις κακίες και τις ανομίες που είχε (ή νομίζουμε πως είχε) και λυπόμαστε αν έφυγε πρόωρα απ' τη ζωή—αν και αυτό το «πρόωρα» δεν ξέρουμε πια πού να το τοποθετήσουμε. Στα τριάντα, τα σαράντα, ή τα εξήντα ως εβδομήντα, τώρα που πρόσθεσε η επιστήμη χρόνια στην ανθρώπινη ζωή...

Κι εξακολούθησε:

—Τι είν' αυτό που κάνει τόσες κόρες να σκοτώνονται να περιποιηθούν, να ντατεύουν σαν μικρό παιδί το γονιό, τη μητέρα τους—και το ντάντεμα του γέρου είναι δύσκολο έργο, δοκιμασία ψυχική και σωματική, πόνος και θλίψη. Όχι χαρά και ευχαρίστηση όπως το ντάντεμα του μικρού παιδιού. Είναι η ιδέα του θανάτου, του Χάρου που παραμονεύει σήμερα-αύριο να πάρει τον άνθρωπό μας, και δεν θα τον ξαναδούμε πια, δε θα μας επιβαρύνει άλλο. Αυτό είναι που δίνει δύναμη, υπομονή, τρυφερότητα, και υπομένουμε τη δοκιμασία μας... Αν δεν υπήρχε Χάρος;...

»Αν μόνο ξέρουμε πως σίγουρα θα 'μαστε στο φλοιό της γης, έστω κι ακόμα δέκα ως δώδεκα χρόνια, πάει περίπατο η τρυφερότητα, η αγάπη που χωρίς αυτή ούτε ένα αγγούρι δε θ' άξιζε η ζωή.

»Πολύ αγαπούσα τη μακαρίτισσα τη γιαγιά μου, γιατί πολύ μ' αγαπούσε και κείνη. Γιατί πέθανε πρώτα η μητέρα μου—να μια περίπτωση που ο Χάρος χρειάζεται φτύσιμο, γροθιές και κλωτσιές—και με μεγάλωσε εκείνη. Στάθηκε μάνα μου, μα και τηλεόραση και ραδιόφωνο με τα παραμύθια της, αχ εκείνα τα παραμύθια της... Πολύ την αγαπούσα, μ' αν ζούσε ακόμα σήμερα—Θεός φυλάξοι!—συμφορά μου... Και να μην είχε γίνει χούφταλο, βαθιές σκαψιές του χρόνου στο πρόσωπο, χιόνι στα μαλλιά, ζαρωμένα τα κόκκαλα, αβάσταχτο να βλέπεις εξήντα ως εβδομήντα χρόνια και το αγγελικά πλασμένο πρόσωπο, ολοένα το ίδιο—σοφά εποίησε ο Πλάστης τη ζωή και το θάνατο, κι ας τα 'καμε σε τόσα άλλα μουσκίδι, σαν μεθυσμένος.

»Κι αλίμονο στην ανθρωπότητα αν η Επιστήμη κατορθώσει να δώσει κι άλλα δέκα ως είκοσι χρόνια μάκρος στη ζωή τ' ανθρώπου! Όλεθρος. Άλλωστε, και τώρα πολλά από τα άσχημα της ζωής, ρίζα έχουν που ζούμε περισσότερα χρόνια, και γίναμε πολλοί, πιο περισσότεροι πάνω στη γη, και σε λίγα χρόνια δε θα μπορεί και να μας θρέψει και να μας ποτίζει! Φοβερό τέρας ο υπερπληθυσμός και μεγάλη η απειλή του! Και κότες να βάλεις πολλές σε κάποιο χώρο θα αλληλοτσιμπιούνται θανάσιμα για τους κόκκους το κριθάρι που θα ρίξεις μπροστά τους—μεγάλη η απειλή του υπερπληθυσμού, σας λέω, και πολυεδρική», λέει ο καλός κύριος, υπερασπιστής του Χάρου, και είχε φαίνεται κι άλλα πολλά να πει, μα τόλμησε να τον σταματήσει κάποιος.

— Εδώ ήρθαμε να φάμε και να πιούμε και να ευχηθούμε στο νοικοκύρη του σπιτιού και της κληματαριάς του τα χρόνια πολλά, όχι ν' ακούσουμε τις ιερεμιάδες σου, του είπε.

Και σταμάτησε αυτός.

Και σταματώ κι εγώ.

«Εθνικός Κήρυξ», Νέα Υόρκη 1985

# Βιογραφικό μου σημείωμα

ΚΑΘΕ τόσο κάποιος ή κάποια θέλει μ' επιμονή βιογραφικά μου στοιχεία. Και για να σταματήσουν να μπαίνουν στον κόπο και το έξοδο (τηλεφωνικά, ή ταχυδρομικά, που πέταξαν σε νέα ύψη) θα με συγχωρέσουν οι αναγνώστες και οι αναγνώστριες που δεν ενδιαφέρονται για το βίο μου, που θα καταπιαστώ σήμερα μ' αυτό το θέμα.

Γεννήθηκα νύχτα κι έτσι δεν είδα στο καλαντάρι ημερομηνία—αν υπήρχε στο σπίτι που γεννήθηκα καλαντάρι, ημερολόγιο δηλαδή. Εκείνη την εποχή οι άνθρωποι γεννιόντανε στο σπίτι. Αλλιώς πώς θα 'γραφε ο Παλαμάς εκείνο το αριστουργηματικό «Στο σπίτι που γεννήθηκα». Και στο σπίτι πέθαιναν τότε—άλλοι καιροί!

Έλεγαν πως γεννήθηκα μεγάλη σαν κολιός—ψάρι που γίνεται παστό, βραστό, τηγανητό, στη σκάρα και πλακί. Τα μωρουδιακά μου, που τα 'ραψε με το χέρι της η μάνα μου (δεν είχε το χωριό Μαίησυ, Σήαρς, Μάρσαλφιλντ κ.τ.λ.) τα δίπλωναν στα τέσσερα και πάλι μεγάλα ήτανε. Με βάφτισαν αμέσως, μην πάω αβάφτιστη, και πήγαινε τότε στην κόλαση η ψυχή μου. Μα δε με θέλησε ούτε η κόλαση, ούτε κι ο παράδεισος, και με τη βοήθεια της Παναγίας (της άναβε λαμπάδες κάθε τόσο η μάνα μου να με προσέχει) όταν έγινα 5-6 χρονών (μαυριδερή, γάμπες σπαγκέτι, μαλλιά αχτένιστα), σκαρφάλωνα στα δέντρα του περιβολιού μας και τραγουδούσα στη διαπασών, «Αθήνα και Περαία μου και ελληνική σημαία μου» κι άλλα τέτοια εκείνου του καιρού, που περιμέναμε ο Πατέρας της φυλής θα ύψωνε τη σημαία μας στα Μικρασιατικά ακρογιάλια. Αλλά μια μέρα πήρε τ' αφτί μου τη μητέρα μου να λέει σιγαλόφωνα στον πατέρα μου, «το κοριτσάκι μας, το καημένο, έχει λειψό μυαλό», και πόνεσα πολύ, έκλαψα κρυφά—ήμουν λίγο ευαίσθητη μικρή.

Εκείνο το καλοκαίρι (αχ, το στερνό) πήγαμε στο νησί να δούμε τον παππού και τη γιαγιά, και μεγάλη η λαχτάρα μου να με νομίσουν έξυπνο κορίτσι. Το προηγούμενο καλοκαίρι όταν πήγαμε, ο παππούς με πήρε με τη βάρκα του κι έρριξε στη θάλασσα κάτι που το 'λεγε, θαρρώ, απόχη κι έβγαλε κάτι παράξενα πράγματα, που τα έλεγε στρείδια, αχινούς, κι άνοιξε με το σουγιά του ένα να το φάω, και φοβήθηκα μην πεθάνω, μα είπε: «Βρε κουτό, αυτό είναι στρείδι, ο βασιλιάς, σε γεύση, στα θαλασσινά», και το έφαγε ο ίδιος με όρεξη, και ύστερα γλυκάθηκα με τα στρείδια και τους αχινούς. Τώρα, που ξαναπήγαμε, ήθελα να δει πως πια δεν ήμουνα κουτό πλάσμα, κι αφού άκουσα όλοι να λένε, «καλώς ωρίσατε», άρχισα κι εγώ να λέω, «καλώς ωρίσατε, καλώς ωρίσατε» κι ακούω μια μαυροφόρα να λέει σε κάποια κάπως μυστικά, «ακούς να λέει σε μας καλώς ωρίσατε—κουτό, λειψό, είναι! Κρίμα στη μάνα που το γέννησε, που λογιζότανε πιο έξυπνη κι από τους άντρες στα πέντε χωριά του νησιού μας». Και η άλλη, συμβουλευτικά, σε μένα, «δε λένε καλώς ωρίσατε αυτοί που έρχονται, λένε καλώς σας βρήκαμε». Κι ας άνοιγε η γη να με καταπιεί, παρηγοριά που δεν το πήρε τ' αυτί της μάνας μου το ρεζιλίκι. Μα πήρε γεύση την άλλη μέρα:

Μας προσκάλεσαν σε κάποιο νησί, και με συμβούλεψε, όταν θα φέρνανε τα τραταρίσματα, να μην πάρω τίποτα πριν μου πούνε τρεις φορές «πάρε». Ήρθε ο δίσκος που άστραφτε, βλέπω κείνα τα θεία επάνω, με πιάνει τρομάρα μη δε μου πει η γυναίκα τρεις φορές «πάρε» και με την πρώτη βγάζω σπαραχτική φωνή, «η μαμά μου μου είπε να μην πάρω πριν μου πειτε τρεις φορές "πάρε"» και η καημένη η μητέρα μου πιο κει, μόνο που δε λιγοθύμησε! Όταν επιστρέψαμε στο χωριό του πατέρα μου, άλλα καλωσορίσματα. Κάποια, που την έλεγαν ξένη και φτωχιά (δεν είχε δικά της αμπελοχώραφα) ευχαριστούσε θερμά τη μητέρα μου για το πιθάρι με το πετιμέζι που της έδωσε. Και πετιέμαι εγώ: «Σας το δώσαμε, γιατί έχει πέσει μέσα ποντικός—τρώγαμε όταν δεν το ξέραμε, μα ύστερα, όταν τον βρήκαμε νεκρό, είπε η μαμά μου στον πατέρα μου: Δεν είναι βλαμμένο αφού τρώγαμε πριν βρούμε τον ποντικό, μα τώρα που το ξέρουμε το σιχαινόμαστε, και το δώσαμε σε σένα» και λυγίσανε τα γόνατα της καημένης της μητέρας. Και το βράδυ την άκουσα να λέει πάλι στον πατέρα μου, «είναι λειψόμυαλο το καημένο το κοριτσάκι μας», και χόλιασα πολύ. Με σιγανή φωνή το είπε, μα το άκουσα, κι ας μην άκουγα τις φωνές της. Για να 'ναι τέλεια η αυτοβιογραφία μου θα πω και τούτο, που μου φαίνεται το έχω κάποτε αναφέρει αυτό:

Ο παππούς μου, πολύ πριν γίνει παππούς μου, είχε μια πολύ όμορφη και «των γραμμάτων», όπως έλεγαν, αδερφή, που στα δεκαοχτώ της αποφάσισε να γίνει «νύμφη του Χριστού» και μπήκε στο μοναστήρι. Μα ήθελε και να μάθει και βυζαντινή μουσική να λατρεύει, έτσι, καλύτερα τον Ιησού Χριστό. Και κάποιο παλληκάρι που σπούδαζε γιατρός ήρθε στο νησί να δει τα γονικά μου, κι ανάλαβε να τη διδάξει. Και της βγάλανε και τραγούδι, «πα, βου, γα δι, βου γα δι έκαμ' η καλογριά παιδί», και ντροπιασμένοι έφυγαν για τη Μικρασία, και ούτε ξαναπάτησαν πόδι σε κανένα από τα πέντε χωριά του νησιού. Κι έκαμαν εκεί άλλα δύο παιδιά (το πρώτο για να μη το λεν... ξέρετε τι, αφού μπήκε στη γαστέρα της μάνας του πριν βάλει στεφάνι στο κεφάλι της), στα δεκαπέντε του έφυγε για τη Φραγκιά, όπου χρόνια ύστερα έγινε σπουδαίος επιστήμονας, γράφουν οι εφημερίδες.

Λοιπόν, ήρθε να μας καλωσορίσει και η καλογριά—ξανάβαλε το ράσο, όταν πέθανε ο άντρας της, να μάθει, υποθέτω, και νέα απ' το νησί. Μαύρο το ράσο, αποτραβήχτηκα όταν ήρθε κοντά μου. «Δε με γνωρίζεις; Είμαι η γιαγιά της Ελένης που παίζετε μαζί». «Σε γνωρίζω, πα, βου, γα δι, πα βου γα δι, έκαμ' η καλογριά παιδί», λέω τραγουδιστά και υπερήφανα για το ξύπνιο μυαλό μου, και η μητέρα μου έκλεισε τα μάτια της, και η καλογριά, γλυκά, παρηγορητικά: «Μη στενοχωριέσαι κόρη μου», της είπε ήσυχα.

Αρκούν αυτά τα βιογραφικά μου θαρρώ.

Κι αφού όταν θα δουν το φως της τυπογραφικής μελάνης τούτες οι γραμμές, θα 'ναι η Γιορτή της Μητέρας εύχομαι σε όλες, και στον εαυτό μου, χαρές απ' τα βλαστάρια τους.

«Εθνικός Κήρυξ», Νέα Υόρκη 1988

# Μνήμες και συλλογισμοί Ι

ΠΑΣΧΑ—και μόνη της η λέξη αρκεί για να την πλημμυρίσει την ψυχή με αγαλλίαση. Και νόστο...

Το νόστο για τα αλλοτινά μας χρόνια. Εκείνα της τρυφερής μας ηλικίας, που πρωτόρθε στην αντίληψή μας η μεγαλύτερη και η λαμπρότερη γιορτή της χριστιανοσύνης.

Κι όλοι που πρωτογνωρίσαμε Πάσχα σε κείνα τα χωριά της Ανατολής, που δεν υπάρχουν πια για μας, μετά από κείνο το '22, παίρνει ο νους μας αυτές τις μέρες εκεί ταξίδι νοερό. Κι ο νους έχει τη δύναμη να κρατάει ζωηρές, ατόφιες, σαν χθεσινές τέτοιες μνήμες όσα χρόνια κι αν περάσουν και παίρνει το ταξίδι του και περιπλανιέται εκεί, στα γνωστά κι αγαπημένα κι αξέχαστα.

Γέμιζε ο κόσμος χαρά, κατάνυξη, ξεφάντωμα με τη μεγαλύτερη γιορτή της χριστιανοσύνης, που έρχεται και στην πιο λαμπρή εποχή του χρόνου. Ούτε κρύο, ούτε ζέστη. Η φύση αναστημένη. Και ξεπετιούνται από τα σπλάχνα της τούτη την εποχή ζουμπούλια, κροκοί, κρινάκια, και κάθε λογής βλάστηση, κι ανθισμένες οι πασχαλιές, μπουμπουκιασμένα τα κάθε λογής δέντρα να προσθέσουν στη χαρά τ' ανθρώπου και στην ευτυχία του.

Γέμιζε ο τόπος χαρά και ξεφάντωμα. Και κατάνυξη, κι ευλάβεια. Και φαγοπότι, μετά από 40 μέρες νηστεία και προσευχή.

Απέραντη η χαρά στις παιδικές ψυχές και με κείνη τη λαμπάδα, που ήταν δώρο του νουνού, του θείου, σε χρόνια και χώρες που το παιδί σπάνια έβλεπε δώρο, και δεν ήταν μπουχτισμένο απ' όλα, όπως πολλά σήμερα.

Κι ο ήλιος στις μεγάλες δόξες του και γλύκες του. Χάδι θερμό και ζωογόνο οι αχτίδες του για την αναστημένη πλάση, που είχε νεκρωθεί από τα κρύα του χειμώνα, με το χιόνι και την παγωνιά.

Φέρνει το λαμπρότερο μήνυμα αυτή η μεγάλη γιορτή της χριστιανοσύνης: Αγάπη, ειρήνη, αδελφοσύνη—ο φλογερός πόθος της ανθρωπότητας από καταβολής κόσμου, κι έλειψαν κι απ' τους πρωτόπλαστους! Αφού η Γραφή λέει πως σκότωσε ο Κάιν τον αδελφό του...

Αγάπα τον πλησίον σου, το μεγάλο δίδαγμα του χριστιανισμού, και περιέχουν ξεχωριστό μεγαλείο αυτές οι λίγες λέξεις, γιατί δεν προσδιορίζουν να τον αγαπάς μόνο αν είναι χριστιανός.

Κι άθελα συλλογιέται κανείς «πόσοι άραγε να είναι οι πραγματικοί χριστιανοί, κι όχι μόνο κατά τύπους, πόσοι;».

Και παράξενος ο νους τ' ανθρώπου! Μπορείς να μη θυμάσαι τι έφαγες το πρωί, μα να κρατάει στα συρτάρια του σαν χθεσινό κάτι που είδες, που άκουσες, χρόνια και χρόνια πριν!

Το τελευταίο Πάσχα στο χωριό μου. Μισή ντουζίνα τα χρόνια μου τότε λογαριάζω. Οι κάτοικοί του όλοι χριστιανοί ορθόδοξοι—μωρικοί, όπως λεγόντανε. Σήμερα, μετά εκείνο το μαύρο σίφουνα του '22, έρημο, μόνο ερείπια. Δεν κατοικήθηκε από Τούρκους, άκουσα. Την πλούσια γη του γύρω την εκμεταλλεύονται τα πλησιέστερα τουρκοχώρια, που μεγάλωσαν με την ανταλλαγή των πληθυσμών. Ερείπια τα σπίτια του, η εκκλησία του, τα ξωκλήσια του. Διακόσια όλα-όλα τα σπίτια του διάβασα πριν λίγο καιρό στην ιστορία του από τις εκδόσεις του Κέντρου Μικρασιατικών Σπουδών της Αθήνας. Που ιδρυτές του είναι η Μέλπω και ο Οκτάβιος Μερλιέ—και πολλά χρωστάει σ' αυτούς η ελληνική πατρίδα! Γάλλος εκείνος, Μικρασιάτισσα η Μέλπω.

Πήγαμε για το Πάσχα. Στης νύχτας τη σιγαλιά (απόλυτη σιγαλιά!) ξωτική μουσική η καμπάνα της εκκλησίας για την Ανάσταση. Καινούργιο το φουστανάκι μου, γαλάζιο μ' άσπρο κέντημα (πώς τα θυμάμαι—

και να μη θυμάμαι τι έφαγα το πρωί σήμερα!), καλαθάκι στο χέρι με κουλουράκια και κόκκινο αυγό, να «παρατσακανίσουμε» μετά το «Δεύτε λάβετε φώς», που θ' ανάβαμε και τις λαμπάδες μας—με γαλάζιο φιόγκο η δική του. Δασκάλα η μητέρα μου, μανία με το χρώμα της ελληνικής σημαίας.

Θα έτρωγα εκεί το κόκκινο αυγό και το κουλουράκι, μετά από 40 μέρες νηστείας, ύστερα από το «Δεύτε λάβετε φώς», με την όμορφη λαμπάδα μου αναμμένη—αναμμένες κι όλες οι λαμπάδες, που κρατούσανε στα χέρια τους όλοι, μικροί και μεγάλοι!...

Την άλλη μέρα (μετά το φαγοπότι με την πασχαλιάτικη σούπα, και τις άλλες λιχουδιές) πάλι η καμπάνα (και ακουγότανε τόσο ξωτικά, στην ησυχία του χωριού!). Για τη δεύτερη Ανάσταση, όπως έλεγαν τη γιορτή της Αγάπης. Χαρά και αγαλλίαση!

Μα στον αυλόγυρο της εκκλησίας, κρεμασμένο σ' ένα δέντρο κάτι τρομερό! Πιάστηκα απ' το φουστάνι της μάνας μου φοβισμένη. Μου εξήγησε πως ήταν ο Ιούδας, που πρόδωσε το Χριστό, και θα τον τουφέκιζαν τα παλληκάρια μετά την εκκλησία, που θα 'διναν όλοι μεταξύ τους το φιλί της Αγάπης!

Ικανοποιήθηκα—καλά να του κάνουν του προδότη του Χριστού μας! Βέβαια, στην Πόλη, την Κωνσταντινούπολη, δε γινότανε κάτι τέτοιο!

Έμεινε ατόφια κι αξέχαστη αυτή η εμπειρία στο άγραφο ακόμα τεφτέρι της σκέψης μου—κι έμαθα πως τέτοια συνήθεια υπήρχε και σ' άλλα χωριά. Μα γρήγορα ανακάλυψα τους θησαυρούς του βιβλίου. Κι αφού τότες ακόμα τα παιδιά δεν ξάπλωναν μπρος στο κασόνι που δίνει μασημένη πνευματική τροφή, τηλεόραση, ραδιόφωνο, μεγάλος δάσκαλος το βιβλίο!...

Δεν άργησα να μάθω πως οι Εβραίοι τιμωρούσανε με το λιθοβόλισμα. Οι μακρινοί προπάτορές μας με το κώνειο, που το πότισαν και στο σοφό Σωκράτη. Μόνο οι Ρωμαίοι τιμωρούσανε με τη σταύρωση—και σταύρωναν εκείνη την εποχή κάθε μέρα οι Ρωμαίοι δίκαιους και αμαρτωλούς. Προτεκτοράτο τους η Ιουδαία. Ειρήνη κι αγάπη δίδασκε ο Χριστός! Εχθρός της Ρώμης—αφού μάλιστα ήταν αγαπητό το κήρυγμά Του και με Ωσαννά, τιμές και δόξες τον δέχθηκε ο λαός της Ιουδαίας (των Βαΐων) και βρέθηκε ο προδότης, από τους μαθητές Του μάλιστα (Εβραίοι βέβαια όλοι οι μαθητές Του). Μα Ρωμαίοι στρατιώτες Τον φύλαγαν πάνω στο σταυρό μη Τον πάρουν οι οπαδοί Του, και Τον λόγχιζαν... Εβραίοι τον κατέβασαν την τρίτη ημέρα από το σταυρό. Εβραίες (Μάρθα, Μαγδαληνή κ.ά.) έπλυναν και μύρωσαν τα πόδια Του και Τον μοιρολογούσαν. Και... θέλημα Θεού βέβαια Εβραίος να τον προδώσει!... Για ν' αναστηθεί την τρίτη μέρα και να διαδοθεί το θείο κήρυγμά Του στην οικουμένη γι' αγάπη και ειρήνη μέσα στους λαούς, μέσα στους ανθρώπους!

Κι απορώ ως σήμερα γιατί στο αγαπημένο, νεκρό σήμερα, χωριουδάκι μου, τουφέκιζαν ομοίωμα του Ιούδα, και μάλιστα τη Μέρα της Αγάπης!

«Εθνικός Κήρυξ», Νέα Υόρκη 1989

# Μνήμες και συλλογισμοί ΙΙ

ΜΑΓΕΙΑ τούτη η εποχή!...

Κάθε βιτρίνα θαύμα. Εικόνα βγαλμένη από παραμύθι! Μύρια φώτα και φωσάκια, και σ' όλα τα χρώματα—κόκκινα, πράσινα, κίτρινα, γαλάζια. Και παίζουν κι' αστράφτουν φαντασμαγορικά στα παραθύρια και πάνω στα καταστόλιστα Χριστουγεννιάτικα κλαριά.

Και ήχοι μαγικοί, και κουδούνια και κουδουνάκια, και κουδούνες της Ινδίας, και τζίγκο μπελς, και ψαλμοί και κάλαντα.

Και τα καταστήματα φορτωμένα δώρα. Για μικρούς και μεγάλους, πλούσιους και φτωχούς. Φερμένα από Δύση και Ανατολή, κι απ' όλες τις μεριές της γης για τη χαρά μας (και τα δολλάριά μας), και να προσδώσουν την ατμόσφαιρα για το «Επί γης ειρήνη εν ανθρώποις ευδοκία»—που οι περισσότεροι το λεν σαν παπαγάλοι.

Ο μικρόκοσμος, τα πιτσιρίκια, στις μεγάλες τους χαρές! «Μια κούκλα ν' ανοιγοκλεί τα μάτια της», δίνει παραγγελία μια μικρή ξανθούλα στον παρδαλοντυμένο Σάντα Κλως, με την κόκκινη στολή και τ' άσπρα γένια και μαλλιά, και την κοιλιά τη φουσκωτή (από φωμ ρόμπερ), που τον δείχνει καλοθρεμένο άρχοντα του παλιού καιρού, από χώρα μακρυνή, και ξωτική, και δε βάζει ο νους πως είναι ένας φουκαράς (ίσως και πεινασμένος). «Ένα διαστημόπλοιο», λέει τη λαχτάρα του με δέος στο Σάντα ο μελαχροινούλης πιτσιρίκος...

* * *

Παίρνει ταξίδι ο λογισμός μου. Ταξίδι μέσα στο χρόνο και την απόσταση. Ταξίδι στα χώματα εκείνα όπου κινδυνεύει και το ύστατο απομεινάρι του λαού που έγραψε χρυσές σελίδες ιστορίας, κι όπου μισόν αιώνα πριν ζούσανε ακόμα στην πατρογονική τους γη δυο εκατομμύρια.

Δε συνήθιζαν δώρα κατά τα Χριστούγεννα σε κείνους τους τόπους—δε σκέπαζαν με τίποτα άλλο το πνεύμα της ημέρας, το «Επί γης ειρήνη».

'Εργο του 'Αγιου από την Καισαρεία τα δώρα. Που ερχότανε με «ψιλό ραβδί, λιγνό ραβδί, χαρτί και καλαμάρι», φέρνοντας τον Καινούργιο Χρόνο με χαρές και μπερεκέτια.

Μέρες ξεχωριστές για τη Ρωμιοσύνη όλο το Δωδεκάμερο!

Πολλές οι καμπάνες. Και ηχούσανε σαν απόκοσμη μουσική γιομάτη μυστήριο και κατάνυξη.

Πολλά και τα κάλαντα—για τη Γέννηση, τον 'Αγιο της Καισαρείας, τα Φώτα!...

Αράδα οι μεγάλες χειμωνιάτικες γιορτές κι αράδα και οι επισκέψεις, οι ευχές, τα γλέντια, τα φαγοπότια. Με κείνες τις γαλοπούλες τις γιομιστές, τα τσουρέκια, τα χριστόψωμα, τα φινίκια, τα σαραγλιά—και η πατροπαράδοτη εκείνη βασιλόπιττα, η απαραίτητη στ' αρχοντικό και στο καλύβι, με το φλουρί κρυμμένο μέσα της για τον τυχερό της χρονιάς.

* * *

Καθένας έχει κάποιον άγιο δικό του, που τον ξεχώρισε μέσα από τους αμέτρητους της χριστιανοσύνης. Κι έχω κι εγώ το δικό μου, που τον ξεχώρισα πολύ μικρή. Κι όχι γιατί είναι από τα χώματα των πατέρων μου (οι περισσότεροι άγιοι από κείνους τους τόπους είναι δα!), ούτε για τα δώρα από την Καισαρεία, που έφερνε με την Πρωτοχρονιά, ή το φλουρί της βασιλόπιττας.

Τον ξεχώρισα, γιατί πολύ μιλούσε γι' αυτόν ο παππούς μου: «Ο 'Αγιος Βασίλειος αυτό, ο 'Αγιος Βασίλειος εκείνο» και νόμιζα πως τον γνώριζε. 'Οπως ένα φίλο του, παπά, που σαν πέθανε έλεγε πως ήτανε άγιος άνθρωπος (στα χρόνια που ήμουνα μικρή υπήρχανε ακόμα παπάδες που ήτανε άγιοι άνθρωποι), και μόνο σα μεγάλωσα λίγο κατάλαβα πως δεν ήτανε σύγχρονος του παππού ο Άγιος της Καισαρείας, και πως έζησε κατά τους πρώτους χριστιανικούς αιώνες.

Και είχα τώρα περιέργεια να μάθω τι ήταν εκείνο που έκαμε τον παππού (που δεν υπήρχε πια) όλο να λέει για τον Άγιο Βασίλη κι όλο να σιγοψέλνει «Τους τρεις μεγίστους φωστήρας της τρισηλίου θεότητος» και να παίρνει κάποιον ξεχωριστό τόνο η φωνή του όταν έφτανε στο «Βασίλειον τον Μέγα». Κι όταν έμαθα τον έβαλα κι εγώ στην καρδιά μου:

Απόστολος της κοινωνικής δικαιοσύνης στον καιρό του. Και τα έργα του σύμφωνα με τα διδάγματά του—το δίδαγμα της αγάπης κι ανθρωπιάς.

Πλουσιόπαιδο της Καππαδοκίας και πούλησε τα υπάρχοντά του να βοηθήσει τους φτωχούς σα γύρισε από την Αθήνα (όπου πήγε και σπούδασε τους Έλληνες φιλοσόφους—όπως και οι άλλοι δυο ιεράρχες, που συνδέσαμε τη μνήμη τους με τα ελληνικά γράμματα και τη γιορτάζουμε στο τέλος τοῦ Γενάρη, των Τριών Ιεραρχών) και βρήκε την πατρίδα του να τη δέρνει φτώχεια.

Έχτισε φτωχοκομείο. Και νοσοκομείο, που λογίζεται το πρώτο ως εκείνη την εποχή. Έχτισε και σχολές να μάθει γράμματα ο κόσμος, να μορφωθεί, να φωτιστεί!

* * *

Αν γύριζε τώρα στην πατρίδα του ο Άγιος της Καισαρείας—αν γύριζε Τώρα!...

Άγνωστο το όνομά του στο λαό που κατοικεί σήμερα τους χώρους εκείνους—άγνωστος και ξένος τώρα εκεί!... Και μια ξένη κι άγνωστη γλώσσα, που δεν υπήρχε στον καιρό του...

«Πού είναι εκείνη που αντηχούσε εδώ επί αιώνες, η γλώσσα της ομορφιάς, και της σοφίας, που μια φορά, στα χρόνια τα Βυζαντινά, τη μιλούσανε σε τούτη τη γη τριάντα εκατομμύρια;... Τώρα σε τούτη τη χώρα δεν απόμειναν παρά μόνο λίγα ελληνικά ερείπια, αρχαία και βυζαντινά, και πουθενά ελληνική φωνή στη Μικρασία, πουθενά!» θα θρηνήσει ίσως ο Άγιος.

«Πού η Έφεσος... πού η Βιθυνία... πού ο Πόντος... πού η Νίκαια... πού η Ιωνία... και πώς να λέγονται σ' αυτή τη γλώσσα που μιλούν τώρα εδώ», θα ρωτηθεί.

«Πού η Βασιλεύουσα... πού το Ιερόν Παλάτιον... πού η δόξα και το μεγαλείο...».

Σκιά, θλιβερή σκιά του εαυτού της σήμερα η κοσμοξακουσμένη τότες Πόλη (που την έλεγαν και Θεοφύλακτο). Μαραζωμένη, ξεπεσμένη η παλιά αρχόντισσα! Και πάει να σβύσει ολότελα και στους δικούς της χώρους η ελληνική φωνή και να χαθεί κάθε ίχνος ζωντανό της μεγάλης ιστορίας της, της πολύχρονης!

Θα πονέσει ο Άγιος για το άδικο—άδικο κατά της ιστορίας, κατά των ανθρώπων, κατά του τόπου! Και ίσως ακουστεί η προσευχή του:—ν' αναβλέψουν οι σημερινοί κυρίαρχοί της και να δουν τον παραλογισμό τους και να μη ρημάξουν την Πόλη! Να μην εξαλειφθεί κάθε ίχνος ελληνικότητάς της, να μην εξοντωθεί ολότελα από τη γη ο λαός εκείνος που της έδωσε ύπαρξη, πολιτισμό—που της έδινε ζωή, παλμό, και στα χρόνια των Σουλτάνων!... Χωρίς αυτό το στοιχείο της μένει χωρίς ψυχή η Επτάλοφος με τη μεγάλη ιστορία και το μεγάλο μαρτύριο!

Από ποιον άλλο να ελπίσει κανείς, όταν οι δυνατοί του κόσμου, αυτοί που κυβερνούν σήμερα τις τύχες των ανθρώπων, μένουν αδιάφοροι μπρος στο άδικο! Αδιάφοροι στο δράμα των ανθρώπων που αναγκάζονται να παρατούν το έχει τους, να παρατούν την πλούσια εθνική κληρονομιά τους, και να φεύγουν! Να ξερριζώνονται από τις πανάρχαιες εστίες τους, και να βασιλεύει φόβος και πόνος στις καρδιές τους και τούτες τις μέρες, που επί αιώνες ήτανε οι πιο χαρούμενες του χρόνου σε κείνη τη γη!...

Hellenic Society of Constantinople, 40th Annual Journal
Νέα Υόρκη 1987

# ΄Οταν ανοίγουν οι πληγές...

ΚΑΤΙ χαρούμενο είχα στο νου μου να γράψω. Μα έκαμα λάθος (λάθος πρέπει να το πω) να πατήσω με το δαχτυλάκι μου ένα κουμπάκι στο χαζοκούτι μου, όπως πολλοί το λεν, δίκαια ή άδικα, που άγνωστο ήταν ως το πρώτο τέταρτο του αιώνα μας, και σήμερα δε λείπει ούτε από παλάτι, ούτε από καλύβι, απ' όπου λείπει ακόμα και το ψωμί...

Πατάς με το μικρό σου δάχτυλο ένα κουμπάκι του κι έχεις μπροστά σου κόσμους κι ανθρώπους πέρα από ψηλά βουνά κι απέραντους ωκεανούς—μέγας είσαι ΄Ανθρωπε και θαυμαστά τα έργα σου! Μόνο να ζεις ειρηνικά κι αγαπημένα με το συνάνθρωπό σου δεν κατόρθωσες ακόμα, κι ας είναι προαιώνιός σου πόθος!...

Μπροστά μου τώρα έφερε το θαυματουργό κουτί μικρά και μεγάλα παιδιά, και μωρά, και μάνες δυστυχισμένες, και γιαγιές, της Βαγδάτης, και πόνο και δυστυχία απερίγραπτη, και τίποτα δεν ταξιδεύει γοργότερα από το νου! Δρασκέλισε, στο δευτερόλεπτο, χρόνο κι απόσταση, και βρέθηκα στο μακρυνό Μπαλίκεσερ, πόλη της Τουρκίας στη Μικρασία, που τελευταία, με τον πόλεμο στις αμμουδιές της Αραβίας, το ανάφεραν κάμποσες φορές τα μέσα ενημέρωσης!...

Στην πόλη αυτή έκαμα, παιδούλα, το πιο αξέχαστό μου Πάσχα, χρόνια και χρόνια πριν! Στον Πρώτο Παγκόσμιο Πόλεμο, που βάσταξε πάνω από τέσσερα χρόνια, ξέρουμε από την ιστορία, έγινε και Δεύτερος, που βάσταξε έξι χρόνια αυτός—με τελειότερα μέσα καταστροφής μάλιστα...

Το αναφέρω εκείνο τότε το Πάσχα μου στο βιβλίο μου «Η Ευτυχία και άλλα διηγήματα». Είναι το δεύτερο στη συλλογή, 13 σελίδες, με τίτλο «Πάσχα στο Μπαλίκεσερ». Μα εξακολουθεί να βρίσκεται ατόφιο στο νου μου, και να σκεπάζει όλα τα άλλα! Ατόφιο αυτό, και κάθε χρόνο τούτες τις μέρες, τις πασχαλιάτικες... βρυκολακιάζει! Και βλέπω κείνα τα πρόσωπα τότε ολοζώντανα μπροστά μου, και τώρα αυτή η εικόνα από τη Βαγδάτη, το έφερε έτσι που εξαφάνισε απ' το μυαλό μου το θέμα που είχα στο νου μου για τη σημερινή αυτή τη στήλη.

Μοιάζανε τόσο αυτά τα παιδιά και οι γυναίκες της Βαγδάτης με κείνα τότε του Πάσχα μας στο Μπαλίκεσερ!... Σαλβάρια φορούσανε και κείνες, και η γιαγιά μου, που δεν άντεξε το χαμό της κόρης της (της μητέρας μου), του γαμπρού της, και τόσων άλλων δικών της: «Να καταφέρω να πάω στην Πόλη (την Κωνσταντινούπολη) τα ορφανά της κόρης μου, στους εκεί δικούς τους, και να βγει πια η ψυχή μου να ησυχάσω», ολοένα έλεγε. Και ησύχασε αμέσως την πρώτη εβδομάδα που κατόρθωσε να μας πάει στους δικούς μας εκεί! Στην Πόλη. Που τώρα την λεν Ισταμπούλ. Μα άλλο το θέμα μου, κι επιμένει να βγει πάνω στο χαρτί, έστω και κουτσουρεμένο άγρια.

Λοιπόν, το πιο αξέχαστό μου Πάσχα, από τα τόσα ευτυχισμένα μου—και πολύ ευτυχισμένα!—σε τόσους τόπους, του παλιού και νέου Κόσμου (Νέα Υόρκη, Σαν Φρανσίσκο, Σικάγο, Γουάσιγκτον) εκείνο εκεί στο Μπαλίκεσερ μπροστά μου κάθε τέτοιες μέρες!...

Μήνες μακριά από τα σπίτια τους. Σήκωσαν το χριστιανικό πληθυσμό από τα νησιά της Προποντίδας οι Τούρκοι, γιατί τους είπανε οι Γερμανοί (σύμμαχοι σε κείνο τον πόλεμο) πως έδιναν τρόφιμα και πληροφορίες στ' αγγλογαλλικά υποβρύχια που περνούσαν τα Στενά. Κι αφού είχανε βομβαρδίσει (οι Αγγλογάλλοι) Τσανάκαλε, Μάδυτο, Καλλίπολη, και ήρθαν οι χριστιανικοί τους πληθυσμοί στα μαρμαρονήσια οι πολλοί, τώρα κι αυτοί, μαζί με κείνους που τους φιλοξενούσαν, πρόσφυγες για δεύτερη φορά μέσα σε λίγους μήνες—μα παρασύρθηκα!

Θέμα μου εκείνο το Πάσχα μας, το πρώτο μας στην

προσφυγιά μας—την πρώτη. Γιατί είχαμε και δεύτερη. Κάποιες γυναίκες, νέες ακόμα, που δε χάσανε παιδιά με το θανατικό που έπεσε στον προσφυγόκοσμο του Σιντιρλί (πόλη κι αυτή της Μικρασίας), όπου κάθε μέρα και κηδεία, κάποιες μέρες δυο και τρεις, έρριξαν το σύνθημα τη Μεγάλη Σαρακοστή «Πάσχα στο Μπαλίκεσερ—αν είμαστε εκεί μόλις τελειώσει ο αναθεματισμένος αυτός πόλεμος, θα πεταχτούμε στην Πάνορμο, κι από κει, ακόμα και κολυμπώντας πάμε στο νησάκι μας να μη μείνουν ακαλλιέργητα τα χτηματάκια μας...».

Και ξεκίνησε ένα τσούρμο γυναίκες, και 3-4 παιδιά, και μετά 4 μέρες πεζοπορία (ακόμα ανατριχιάζω όταν τη θυμάμαι μετά από τόσα χρόνια) «πέθανε ο Θεός γιαγιά, αλλιώς δε θα άφινε να πονούν τόσο τα ποδαράκια μου». «Σκασμός, λειψόμυαλο, ο Θεός δεν πεθαίνει, μας δοκιμάζει», μετά τέσσερις μέρες, αξέχαστες μετά από τόσα χρόνια, φτάσαμε στο Μπαλίκεσερ—και οι Αρχές θέλανε να γυρίσουμε εκεί απ' όπου ήρθαμε! Γιατί ούτε κατοικία, ούτε και ψωμί βρίσκαμε! «Σφάξτε μας, ψυχικό θα κάνετε, πίσω δε γυρνάμε, τέσσερις μέρες περπατάμε...».

Μας άφισαν—μας έδωσαν το αχούρι που έμεναν κάτι στρατιώτες, χριστιανοί (του τούρκικου, βέβαια, στρατού) μετά από πολλές διαδικασίες, που πριν τον πόλεμο ήταν αχούρι για τα άλογα κάποιου μπέη—τίτλος αυτό το «μπέης», μετά από το «πασσά» που τα κατάργησε ο Ατατούρκ.

Και κάναμε εκεί «αφού σκότωσαν οι γυναίκες τις ψείρες, που ήτανε μέσα στο χώμα (στρατιωτικές ψείρες τις έλεγαν οι γυναίκες, έμαθα να τις σκοτώνω κι εγώ) το πιο αξέχαστό μου Πάσχα.

Ψωμί δεν κατόρθωσαν να βρουν οι μάνες, οι θειές—οι γυναίκες! Είχε πέσει μεγάλη κοσμοπλημμύρα στο Μπαλίκεσερ. Μα κατόρθωσαν να βρουν ένα κεφάλι βοδινό, έμασαν στον κάμπο και κάτι χορταρικά, μια χανούμισσα μας έδωσε ένα καζάνι, έμασαν και ξύλα, κι άναψαν φωτιά έξω, κοντά στην πόρτα του σταύλου (που τον νιώθαμε παλάτι, μετά από τόσες μέρες που ξενυχτούσαμε στούς δρόμους, ανάμεσα Σιντιρλί και Μπαλίκεσερ, κι ακούγαμε τα τσακάλια). 'Αλλη χανούμισσα-τούρκισσα, δηλαδή, μας έδωσε για ψωμί κάτι σαν πάστα απ' το σουσάμι, που το έβγαζαν ταχίνι, και κάναμε το αξέχαστό μου Πάσχα!... 'Ερχονται και κείνα τότε τα πρόσωπα μπροστά μου. Κανένα πια δε βρίσκεται έξω από το φλοιό της γης από χρόνια!... Μα έρχονται μπροστά μου όπως ήταν τότε, και σκεπάζουν για μια στιγμή τη χαρά μου αυτής της ημέρας—μόνο για μια στιγμή στο χαρούμενό μου τώρα Πασχαλιάτικο τραπέζι, μα και με κείνες τις εικόνες τώρα στη Βαγδάτη, τα παιδάκια των μανάδων... το δράμα, την τραγωδία του πολέμου. Κάθε πολέμου.

«Εθνικός Κήρυξ», Νέα Υόρκη 1991

# Τρία πρόσωπα

ΓΥΡΙΖΟΥΝ-τριγυρίζουν στο μυαλό μου τρία πρόσωπα, τρεις γυναίκες, που τις γνώρισα στην Πόλη με το ταξίδι μου εκεί, πριν από χρόνια.

Τη μία τη γνώρισα ψηλά στο βουναλάκι του όμορφου νησιού Πρώτη, όπου ήτανε (είναι άραγε ακόμα;) σκαρφαλωμένο ένα παλιό μοναστήρι που έμεινε δίχως καλογέρους και το 'δωσε ο Πατριάρχης Αθηναγόρας για θερινή Παιδούπολη και λιαζόντανε κει πάνω στην ανοιχτοσιά, κάτω από τα πεύκα, καμιά εκατοστή ρωμιόπουλα της Πόλης—παίζανε, τρέχανε, πηδούσανε, ξένοιαστα. Εκεί την γνώρισα τη μια. Διευθυντής ο άντρας της κείνο το καλοκαίρι στην Παιδούπολη. Ήταν απ' τους δασκάλους που έστελνε τότε η Ελλάδα για τα ελληνικά σχολεία της Πόλης.

Γύρω στα σαράντα της θα 'τανε. Μήτε μελαχροινή μήτε και ξανθιά. Μέτριο τ' ανάστημά της και το πάχος της, και χαρωπή και γελαστή, ώσπου το 'φερε η κουβέντα ν' αναφέρει πως τούτος ο χρόνος ήταν ο τελευταίος της στην Πόλη. Και χάθηκε τότε το γέλιο και η χαρά από το πρόσωπό της.

—Μόνο για τρία χρόνια είμαστε εδώ—για τρία στέλνουν κι από δω Τούρκους δασκάλους για τα τούρκικα σχολεία της Θράκης... τούτος είναι ο τελευταίος μας χρόνος στην Πόλη... τον άλλο Ιούλιο πρέπει να επιστρέψουμε στην Ελλάδα... Μα την αγαπήσαμε την Πόλη, πολύ, και υγρανθήκανε τα μάτια της.

—Μάγισσα η Πόλη, μάγισσα, είπε σιγαλά κι έρριξε μια πλατιά ματιά πέρα στη γαλάζια θάλασσα, όπου κολυμπούσανε τ' άλλα Πριγκιπόνησα—η Χάλκη, η Πρίγκιπος, η Αντιγόνη...

—Πού αλλού βρίσκεται τούτο το εξαίσιο θέαμα... και πού αλλού υπάρχει το θαύμα που λέγεται Βόσπορος, που χωρίζει δυό κόσμους με τα σμαραγδένια του νερά και βλέπεις στις ακτές του αντικρυστούς δυο πολιτισμούς... Δεν είναι Ανατολή η Πόλη, δεν είναι και Δύση. Είναι και τα δυο κι απέραντη η γοητεία της... Σε κερδίζει και με την ιστορία της... Ποια άλλη πολιτεία κυβέρνησε απ' τ' ακρογιάλια της επί δέκα αιώνες όλο τον πολιτισμένο κόσμο μιας εποχής;

Κι έρριξε πάλι το βλέμμα της από κει ψηλά ακουμπισμένη σ' ένα γέρικο πεύκο:

—Με χίλιες καλλονές προικισμένη η Επτάλοφος!... Την αγκαλιάζει η Προποντίδα και την περιβρέχει και η Μαύρη Θάλασσα—ο Εύξεινος Πόντος. Κι ανάμεσά της θείο υδάτινο στολίδι ο Κεράτιος, και γύρω της κι εντός της γλυκά τρεχούμενα νερά, πηγές, βρύσες... Αμέτρητες οι ομορφιές της Βασιλεύουσας! Και είναι και οι άνθρωποί της, η ρωμιοσύνη της, που μπήκανε βαθιά στην καρδιά μας και κλαίμε που θα φύγουμε...

Για τούτα τα λόγια της τη θυμάμαι; 'Οχι!...

Ο κάθε ένας που έχει μάτι για το όμορφο και φαντασία αδέσμευτη που τρέχει μέσα στους αιώνες, πώς να μη την αγαπήσει την Πόλη;... Θέλγει και γερασμένη, μαραμένη, ξεπεσμένη: Βασιλικός κι αν μαραθεί, την ευωδιά την έχει...

Εκείνο που έφερε στο μυαλό μου αυτή τη γυναίκα αυτό το Σεπτέμβρη είναι μια άλλη—άγνωστες οι δυο μεταξύ τους.

Την ίδια μέρα γνώρισα και την άλλη, επιστρέφοντας το βραδάκι από την καλοκαιρινή Παιδούπολη—άγνωστες μεταξύ τους, και πολύ διαφορετικές.

Αυτή γέννημα και θρέμμα της Πόλης. Πιο νέα, πιο ψηλή, πιο παχουλή, πιο μελαχροινή. Κατάμαυρα τα μαλλιά της, κατάμαυρα και τα μάτια της, μεγάλα, θλιμμένα, ανήσυχα. 'Ηρθε και κάθησε κοντά μου—κόλλησε—εκεί στο ζαχαροπλαστείο που μπήκα για παγωτό, στο Πέρα.

—Από την Αμερική, λοιπόν, μα Πολίτισσα, και με

κύτταξε στα μάτια, να ζυγίσει, θαρρώ, αυτό το «από την Αμερική Πολίτισσα».

Του πατέρα της το ζαχαροπλαστείο—και το χτίριο δικό του, όπως έμαθα.

Κι όπως όλοι έζησαν εκείνη τη μέρα εκείνου του μαύρου Σεπτέμβρη, 6 του Σεπτέμβρη, κι έχουνε μνήμες γύρευε κι αυτή αφορμή να τις ιστορήσει... Ίσως από κάποια ελπίδα πως θ' απαλλαχτεί κάπως από το βάρος τους με το ξανέμισμά τους.

Μιλούσε σιγανά, κομμένα, με φόβο στη φωνή. Και κλείδωνε με μιας το στόμα της σαν έμπαινε έστω κι ένα παιδάκι για μιας δεκάρας ζαχαρωτά ή ένα χουνάκι ντοντουρμά—παγωτό.

— Πάνω από το ζαχαροπλαστείο είναι το σπίτι μας κι από το παραθύρι, κρυμμένη πίσω από την κουρτίνα, είδα όλο εκείνο το κακό και δε θα το ξεχάσω όσο ζω, που αφήνιασε ο όχλος κείνη τη μέρα του Σεπτέμβρη... Έβγαζε από τα καταστήματα εμπορεύματα, έπιπλα, τα πάντα!—και φαινότανε η Μεγάλη Οδός του Πέρα τόπος που τόνε χτύπησε άγρια τρελλή θεομηνία.

Και τελείωσε την ιστόρηση με την παράκληση να τη βοηθήσω να περάσει στην Αμερική:

— Μετά από εκείνη την καταραμένη μέρα έναςένας έφυγαν οι συγγενείς, οι φίλοι μας, και γράφουν από την Ελλάδα πως δύσκολο να βρουν δουλειά, απασχόληση, και φεύγουν κι από κει όσοι μπορούν για άλλους τόπους, μακρινούς... Η μαμά και ο μπαμπάς μου δε σκοπεύουν να σαλέψουν από δω... Έχουν τούτο το χτίριο, και κάτι άλλα, πατρογονικά τους, και δέθηκαν εδώ... Μα εγώ θα φύγω... Θα φύγω έστω κι αν θα ζήσω σε φτώχεια και πείνα αλλού... Θα φύγω από τούτο τον παλιότοπο, ξεφώνισε τώρα αγριεμένη.

Την κύτταξα εχθρικά. Κι εχθρικά (και πονεμένα) την κύτταγε κι ο πατέρας της, που στεκότανε παραπέρα, κάπως φοβισμένος, και την άκουγε με δέος.

Την κύτταξα εχθρικά, γιατί ήρθε στο νου μου η άλλη που λάτρευε την Πόλη—όλα της Πόλης—δίχως να είναι Πολίτισσα αυτή. Στην Καλαμάτα είπε πως γεννήθηκε. Την ανάφερα:

—Μα βέβαια, αφού αυτή μόνο δυο χρόνια βρίσκεται στην Πόλη και δε γνώρισε αυτή την τρομάρα εκείνου του '55 που νόμιζες πως άνοιξαν οι πύλες της κόλασης και ξεχύθηκαν έξω τα φουσάτα του Σατανά, είπε κι έχωσε τα μάτια της μέσα στα δικά μου, και φώναξε:

—Γιατί έφυγες εσύ—γιατί έφυγες από δω εσύ;...

—Δεν έφυγα εγώ κοπέλλα μου! Με φευγάτισαν οι δικοί μου για την Ελλάδα, όταν τράνταζε την Πόλη η τρομερή θύελλα της Μικρασιατικής Καταστροφής κι έλεγαν πως θα κολυμπούσε στο αίμα τριών χρονών μουσχάρι όταν θα έμπαινε η χωροφυλακή του Κεμάλ στην Πόλη... Και ούτε καταλάβαινα σε κείνη τότε την ηλικία μου πως ξερριζωνόμουνα για πάντα από τη γη των πατέρων μου, είπα.

Με κύτταξε αυθάδικα:

—Και γιατί δεν επιστρέφεις παρά ήρθες μόνο για δέκα μέρες, φώναξε.

Μ' ενόχλησε ο τρόπος της. Ίσως γιατί γυρνούσετριγυρνούσε ολοένα στο νου μου η άλλη, με την απέραντη λύπη, γιατί θα φεύγανε από την Πόλη τον άλλο χρόνο.

Της εξήγησα όμως πως ακόμα κι αν δεν είχα οικογένεια τώρα στην Αμερική δε θα 'ταν εύκολο να ξαναξερριζωθώ. Και πως ρίχνει ρίζες ο άνθρωπος στη νέα του πατρίδα, συνηθίζει σε μια άλλη ζωή, και δε μπορεί πια να ξαναμπεί στο παλιό καλούπι του... Μα και αιώνες να περάσουν δεν την ξεχνάς τη γη όπου έζησες εκείνα τα τρυφερά σου χρόνια, που γλυκιές είναι και οι πίκρες τους, και ματώνει ο νόστος την ψυχή σου... Καλότυχος όποιος δε γνώρισε ξερριζωμό και δεν έχει την αίσθηση που αποκόπηκε απ' τον παλιό του εαυτό, τον τρυφερό... Χρόνια και χρόνια περνούν, μα ο νους σου τρέχει εκεί που έζησες τα παιδικά σου χρόνια, εκεί που έχεις ρίζες βαθιές, και πονάς... πονάς—έρριξες ρίζες και σε μια άλλη γη τώρα με τα παιδιά σου...

Της είπα πολλά.

Και πως τώρα με την Κύπρο, δημοκρατία και την τουρκική μειονότητα με ίσα και περισσότερα δικαιώματα, θα βασίλευε στο εξής αγάπη και ειρήνη ανάμεσα στους δυο λαούς (δεν είχε γίνει ακόμα τότε το έγκλημα στην Κύπρο) και καλμάρησε η μανία της για φευγιό, κι ο πατέρας της μ' έβλεπε με μάτια γιομάτα ευγνωμοσύνη.

Της ανάφερα και μια κοπέλλα που είχα γνωρίσει την προηγούμενη μέρα, Ιωάννα. Τη γνώριζε. Στο ίδιο ελληνικό σκολειό πήγανε μικρές. Αυτή τώρα ήτανε δασκάλα, αλλά εξακολουθούσε να παίρνει μαθήματα στο Πανεπιστήμιο. Διαφορετική σε όλα. Ξανθιά, λεπτή, κοντή—κοριτσόπουλο τη νόμιζες προτού κουβεντιάσεις μαζί της. Γαλανά τα μάτια της σα μικρού παιδιού αθώα, μα και σαν σοφής αιωνόβιας γριάς. Τα πυρόξανθα μαλλιά της ίσια χτενισμένα και πίσω κότσο. Ούτε πούντρα δε φορούσε, μα και δε χρειαζότανε.

Μοναχοκόρη κι αυτή, μα φτωχοί οι γονείς της—δεν είχανε ούτε δικό τους σπίτι. Και θέλανε να σωθεί η κόρη τους. Να παντρευτεί τον Ελληνοαμερικανό, που την αγάπησε πολύ, και να φύγει από τη γη του μαρτυρίου.

Μα εκείνη, η ξανθιά κοπέλλα, είχε τάξη τον εαυτό της στην Πόλη! «Παράξενο κορίτσι», παραπονιότανε η μάνα της.

Είχε κι αυτή η κοπέλλα παρακολουθήσει κρυμμένη πίσω από τις κουρτίνες, τις φρίκες εκείνου του Σεπτέμβρη του '55. Μα δεν ένιωθε την ανάγκη να ιστορεί.

— Έτσι είναι οι λαοί... Παραλογίζονται, αφηνιάζουν κάποτε και οι πιο πολιτισμένοι και ξεσπούν πάνω στη μειονότητα που δείχνει κάποια υπεροχή... δεν έκαμαν τίποτα οι Τούρκοι μπρος στους Γερμανούς πριν λίγα χρόνια, κι ας έχουν αυτοί κι ένα λόγο παραπάνω—ας νιώθουν αυτοί παρείσακτοι και παρακατιανοί όσο βρισκόμαστε εμείς εδώ, είπε δίχως κανένα ίχνος έχθρας για τους Τούρκους στη φωνή της.

«Και γιατί να τους εχθρευτώ; Μήπως δεν είναι αρκετό μίσος σκορπισμένο στην οικουμένη!... Και μήπως φέρνει κανένα καλό το μίσος;... Το μόνο είναι να προσπαθήσουμε να σταθούμε εδώ φρουροί της πλούσιας εθνικής κληρονομιάς μας αιώνων κι όχι να φύγουμε και να σβήσουν τα πάντα... Και καθένας που φεύγει ξεσηκώνει την καρδιά για φευγιό κι άλλων δέκα για φευγιό κι άλλων δέκα για λιποταξία... Χρειάζεται η Πόλη τα παιδιά της... Μας χρειάζεται εδώ και η Ελλάδα... Να έχει μια δική της νησίδα εδώ... να μη σβήσει, ν' ακούγεται η γλώσσα μας εδώ όπου ακουγότανε επί αιώνες κι αιώνες...

Τη συλλογιέμαι πολύ αυτή την κοπέλλα—κοπέλλα, κοπελλίτσα τότε. Δεν πίστευε τους Τούρκους ούτε καλύτερους ούτε χειρότερους από άλλους λαούς. «Μόνο οι βαθμοί πολιτισμού διαφέρουν ανάμεσα στις διάφορες ανθρώπινες κοινωνίες».

Να έχασε άραγε την πίστη της, μετά το δράμα της Κύπρου και το άδειασμα της Πόλης από τ' ανθρώπινο στοιχείο που της έδωσε χρυσές σελίδες ιστορίας και η γλώσσα του ακουγότανε στους χώρους της επί δεκάδες αιώνες, και τώρα δεν απόμεινε ούτε σε πέντε χιλιάδες πια κι ερήμωσαν τα σχολεία εκείνα που κράτησαν επί αιώνες σα γκόλφι, σα φυλαχτό, τα ελληνικά γράμματα κι έδωσαν τόσους δασκάλους του γένους... τι να γίνεται και η τόση εθνική μας κληρονομιά εκεί αιώνων...

Κι έρχεται στο νου μας και η Καλαματιανή που ερωτεύτηκε την Πόλη και τη ρωμιοσύνη της, τις ομορφιές της, και άλλη, η κοπέλλα, που σίγουρα σε κάποια άλλη μεριά της γης θα μεταφυτεύτηκε, και κείνη η άλλη, η Ιωάννα, που δεν είχε ούτε ένα πατρογονικό σπιτάκι, μα ήθελε να μείνει φύλακας της εθνικής κληρονομιάς μας εκεί.

«Κρίκος», Λονδίνο 1977

# Το πιο μεγάλο δώρο μου

ΚΕΙΝΟ το Νοέμβρη οι μανάδες, οι θείες (όσες δε θέρισε η πείνα, ο τύφος ή άλλο κακό του πολέμου) ήτανε πολύ συλλογισμένες. Τέσσερα χρόνια πόλεμος και δεν απόμειναν πια χράμια, κουβέρτες, μπατανίες να κόβουνε, να ράβουνε ρουχικό για τα παιδιά που μεγάλωναν με μπουλγούρι και μπομπότα.

Κι ερχότανε βιαστικός κι ατάραχος και ο χειμώνας. Και δε βρίσκανε πια ούτε και σκοινί και χαρτόνι να φτιάχνουν σκοινοπάπουτσα για τα παιδιά, να φοράνε στο σκολειό τις μέρες που δεν έβρεχε, δε χιόνιζε (τα δέρματα τα χρειαζότανε η κυβέρνηση για στρατιωτικά κι έπρεπε να 'σαι νεόπλουτος εκατομμυριούχος να πλησιάσεις δερμάτινο παπούτσι) και η θεία 'Αννα έκλαιγε περισσότερο για μένα.

— Πέρσι με τις βροχές το ορφανό, η ανεψούλα μου, είχε δυο ντουζίνες απουσίες στο σκολειό. Και το κακόμοιρο κορίτσι είναι λίγο λειψό, μόνο τα γράμματα παίρνει το μυαλό του. Πού να βρω παπούτσια από δέρμα να φοράει να πηγαίνει στο σκολειό και στις βροχερές μέρες να μην πουντιάσει...

— Αν δεν τελέψει μήτε κι εφέτος ο πόλεμος θα πεθάνουμε όλοι και τι τα θέλει τα γράμματα, λέγαν οι γυναίκες.

Μα κάποια μέρα κείνο το Νοέμβρη μεγάλο πατιρντί στην Πόλη—χτυπούνε οι καμπάνες, γέλια, κλάματα, αλαλαγμός «ανακωχή, ανακωχή» φωνάζουν κι αγκαλιάζονται και φιλιούνται έξαλλα, «Χριστός Ανέστη, Χριστός Ανέστη, υπόγραψαν ανακωχή».

Και μας εξήγησαν οι μάνες, οι θειες, πως ανακωχή θα πει τελείωσε πια ο πόλεμος.

—Δε θα 'ρχονται πια μέρα μεσημέρι και νύχτα μεσάνυχτα τ' αεροπλάνα και να στήνουν πόλεμο πάνω από τα κεφάλια μας με τα αντιαεροπορικά... Θα γυρίσουν κι από το μέτωπο, το Τσανακαλέ, την Καλλίπολη, οι πατεράδες, οι θειοι, όσοι απόμειναν... και θα έχουμε πια και ψωμί να χορτάσετε, που άδειασε το άντερό σας...

—Μα χορταίνεται, θείτσα Αννιώ, το ψωμί; Εγώ και δέκα φούρνους ψωμιά να φάω, δε θα χορτάσω θείτσα...

—Θα χορτάσεις, πως δε θα χορτάσεις; Και ψωμί φραντζόλα! Από χάσικο αλεύρι της Ρουμανίας...

— Αχ, θα μπει στο σπίτι πια και ζάχαρη να πίνει κανείς ένα ζεστό, λίγο χαμομήλι, λένε κάποιες.

Και τα μικρά ρωτούν σαν τι γεύση έχει η ζάχαρη. Μα πώς να τους εξηγήσεις πως είναι γλυκειά σα μέλι που ούτε κι αυτό δεν το γεύτηκαν ποτέ τα μικρά, τέσσερα χρόνια πόλεμος!...

Κείνος ο Νοέμβρης έφερε κι άλλα πολλά στην Πόλη, στην Επτάλοφο.

Προτού να 'ρθει ψωμί να πουλιέται λεύτερα στους φούρνους, στα μαγαζιά, ήρθανε λογής-λογής σημαίες, αγγλικές, γαλλικές, ιταλικές, αμερικάνικες, γιαπωνέζικες...

Η πρώτη γαλάζια κι άσπρη με σταυρό που κυμάτισε στη γειτονιά μας έγινε προσκύνημα. Μαζεύτηκε κόσμος και την έβλεπε με μάτια δακρυσμένα. Κάποιες γυναίκες (άντρες μόνο κάτι γέροι είχανε απομείνει), γονατίζουνε και κλαίνε και γελάνε και κάνουν το σταυρό τους.

—Γονάτισε και συ, ελληνική είναι τούτη η σημαία, λέει η θεία 'Αννα και με σπρώχνει και γονατίζω.

Τούτο, λοιπόν, είναι αυτό που ψιθύριζαν οι μεγάλοι με τις φωνές τους γιομάτες μυστήριο! Να δουν στην Πόλη ελληνική σημαία (πού να ξέραμε πόσο ακριβά θα το πληρώναμε αυτό μετά) δική μας η Πόλη;...

Μια μέρα, κατά τις μεγάλες γιορτές, να και δυό ναύτες στο μαχαλά μας. Δεν είναι Τούρκοι—αυτοί, νικημένοι στον πόλεμο, θαρρείς και κρύφτηκαν. Δεν είναι ούτε κι από τους συμμάχους της, Γερμανοί ή Αυστριακοί. Αυτοί, μετά την ανακωχή, φύγανε με τα κεφάλια τους σκυφτά απ' την Τουρκία. Δεν είναι κι από τους σημερινούς κυρίαρχους στην Πόλη—τους Αγγλογάλλους. Στους ναυτικούς μπερέδες τους ελληνικά γράμματα: «Αβέρωφ» στου ενός και στου αλλουνού «Ιέραξ». Εμείς τα παιδιά πρωτοδιαβάζαμε τα γράμματα. Τα υποπτευθήκαν οι μάνες, οι θειες, πως θα 'ναι του ελληνικού πολεμικού ναυτικού τούτοι οι ναύτες και μας έστελναν κοντά να τα διαβάσουμε να βεβαιωθούν. Και τρέχουν τώρα και πέφτουνε στα γόνατα, «αδέρφια μας, μας ήρθατε, που σας περιμέναμε τόσα χρόνια και καιρούς ν' αναστηθεί ο Μαρμαρωμένος Βασιλιάς» και κλαίνε (εύκολα που κλαίγανε!—είχανε συνηθίσει επί τέσσερα χρόνια πόλεμος) και κλαίμε και μεις τα παιδιά από κάποια αόριστη, μυστηριώδη συγκίνηση. Μα οι ναύτες, λέξη δε λένε!

— Νομίζουν, θεια Αννιώ, πως εμείς εδώ δεν καταλαβαίνουμε εκείνα τα καλά ελληνικά τους εκεί—ωόν, ύδωρ, ιχθύς...

— Πάψε, λειψόμυαλο! Και στην Ελλάδα μας αυγό, νερό, ψάρι λένε, κι όχι σαν αυτά του βιβλίου σας. Δε μιλούν από συγκίνηση οι άνθρωποι...

Κι αλήθεια. Τι να λέγανε που κοτζάμ παλληκάρια τα σήκωσαν στα μπράτσα τους κάτι γυναίκες—πού τη βρήκανε τόση δύναμη που με νερόβραστο μπλουγούρι και ψωμί λάσπη πέρασαν τον πόλεμο!

Παραμονή Χριστούγεννα με πήρε η θεια Αννιώ στο Μεγάλο Τσαρσί και μ' αγόρασε παπούτσια από δέρμα—τελειωμένος ο πόλεμος και βγάλανε οι έμποροι τα δερμάτινα που φύλαγαν για τους νιόπλουτους που γέμιζαν χρυσάφι.

Δεν περίμενε να μου τα δώσει την Πρωτοχρονιά, που ο 'Αγιος από την Καισαρεία φέρνει τα δώρα του.

— Νά, τώρα, βρέχει-χιονίζει θα πηγαίνεις στο σκολειό χωρίς φόβο ν' αρπάξεις περιπνευμονία, είπε.

Τα φόρεσα ανήμερα Χριστούγεννα. Τόσα χρόνια από τότε δε θυμάμαι άλλο δώρο να μου 'δωσε τόση χαρά.

«Ελληνικός Αστέρας», Σικάγο 1971